D1259120

La collection
ROMANICHELS POCHE
est dirigée par
André Vanasse

Larry Volt

Pierre Tourangeau

Larry Volt

roman

La publication de cet ouvrage a été rendue possible grâce à l'aide financière du ministère des Communications du Canada, du Conseil des Arts du Canada, du ministère de la Culture du Québec et de la Société de développement des entreprises culturelles.

Dépôt légal : 2ᵉ trimestre 1998
Bibliothèque nationale du Canada
Bibliothèque nationale du Québec
ISBN 2-89261-232-2

Distribution en librairie :
Dimedia inc.
539, boulevard Lebeau
Ville Saint-Laurent (Québec)
H4N 1S2
Téléphone : 514.336.39.41
Télécopieur : 514.331.39.16

Conception typographique et montage : Édiscript enr.
Maquette de la couverture : Zirval Design
Illustration de la couverture : Denise Laperrière, *Le jeune homme au cigare*, huile sur masonite, 1995

*À Émilie,
Max
et Laurence.*

Chapitre premier

Hoi Anh, 69-70

*The army is a rubber. It gives you
the feeling of security while you're
being fucked.*

Inscription sur briquet Zippo,
G.I. inconnu

Voilà. C'est là où j'en suis, sur le bord de la fenêtre
du bureau de Tess, les pieds qui pendent au bout
de la vie, entre le noir et le vide, l'âme dans le néant,
le cœur au pain sec et à l'eau, à me demander si je
plongerai ou pas dans l'ouragan qui me l'a emportée.

Il y a Julie derrière moi, qui pleure sans me le dire,
je le sens, et qui voudrait que je choisisse le monde
des vivants, dont je ne suis pas encore tout à fait parti.
Et il y a les autres en bas, avec aux premières loges
des curieux transis, Oscar, Le Rachi avec sa Jeune
Fièvre au bras, dans tous ses états parce qu'elle n'a
jamais vu de si près quelqu'un qui veut couper les
ponts au point de se jeter en bas, et jamais vu tant de
morts en si peu de temps, même si je n'en suis encore

qu'un en puissance. Et il y a les autres dans le corridor, que Julie parvient à tenir à l'écart pour le moment, parce qu'elle a fermé la porte à clé et appuyé la bibliothèque devant : Tess, qui ne sait plus où se mettre parce qu'elle a peur de perdre un élève, et son job par-dessus le marché ; Pelvisius, qui a peur pour mon âme et la réputation de son collège. Même Nihil, qui ne peut pas me blairer, veut absolument me parler. C'est toujours au moment de partir qu'on se découvre des amis qui vous veulent du bien, quand on décampe qu'on vous aime comme ce n'est pas imaginable. Mais ils s'énervent pour rien, ou peut-être que non, j'en sais trop rien. Pas encore décidé.

— Je prends l'air. J'ai bien le droit. Même plus moyen de respirer sans déclencher une émeute…

J'entends Julie, qui ne me trouve pas drôle, rouspéter gentiment pour ne pas me brusquer. Je les vois venir, tous autant qu'ils sont. Ils peuvent toujours jacasser, ils ne réussiront pas à me la passer, la camisole, je ne les laisserai pas faire.

— Arrête de jouer les sirènes de malheur, Julie. Je ne vous laisserai ma peau que lorsque je ne serai plus dedans.

— Alors descends de là, et garde-la pour toi, ta sale peau. On n'en a rien à branler !

La gentillesse de Julie a pris le bord. Je savais bien que ce n'était pas normal, tout ce miel. Et là-dessus, la voilà qui se met à chialer. Je l'entends qui s'approche dans mon dos.

— Attention ! Ne me touche pas ou je saute. J'ai tout de même le droit de choisir l'heure, non ?

Elle a les sanglots longs comme les violons de Verlaine qui prennent la poussière dans le grenier où

les messieurs du Saint-Suplice ont remisé le mal et
les poètes maudits. Tout de même, ils n'ont pas pu
empêcher Tess de les mettre au programme de sa
classe de littérature, les symbolistes. C'est la pression
du modernisme. Il y a des droits qu'ils n'ont plus. Les
pleurs de Julie s'allongent, d'autant qu'elle essaie de
les ravaler.

— Tu as le hoquet, ou quoi? Vraiment, pas moyen
d'avoir la paix.

C'est venu comme un cri du cœur à travers les re-
niflements. Tout ce qu'il y a de plus mélo.

— Je t'aime, Larry. Reste avec moi, ou alors, emmène-
moi.

— Non, ma belle. Si je pars, c'est seul. J'en ai assez
des emmerdes. Pas envie de fonder une famille en
enfer. Et puis, l'amour, tu vois où ça m'a mené? Au
bord du précipice. Bientôt, ce sera au pied du mur.

Il n'y a pas à dire, on ne s'en sort pas. La vie, on a
encore rien inventé de mieux pour vous faire mourir
à petit feu. Anna me manque, mais elle est plus à
plaindre que moi. Si j'étais logique, j'arrêterais de
pleurer sur mon sort. Mais la logique et moi, on ne
vit pas dans le même voisinage. Alors, je me plains
quand même, parce que si elle était là, je me laisserais éblouir et j'oublierais tout ce qu'elle me fait et
tout ce qu'elle ne me fait plus.

Je suis au bord de l'enfer, c'est là que j'ai toujours
vécu. J'ai d'ailleurs fait tout ce qu'il fallait pour m'installer confortablement dans l'entourage de Lucifer. J'ai
même pris un nom de combat. Il faut que je l'assume
maintenant.

Larry Volt, c'est un nom parfait pour un mouton
noir, pour un bouc enragé. Beaucoup mieux que

Larry Tremblay, en tout cas. Avec un nom pareil, même avec le béret et la barbe, personne ne me prendrait au sérieux quand je me déguise en Guevara québécois. Tandis que Larry Volt, ça frappe déjà quand ça se prononce. Un vrai nom de martyr agité, du genre qui fout la merde pour des siècles en crevant.

Moi, la merde, ça me connaît. J'en viens, je suis dedans, j'y retourne. Je n'ai qu'à frémir de l'oreille pour retrousser le poil sur le dos de tout le monde. À la maison comme en classe, dans la rue, dans le métro, partout.

— Larry! Arrête! Tu me tapes sur les nerfs avec tes oreilles qui battent dans le vent. Qu'est-ce que j'ai fait au bon Dieu pour avoir enfanté pareil cyclone...

Ou encore:

— Monsieur Tremblay, auriez-vous l'obligeance, je vous prie, de cesser ce mouvement intempestif du lobe qui empêche vos camarades de se concentrer sur notre problème? Vous avez compris, monsieur Tremblay?

Les supliciens, ils me donnent du monsieur Tremblay à tour de bras, pour bien me faire comprendre que, à leurs yeux, je ne suis pas Volt. Volt, ils aiment mieux faire comme s'il n'existait pas, ils préfèrent ne pas le connaître. Mais il m'arrive parfois d'oublier que je suis aussi Larry Tremblay. À ces moments-là, ils sont bien embêtés, les supliciens, parce qu'ils sont tout prêts à perdre patience et qu'ils me jetteraient volontiers du monsieur Volt à la tête, juste pour que je réagisse. Mais ils se retiennent et ça les constipe.

Je les écorche vifs, tous autant qu'ils sont, les parents, les professeurs, les élèves, les passants, les noirs et les blancs de tout ce bas monde. Même le boucher grince des dents quand je lui demande s'il a de la langue de vipère.

Venant de moi, un rien les énerve. Jusqu'à mon humour qui leur déplaît. C'est peut-être dans mes gènes. J'ai peut-être des glandes que les autres n'ont pas, des glandes qui sécrètent des hormones ou des bidules qui les rendent fous, qui leur attaquent le système sympathique.

❏

Ce n'est pas parce que les classes ont débuté que je vais m'arrêter d'écumer les trous du centre-ville. Mes soirées sont toutes pareilles, ressemblent à celles de la veille et de l'avant-veille. C'est commode, ça permet d'effacer à mesure et d'oublier sans effort et sans remords. J'arpente la Catherine. Bar après grill, salle de pool après club topless entre Drummond et McGill College. Le soir d'avant, c'était entre Drummond et Peel. Les autres fois, c'était ailleurs.

À chaque endroit, je bois de la bière, pour faire rouler le moteur. Et j'observe, comme le sale petit voyeur que je suis. Les filles à poil, les gars saouls, le décor, la flore, les mœurs, je n'en ai jamais assez. Je note tout dans mon cahier de bord. L'éclairage, l'emplacement des toilettes, les odeurs, les mouvements de foule, le prix des consommations, la couleur des murs, la forme des culs, tout.

Oscar Naval m'accompagne souvent, mais il ne remarque rien, ne dit pas grand-chose, n'est pas contrarié par ma fièvre d'écriture. Il pense que je me laisse aller à mes bas instincts de poète, comme d'habitude et de raison, ou que j'écris parce que ça ne vaut pas la peine de lui faire la conversation. Ce qui est exact, car il navigue entre deux eaux, la plupart du temps.

Au moins, lui, on sait où le trouver. Ce n'est pas comme d'autres dont on ne sait jamais à quelle enseigne ils logent et qui passent leur temps à disparaître sans laisser de traces. Des experts de la poudre d'escampette, comme le Taureau et la Vierge, mes petits parents chéris, qui sont partis se reposer de moi en Floride, juste quelques mois, comme Anna Purna parfois, lorsqu'elle prend son petit air de séductrice. Comme si elle avait besoin de ça.

Déjà deux heures. J'ai mastiqué tous mes sandwichs, sauf les croûtes que j'ai jetées par terre pour écœurer le peuple. J'adore ça, les sandwichs au jambon et écœurer le peuple. Le réfectoire du collège est presque vide, maintenant. On n'entend plus que le coup de balai de la petite sœur blanche qui nettoie le vieux plancher de chêne. On prie son Dieu comme on peut.

Dehors, les grands ormes dévêtus par l'automne frissonnent un peu dans le vent et malgré le soleil, qui a la mine basse à cette période de l'année.

Bien sagement, tous les petits agneaux du troupeau ont regagné les salles de cours. Moi, pas encore. J'attendrai cinq minutes, pour tenir compagnie aux machines distributrices et m'assurer d'arriver en retard. Lorsqu'on s'inscrit en faux, la première règle, c'est d'éviter la ponctualité. Et comme faux jeton, on ne fait pas mieux que moi dans tout l'univers connu. J'arriverai en retard pour le cours de Nihil. Pas de beaucoup. Juste cinq minutes, le temps qu'il lui faut pour entrer dans ses transes philosophiques. Comme ça, il sera vraiment contrarié quand je débarquerai sur la pointe des pieds et que, malencontreusement, je m'enfargerai dans l'énorme cul de Grosse Torche, qui déborde de sa chaise dans l'allée, et qui nuit à la libre circulation des idées, des biens et des personnes.

Grosse poussera les hauts cris. Ça n'est pas ma faute! que je lui plaiderai. Il y en a marre de tes bourrelets. Tu n'as qu'à pas répandre tes lipides partout! Elle voudra se battre, me casser la gueule. J'en appellerai à Nihil derrière qui j'irai me réfugier. Les autres, Rémi Ami en tête, en profiteront pour chahuter. Le diable sera aux vaches et Nihil aura complètement perdu le fil.

Hors de lui, mais sans rien en laisser paraître, il sommera Mme Torche de garder son calme et, lorsqu'elle aura rassis ses cent vingt kilos et que les esprits seront calmés, il me retournera à ma place en soulignant que j'arrive systématiquement en retard depuis le début des classes et en me prévenant que, la prochaine fois, il ne m'autorisera pas à entrer.

Je lui dirai que je regrette, je battrai ma coulpe plutôt cent fois qu'une et jouerai les contrits en affichant la moue de circonstance. Ça l'apaisera un peu et il se concentrera en regardant le plafond avant de s'élancer à nouveau dans les considérations thomistes dont mon entrée intempestive l'aura tiré. Je dois bien l'admettre: j'adore jouer avec le corps enseignant. Je ne lui laisse pas beaucoup de chances de s'en tirer. À mon contact, les messieurs du Saint-Suplice se transforment *subito presto* en corps défendants.

Dans leur petit sanctuaire sur la montagne, ils voient le monde de haut et ne comprennent pas grand-chose à la vie, les supliciens. Ils s'imaginent qu'il leur appartient encore, le monde, comme du temps où ils étaient les seigneurs de Montréal.

Ce jour-là, Nihil nous demande de disserter à haute voix sur le thème de la violence comme facteur de changement. Il est tout excité parce que depuis trois mois les bombes n'arrêtent pas de sauter en ville. Quand Nihil est excité, il parle encore moins que d'habitude. La nervosité de Nihil se mesure à ses silences.

Encore la veille au soir, une explosion a fait voler en éclat le rez-de-chaussée d'un club de curling à Westmount. Trois morts. Les premières victimes de la dernière vague d'attentats. Trois Anglais, innocents selon toute vraisemblance. Debout derrière sa chaise, notre professeur de philo se dandine en silence en attendant que quelqu'un se décide à y aller de quelques remarques sur l'acte terroriste que tous les quotidiens claironnent à la une.

Rémi Ami lève la main. Il s'indigne. Et plus il s'indigne, plus il s'emporte. Des brigands, des assassins, un scandale dans une société démocratique ! Il ne voit pas comment une bombe peut contribuer au progrès des Canadiens français. Il paraît qu'aucune cause ne mérite qu'on tue des innocents. Qu'il aille donc dire ça aux Vietnamiens !

— Va donc dire ça aux Vietnamiens ! ose Julie Corne, qui rougit jusqu'à la racine des cheveux.

— Ce n'est pas une raison ! s'insurge La Marquise, porte-parole autoproclamée de la majorité silencieuse, en rajustant son décolleté pour rappeler à tous qu'elle en a un. Nous ne sommes pas au Viêtnam. Nous vivons dans un pays civilisé !

Rémi Ami approuve vigoureusement du chef. Il n'est pas le seul : une bonne partie de la classe l'appuie, au grand plaisir de La Marquise, qui constate avec satisfaction que ses opinions rallient comme toujours sa petite cour de moutons tondus et de brebis laiteuses.

— D'ailleurs, les Anglais, ce ne sont pas des communistes, ajoute Rémi, soucieux d'intervenir dans le bon sens pour préserver son statut informel de bras droit de La Marquise dans la hiérarchie du troupeau. Moi, j'ai plein d'amis anglais qui ne demandent pas mieux que de comprendre les aspirations légitimes des Québécois francophones…

Comme s'il était question de ça, comme si c'était aux Anglais de décider ce qui est légitime ou pas pour leurs anciens sujets !

Tout un chacun y va de sa petite intervention fumeuse sous le regard perdu de Nihil, qui ausculte les fissures du plafond. Oscar Naval tente de remettre les choses dans leur juste perspective, mais il y renonce après trois phrases. Oscar déteste se compliquer la vie.

Moi, je ne dis rien. Je n'ai pas de temps à perdre à tenter de faire comprendre à une bande d'imbéciles que personne n'est innocent, qu'on a tous notre petite horreur sur la conscience, que la violence est partout et que l'important, c'est d'être du bon côté de la clôture, pas de choisir ses victimes, ni ses armes. Tous les moyens sont bons pour faire passer ses idées, il me semble que l'histoire nous l'a suffisamment démontré. Allons, Nihil ! Donne donc un peu de jugeote à tes ouailles. Apprends-leur l'épistémologie au lieu de leur donner en pâture ta conception lyrique de l'univers et ton admiration délirante pour Tycho Brahé. On s'en balance du génie de l'homme et de sa place dans le cosmos! De toute façon, c'est prouvé, le cosmos, c'est comme le reste, ça vit, ça meurt et, lorsqu'il disparaîtra, tous les parasites qui vivent à ses crochets crèveront avec. Alors, il n'y aura plus de problèmes, plus d'injustice, plus de souffrance, plus d'horreurs. Il n'y aura plus rien, et on pourra enfin respirer.

Anna Purna trône à son pupitre. Elle est si belle qu'on lui élèverait une statue. Elle rigole devant les sinuosités de la discussion, sa chevelure blonde qui bat ses épaules au rythme de gloussements espiègles.

Nihil sort de la rêverie où il s'était réfugié:

— Qu'est-ce qui vous fait rire, mademoiselle?

Anna ne se démonte pas facilement.

— Ce débat m'amuse, monsieur Nihil. On ne s'emmerde pas dans vos cours. Sur le fond, je crois tout simplement que l'injustice et l'oppression engendrent inévitablement la violence. La question n'est pas tant de savoir si elle est justifiée ou pas, mais bien de déterminer si elle provoque des changements dans l'équilibre des choses. À mon avis, il est évident que oui. Quant à savoir s'ils sont bons ou mauvais, je ne m'aventurerais pas à émettre une opinion. Je ne suis pas moraliste, et vous êtes certainement mieux qualifié que moi en la matière. Sans vouloir vous offenser, comme je suis athée, j'estime que les valeurs et la morale sont des inventions de l'homme, et que la vie elle-même, en tant que phénomène, n'a que faire des valeurs de l'homme. La vie, la mort, le cosmos, le temps, tout ça nous échappe un peu, vous ne trouvez pas?

Elle parle avec assurance, car la vie, elle se targue de l'avoir faite, et le cosmos de l'avoir visité, ce qui ne manque pas de plonger ces Messieurs dans l'embarras. Il faut dire qu'un rien les embarrasse. À vingt-quatre ans, elle a parcouru le monde comme hôtesse de l'air avant de revenir aux études à un âge où les autres les terminent. Ça lui donne de l'ascendant sur les confrères et consœurs tous plus jeunes qu'elle et qui l'admirent d'avoir déjà tant vécu. On la soupçonne d'avoir des mœurs à l'avenant de sa grande expérience, et sa beauté angélique comme son corps de Vénus l'ont installée, dès le premier jour de la session, dans les fantasmes les plus pervers de tous les garçons. Les supliciens, thomistes ou pas, n'échappent pas à son charme, pour leur plus grand tourment. D'autant plus qu'elle a de l'esprit, ce qui est encore plus embêtant pour les tenants d'une doctrine qui, jusqu'à il n'y a pas si longtemps, refusait encore de concéder une âme aux femelles de l'espèce.

La tirade d'Anna Purna a tôt fait de décrocher Nihil de son nuage. Du haut de sa maigreur, le vieil ascète n'apprécie guère qu'on le renvoie à ses questionnements métaphysiques. En général, il n'est pas tellement vindicatif, mais cette fois il a conclu son cours en nous collant pour la séance de la semaine suivante une dissertation de cinq pages sur le sujet en rubrique. C'est sans doute la seule façon qu'il a trouvée de ne pas perdre contenance devant la froide assurance, le matérialisme convaincu et la beauté sans mesure de l'aînée de ses élèves.

Il n'y a pas de cours à quinze heures le jeudi. Je suis descendu au salon du deuxième, le seul endroit dans l'école où ces Messieurs tolèrent la pénombre et la musique rock. Oscar y est déjà installé avec Anna près d'une des grandes fenêtres donnant sur la pente boisée qui monte à l'assaut du chemin de la Côte-des-Neiges. Le *Wholottalove* de Zed Lépine joue passablement fort et ça ne sera pas long avant que Pelvisius, le suplicien chargé de maintenir un semblant d'ordre dans la baraque et ainsi nommé à cause de son petit regard fuyant toujours fixé près de l'entrejambe de ses interlocuteurs, ne rapplique pour baisser le son.

J'ai rejoint Oscar et Anna, dont la minijupe laisse voir d'admirables cuisses toutes en longueur dans des bas de nylon foncés. Je me suis assis devant elle pour mieux les admirer. À ses côtés, avec un manque de discrétion ostentatoire, Oscar bourre de haschich un minuscule shalom. Anna porte une petite culotte jaune que j'observe avec avidité chaque fois qu'elle croise et décroise les jambes, ce qu'elle fait souvent, vu qu'il faut bien montrer ce qu'on a, sinon à quoi ça sert. On a allumé la pipe. Dehors, le soleil se prépare à se coucher et l'ombre des arbres s'allonge jusqu'à se briser du côté des anciennes écuries, qu'on n'utilise plus maintenant que pour ranger le matériel des jardiniers. L'odeur du kif envahit le salon et quelques têtes de bétail jettent vers nous des regards chargés de réprobation et d'inquiétude.

Comme prévu, la porte s'ouvre devant Pelvisius qui file droit sur l'enceinte acoustique. Les yeux par terre pour ne regarder personne, son éternel sourire mièvre aux lèvres, il baisse le volume avant de déguerpir, le regard entre les jambes, inattentif aux huées de deux ou trois braves – il croit en la liberté d'expression – et aux effluves doucereux qu'il attribue sans doute à quelque encens que les jeunes disciples, avides d'exotisme, font brûler dans ce profond désir de communion propre aux adolescents.

Je prends une dernière bouffée de la pipe avant de me diriger à mon tour vers la machine à musique. Ici, Pelvisius n'aura pas le dernier mot. Je pompe Zed Lépine à fond et je vais me rasseoir. Les boîtes de son se déplacent sur le plancher; ceux qui sont tout près flottent au-dessus de leur chaise. Oscar en avale presque le shalom, Anna s'est plaqué les mains sur les oreilles en affichant une effroyable grimace qui la rend encore plus belle. La porte se rouvre d'un coup sec, Pelvisius se ramène. La main sur la poignée, il accuse le coup, les yeux plissés par le vacarme et l'éclairage fluet, et balaie du regard les occupants de la salle en les fixant l'un après l'autre au niveau du nombril. Ou un peu plus bas, parce qu'il n'est pas très brave. Puis, comme je suis debout à côté de l'ampli, il s'avance vers moi, et c'est en s'adressant à mes cuisses qu'il me fait signe de baisser le volume. Je m'exécute. On peut maintenant s'entendre.

— L'appareil s'est emballé, monsieur. J'allais justement y voir.

Pelvisius essaie de sourire, encore plus mal à l'aise qu'au naturel, dans son complet noir et son col romain. Moi, je lui souris de toutes mes dents.

— C'est du matériel japonais, monsieur. On ne peut jamais se fier, avec ces Orientaux. Vous savez, le péril jaune, de nos jours, il est industriel. Dire que ce machin-là est probablement fabriqué avec la vieille Chevrolet 63 de mon père…

Son regard monte jusqu'à mes épaules.

— Vous êtes fort en dérision, monsieur Tremblay. Ou est-ce que je peux vous appeler Larry?

— Ma foi, mon cher Arnold, je n'y vois pas d'objection. Quand à votre truc jap, je vous promets d'y jeter un coup d'œil quand j'aurai cinq minutes. Je fais un peu d'électronique. Ne vous en faites pas, allez, dormez sur vos deux oreilles, si je puis dire...

Et je le raccompagne avec affabilité jusqu'au seuil. Cette fois, Pelvisius ose me regarder dans les yeux pendant une fraction de seconde.

— Merci, monsieur Tremblay.

Il tourne les talons et disparaît dans le corridor. Moi, je retourne à l'ampli. Un frisson se répand sur le bétail inquiet.

— Fais pas le con, Larry. Tu vas nous péter les tympans.

Il s'appelle Jean Rachi, de son surnom Le Rachitique, pour des raisons évidentes. Nous sommes dans la même classe de littérature. Il est un des seuls mâles dans cette classe, à part moi, à aimer ça pour vrai, la littérature. Les autres s'intéressent plus au professeur parce qu'elle est jeune et laïque et plutôt bien foutue.

Je désigne du menton la dizaine de moutons qui l'entourent.

— Et bien, mon cher Rachitique, bouche un peu tes oreilles fragiles. Je vais voir un peu comment les bestiaux réagissent aux sautes de son. Il paraît que les vaches, ça leur fait pondre plus de lait.

Rachi hausse les épaules. À l'autre bout du salon, Anna et Oscar m'ont depuis longtemps oublié et se livrent à des attouchements suspects sous couvert de partager leur émerveillement pour la poésie de Rimbaud qu'Oscar lit dans un des rares exemplaires qu'il a réussi à trouver en parcourant les anciens rayons des livres à l'Index de la bibliothèque de ces Messieurs. Ça lui arrive parfois, à Oscar, d'aimer la poésie.

Je retourne vers l'ampli. Le Rachitique se plaque les mains sur les oreilles. Je mets le son au maximum. On se croirait à Pearl Harbor.

Foi de Larry Volt, c'est vraiment de la camelote, ces trucs japonais!

Chapitre deux

Cam Ranh, 66-67

We have done so much for so long for so little, that now we can do anything for nothing forever.

Inscription sur briquet Zippo,
G.I. inconnu

Il y a des jours où, vraiment, la vie me pèse. Comme si je me promenais avec une enclume entre les deux omoplates. Il n'y a pourtant pas de raison. Pas plus que d'habitude, je veux dire. Quand ça m'arrive, je ne sais plus quoi faire, je ne sais plus où aller. Alors, je ne fais rien, et je reste là où je suis quand ça me frappe, jusqu'à ce que ça passe.

La Marquise n'accepte pas que je repousse ses avances, que je ne réponde pas à ses sourires mielleux, à ses œillades. Tout ce qu'elle veut, c'est me récupérer, m'amener à suivre le troupeau qu'elle domine. La Marquise ne comprend pas que je fasse bande à part. Moi, j'ai toujours bandé à part, lui ai-je pourtant expliqué, mais ça ne l'a pas convaincue de me foutre la paix.

Comme son charme naturel n'a pas réussi à me ramener au bercail, elle s'est mise à déblatérer sur mon
compte. C'est Oscar qui me l'a dit. Alors, pour la forme
et pour l'emmerder, j'ai pris ma rage à deux mains et je
suis allé lui demander des explications. Elle était assise
dans un des fauteuils du salon entre Julie Corne et
Jeune Fièvre. Je me suis planté droit devant elle.

— Il paraît que je te fais un drôle d'effet, La Marquise, tellement que tu n'arrêtes pas de parler de moi.
Je peux savoir ce que tu racontes ?

Du coup, la snobinarde avale de travers tandis que
ses deux dames de compagnie s'échangent des coups
d'œil inquiets. Comme la réplique tarde à venir, je
prends une chaise et je m'installe.

— Alors ?

Alors, je l'ai su, ce qu'elle racontait. C'est sorti d'un
coup sec, comme un coup de canon, ou comme une
indigestion aiguë, mieux, comme une diarrhée. Je
suis hautain, je me prends pour un autre et je suis
prétentieux, prétend-elle. Voilà. Et ses deux acolytes
d'approuver.

Moi, je trouvais ça drôle et plutôt bref. J'avais beau
leur dire que je ne me prends ni pour le pape, ni
pour Napoléon, ni même pour Pythagore, ça ne les a
pas convaincues. Ce serait plutôt elles qui me pren-
draient pour un autre, qui voient en moi un autre
que moi. Moi, je suis égal à moi-même en tout.

— Si vous voulez à tout prix en voir un « qui se
prend pour un autre », vous n'avez qu'à observer un
peu ce gros vent de Nihil, le barbare philosophe.
Juste à le regarder, on voit bien qu'il se croit supé-
rieur. Ce cher Nihil se prend pour le nombril du
monde, pour l'ombilic de la philosophie. C'est quand

même étrange pour un maniaque de la cosmologie qui s'obstine à prétendre et à prêcher que la Terre n'est pas le centre de l'univers, que l'homme n'est pas le centre de la Terre.

Jeune Fièvre me regarde, le visage incliné, comme un chien intrigué par un os qui n'aurait pas la forme d'un os. C'est mon sourire qui la dérange. Comment puis-je sourire après avoir été insulté de la sorte ?! Il y a des choses que même les chiens les plus intelligents ne pourront jamais comprendre, les chiens resteront toujours des chiens. Je les vois se hérisser, toutes les trois. Je suis méchant. Il faut bien se venger un peu, au moins pour la forme, pour leur prouver que je suis bien moi, et personne d'autre.

Elles auraient voulu que je me repente, que ça me fasse quelque chose de connaître la piètre opinion qu'elles ont de moi. Je les envoie au diable, je leur dis d'aller se faire foutre, que ça leur ferait du bien de se faire remplir un peu, que ça leur élargirait l'ouverture d'esprit. Je ne me lasse pas d'en remettre. Elles constipent à vue d'œil. Je leur dis qu'il y en a qui auraient un peu intérêt à se prendre pour d'autres, qu'elles pouvaient choisir n'importe quel modèle, que ça serait toujours mieux que l'original.

— Vous n'êtes que des petits anoures de bénitier, mes amours, des grenouilles, si vous préférez, que des mérinos qui ne demandent qu'à être tondus, que de sales petits insectes inoffensifs et répugnants. La seule envie que vous m'inspirez, c'est de me gratter. La prochaine fois que vous voudrez susciter mes confidences et mon repentir, vous vous y prendrez autrement. Tenez, peut-être qu'à poil vous seriez plus efficaces, mais j'en doute…

Jeune Fièvre pleure. Elle s'imagine que ça va m'attendrir. Je préfère me convaincre que ça m'agace.

– Tu pleures pour rien ! Tu gaspilles de l'énergie et de l'eau. Pense à tous ces déserts qui parcourent le monde ! Sèche tes larmes de crocodile, ça ne prend pas. Les oxyures de ton espèce sont dépourvus de glandes lacrymales et le seul sentiment qu'ils peuvent éprouver se résume en un bien-être quasi comateux quand, en bons parasites, ils ont trouvé un bon gros intestin bien juteux pour se gaver.

La Marquise et Julie Corne n'en peuvent plus. Elles poussent les hauts cris, m'ordonnent de me taire. Elles ne sont pas fortes. Je me lève. J'ai pitié. Je m'en vais.

N'empêche qu'après je n'ai plus eu envie de bouger, parce que la vie m'écrasait. Sur le coup, j'étais plutôt content de les avoir remises à leur place, ces trois connasses. Ça fait du bien de savoir qu'on peut se défendre. Mais lorsque je me suis retrouvé dehors, à descendre la côte qui me ramenait vers le monde ordinaire, je me suis rapidement senti plus lourd et j'ai cherché un banc où m'asseoir. Ça n'est pas que j'avais du regret, mais j'étais peiné de réaliser encore une fois à quel point elle est tarée, l'espèce humaine.

Il était cinq heures et il faisait déjà noir, à cause de l'automne qui avançait chaque jour un peu plus. Après une heure de banc, j'avais réuni suffisamment de forces pour soulever le néant qui m'enrobait, et j'ai pris le métro pour rentrer chez moi. Je suis descendu à la station Pie-IX, comme toujours, mais je n'ai pas attendu l'autobus. J'ai préféré marcher en suivant le Jardin botanique, même si le trajet est long. Le temps, on le tue comme on peut, sinon c'est lui qui vous tue.

En arrivant devant la maison, j'ai croisé l'amant de la voisine, qui s'amenait en sens inverse. Elle, c'est une petite divorcée dans la prime trentaine et agréable à regarder, qui arrondit sa pension alimentaire en travaillant comme maîtresse exclusive. Quelques mètres seulement séparent nos deux maisons, et ma fenêtre de chambre donne presque sur la sienne. Souvent, les soirs d'été, surtout durant les canicules, lorsqu'on garde les fenêtres ouvertes, je l'entends travailler avec application. Elle a du rythme, et lui pas mal de souffle pour un mec qui approche de la cinquantaine. Il n'avait pas beaucoup de vocabulaire, par contre; tout ce qu'il savait dire, c'était des *yes, yes*, à répétition.

Lui, il est PDG, d'après mon taureau de père, qui le connaît pour l'avoir rencontré à quelques reprises dans des déjeuners causerie de la Chambre de commerce ou dans d'autres trucs rigolos pour hommes d'affaires à la recherche de contacts et d'aventures. C'est un Américain. Il dirige l'usine locale de la United Motors; c'est là que la multinationale fabrique les moteurs des avions de combat et des bombardiers qui pètent la gueule aux Vietnamiens et aux Cambodgiens. Il est plutôt discret, le PDG. Il se pointe toujours en taxi, bien qu'il ait un chauffeur, le Taureau me l'a dit. Habituellement, il repart aux alentours de minuit, il ne dort jamais là. Sa femme s'inquiéterait trop, probablement, de le voir découcher si souvent, car il vient environ deux fois par semaine faire gagner sa paye à madame sa maîtresse.

J'ai mis la télé en entrant. Ce qu'il y a de bien quand mes parents ne sont pas là, c'est que je peux faire ce que je veux. Ce qu'il y a d'emmerdant, c'est que je dois faire ma bouffe et ma lessive. Quelques jours, ça peut toujours aller, mais là, j'en ai pour au moins deux mois et demi. Depuis que le Taureau a décidé de prendre une semi-retraite, mes parents passent plusieurs mois par année dans leur condo en Floride. On a les châteaux et l'Espagne qu'on peut. Je suis enfant unique et il paraît que je suis capable de me débrouiller tout seul. Parce qu'il faut ce qu'il faut, comme dit le Taureau à propos de tout et de rien.

J'ai ouvert le frigo; j'y ai trouvé un vieux bout de pizza livrée la veille et du lait. Pas besoin de plus. J'ai dix-huit ans et ça fait un bail que j'ai fini de grandir. De toute façon, j'ai assez grandi comme ça. Plus, ce serait exagéré, et on se foutrait encore plus de ma gueule, ce qui n'est pas nécessaire.

On donnait les informations à la télé. Ça n'était pourtant pas l'heure. J'ai compris tout de suite au ton alarmiste du commentateur et à son air catastrophé qu'on avait droit à un bulletin spécial. J'ai monté le son. Une bombe, une autre, avait sauté, cette fois-ci dans les bureaux du Conseil du patronat. Elle avait tout dévasté mais, par miracle, personne n'avait été tué, bien que trois employés, qui ne devaient pas se trouver là, aient été sérieusement blessés.

J'ai beau m'en défendre, les bombes ça m'excite, surtout quand c'est dans ma ville qu'elles sautent, surtout quand ça fout vraiment le bordel. Après tout, le pouvoir, il n'a qu'à ne pas emmerder les gens. Ça n'est pas son rôle.

Cette bombe-là, c'est le Front populaire de libération du Québec qui l'a fait péter. Comme celles des mois précédents d'ailleurs. Pour secouer le pouvoir qui protège les privilèges de la minorité d'Anglais qui dirigent tout, plutôt que de défendre les droits de la majorité française qui n'a rien dans les mains, rien dans les poches, sauf sa langue. Et comme ils n'en ont jamais assez, les Anglais, le pouvoir a même passé une loi pour faire de l'anglais la langue officielle du Québec, sur le même pied que le français. Et il ne veut pas revenir là-dessus, le pouvoir, même si ça ne plaît qu'aux Anglais. Alors, comme personne n'a réussi autrement, des terroristes qui parlent français ont décidé de le faire changer d'idée par la force des bombes. Ça mérite d'être essayé, parce que le pouvoir est du côté de l'argent, comme toujours, et que l'argent appartient aux Anglais. Il y a bien quelques Français qui ont réussi à en faire un peu, comme le Taureau, mais ils ont tellement peur de le perdre qu'ils se collent aux Anglais comme des sangsues.

Ils devraient pourtant se souvenir, ceux-là, à quel point ils ont dû se battre pour emporter quelques miettes du gâteau. Quand j'étais petit, mon père gueulait continuellement contre les «maudits Anglais» qui raflaient toujours les contrats de construction parce qu'ils avaient des contacts au gouvernement ou à la Ville. C'était à ce point difficile qu'on mangeait des tomates en boîte trois fois par semaine pour arriver avec le peu d'argent qu'il tirait de la petite entreprise qu'il avait fondée après avoir travaillé quatre ans comme contremaître de chantier pour une grosse société du West Island.

Nous habitions plus à l'ouest, sur la 1re Avenue près de Masson, un petit logement au deuxième étage avec des souris dans les murs. Mon père travaillait tout le temps et ma mère l'aidait à faire sa comptabilité. J'aimais bien les voir travailler, le jour comme le soir, même si je m'ennuyais tout seul. Je savais que c'était pour notre bien, pour nous tailler une place au soleil. C'était ce qu'ils me disaient et je n'avais pas de raison d'en douter. Mon père a si bien persisté qu'il a fini par obtenir des petits contrats, puis des plus gros et encore plus de plus gros.

C'était dans le temps où il était encore un homme, pas juste un entrepreneur qui a réussi, dans le temps où il était encore mon père, pas juste le Taureau. Après, ça s'est gâté. Et il l'a eue, sa place au soleil. Seulement, ça n'était pas comme ça que je l'imaginais, à Fort Lauderdale, en Floride.

Alors, vous comprenez, moi, l'argent… D'ailleurs, j'ai pour mon dire que l'argent, ça engourdit les neurones. Et vous savez ce qu'ils font dans les hôpitaux pour secouer les neurones engourdis? Ils leur foutent des électrochocs. Les bombes, c'est pareil, ce sont des électrochocs collectifs. Il faut ce qu'il faut.

J'ai mangé ma vieille croûte et puis j'ai mis un disque de Gémis Hendrix! par-dessus l'image de la télé. Le bulletin spécial était terminé et on jouait un téléroman con que je regardais distraitement. Il me restait encore pas mal de mescaline au frigo. J'en ai snifé. J'avais besoin de me mettre un peu de vent dans la tête, pour réfléchir sans que ça fasse mal.

Parce que le vent, il me lave, me nettoie le dedans comme le dehors, me rafraîchit les bardeaux. C'est comme s'il me rappelait que je suis ma propre cabane, qu'il n'y a qu'à l'intérieur de moi-même que je suis à l'abri. Sans fenêtre, à peine une porte, elle est minuscule, même si elle est pleine de tout ce qu'on peut imaginer. N'y entre pas qui veut: *no strangers admitted*. J'y ai mis un énorme cadenas et il n'y a que moi qui en connaisse la combinaison. Les murs sont durs comme du béton armé. On n'en viendrait pas à bout, même avec cinq mégatonnes de dynamite.

Lorsque j'y pénètre, j'y suis comme invisible. Personne ne s'occupe de moi et je ne m'occupe de personne. On pourrait se briser les mains à frapper à la porte que je ne répondrais pas. Je fais celui qui n'entend pas les coups qu'on donne aux portes.

Au collège, il y en a beaucoup qui rôdent autour de ma cabane et je n'aime pas ça. La Marquise et les autres. Même Grosse Torche en rase parfois les murs, à la recherche d'un trou où fouiner. Elle s'approche, l'air de rien, comme si elle pouvait passer inaperçue avec ses allures de brontosaure en rut, et elle tente de voir quelque chose. Mais elle ne verra rien, pas plus elle que les autres.

Il y a plein de monde qui aimerait bien mettre de l'ordre dans ma cabane. Les supliciens les premiers. Après tout, le Taureau et la Vierge les paient cher pour ça. Moi, je refuse. L'ordre, c'est pour les curés, pour les tonsurés de tous genres, une invention du pouvoir. Ma cabane est trop petite et trop encombrée pour qu'on y ajoute de l'ordre par-dessus le reste. De toute façon, ce n'est pas avec l'ordre qu'on va sauver le monde.

Parfois, quand il fait chaud, ma cabane me colle à la peau. Quand il fait froid, elle m'enveloppe et me réchauffe. Quand il fait trop clair, elle me recouvre les yeux. Quand il fait trop noir, elle s'illumine et je vois tout comme en plein jour. Elle est ma carapace, mon camouflage, ma peau de caméléon.

Souvent, on me frappe, souvent on m'assaille, on m'attaque. C'est parce que j'aime déranger. Normal qu'on en veuille à ma tête, à ma façon de regarder, à ma façon de voir. Tout le monde n'aime pas qu'on ne soit pas comme tout le monde. Mais on ne peut rien contre moi, parce que j'ai ma cabane et qu'elle est solide.

Chapitre trois

Il fallait s'y attendre. La Marquise a décidé de diriger, au collège, la lutte contre la Loi sur les langues. Avec la bénédiction de ces Messieurs, bien entendu, qui évitent ainsi qu'un exalté dans mon genre ne sorte du rang et ne profite de l'agitation ambiante pour faire sauter la baraque. La Marquise, elle, a de la classe. On ne peut pas se tromper sur ses origines et ses opinions. Pas fous, les curés : *Melior est vir prudens quam fortis* [1].

Par voie de communiqué imprimé sur la Gestetner mise gracieusement à sa disposition par Pelvisius, La Marquise annonce la création spontanée du Comité Québec français du séminaire du Saint-Suplice

---

1. Mieux vaut être prudent que fort. (Sag. VI : 1)

(CQFSSS), se nommant au passage présidente provisoire dudit comité, dont le mandat tout aussi provisoire est « d'assurer la liaison avec la direction nationale de la lutte contre la Loi sur les langues ». Ceux que ça intéresse doivent se présenter au salon le lendemain à dix-sept heures. Après les cours, bien entendu. On déterminera alors de quelle façon les élèves du collège peuvent appuyer concrètement le mouvement de protestation. Le communiqué dit qu'il y aura même un représentant du comité national. Pas besoin d'être bien futé pour deviner qu'il va tenter d'enrôler le troupeau dans son grand mouvement de masse, même si les moutons qui en font partie ne sont pas tout à fait du genre qui font les révolutions : la progéniture de juges, de médecins et de *businessmen*, c'est d'ordinaire plus doué pour les défilés de mode et les concours de beauté que pour les manifs.

Il faut croire que même les riches peuvent se sentir opprimés ou que la cause est particulièrement juste, parce que le représentant du comité national les a mis dans sa poche en un tournemain. Un vieux barbu tout en sourire, en col roulé sous une veste de tweed, qui parle fort et qui sait faire vibrer les cœurs au diapason de la ligne juste. Il lui a suffi de moins de dix minutes pour arracher un vote en faveur d'un débrayage de vingt-quatre heures, le temps de permettre aux troupes du Saint-Suplice sur la montagne de se joindre à la grande armée populaire qui déferlera dans les rues du centre-ville trois jours plus tard.

Vraiment, il sait y faire avec les fils et les filles à papa :

— Votre peuple a besoin de vous, ne le décevez pas. Le destin de la nation est en jeu. Vous devez participer à la lutte, vous n'avez pas le droit de rester en marge du front uni qui est en train de se créer…

Vooooootre peuple ! Il n'en faut guère plus pour engager sur-le-champ le troupeau dans la sédition par un vote à main levée presque unanime tenu dans l'enthousiasme des parties de fin d'année. Seulement, on est en novembre et les messieurs du Saint-Suplice n'ont pas prévu de congé si tôt dans la saison. Ils sont tout aussi embêtés qu'étonnés que les choses aient pu aller si loin. Pelvisius a beau répéter et faire répéter par ses pions qu'il n'est pas certain que ce soit une bonne idée, le vendredi suivant, le collège est aussi désert que le désert de Judée. *Non enim quod volo bonum, hoc facio ; sed quod nolo malum hoc ago* [2].

Je me suis tenu à l'écart, bien que la tournure des événements m'amuse. Pas question que je marche au pas dans le bataillon de La Marquise. Je me suis installé au deuxième étage d'un petit bar que j'avais déjà repéré et dont je sais qu'il me permettra de voir la rue sur plusieurs centaines de mètres. Rue Sainte-Catherine près de Saint-Denis. Sur le trajet de la manif qui doit se terminer au parc La Fontaine. Dans quelques instants, je verrai arriver tout à loisir, par la grande vitre donnant sur la rue, les premières lignes de manifestants.

Ils sont près de cent mille d'après ce qu'en disent les reporters à la radio. Les flics sont sur les dents, car les rassemblements de ce genre sont interdits à Montréal, depuis que le conseil municipal en a décidé ainsi il y a deux mois, estimant qu'il y en a trop

---

2. Je fais le mal que je ne voudrais pas, et je ne fais pas le bien que je veux. (Rom. VII : 18-19)

et que la liberté d'expression, c'est un bien beau principe, mais qu'il ne faut pas en abuser parce qu'alors ça dérange tout le monde.

Je sirote une bière en attendant bien au chaud que le bataillon du Saint-Suplice se pointe. J'ai hâte de voir quelle allure il a, le troupeau, lorsqu'il monte aux barricades. La Marquise et ses acolytes ont fabriqué une belle banderole rouge pour bien démontrer au monde entier que même les enfants de la grande bourgeoisie pensent que ça vaut la peine de protéger la langue des Canadiens français. Après tout, c'est quand même celle qu'ils connaissent le mieux. Montée sur deux bâtons, la banderole fait un mètre sur dix, et c'est écrit dessus « Non à l'assimilation institutionnalisée » en grosses lettres carrées blanches avec, en dessous, le nom du collège. Ce n'est pas parce qu'on étudie dans une tour d'ivoire qu'on est insensible au sort des masses qui grouillent à nos pieds. Et puis, c'est vrai, ce peuple-là, c'est le nôtre, pas celui des Anglais. Alors, aussi bien l'aider à survivre si on veut pouvoir en profiter une fois nos études terminées.

En attendant, je fume des cigarettes. Ils disent que c'est mauvais pour la santé, mais je ne connais pas grand-chose qui ne l'est pas. Même la vie m'assassine. Il ne peut en être autrement, étant donné qu'on sait comment ça se termine, la vie.

De toute manière, qui peut se vanter de savoir ce que c'est que la vie ? La vie, c'est la vie. S'il faut en croire les supliciens, il ne faut pas chercher plus loin que ça. La vie, c'est la vie : tautologie flagrante, arrogante, criarde. Qu'est-ce que la vie ? La vie est une tautologie. *Toto-loji*, en javanais méridional, ça veut dire « vie ». C'est lorsqu'on n'est pas capable d'expliquer les choses qu'on a recours à la tautologie. On serait aussi bien de se taire et de ne pas chercher à comprendre, comme les supliciens, plutôt que de dire des conneries dans une langue étrangère.

J'entends la rumeur de la rue qui crie ses premiers slogans à travers le vrombissement des motos de police en maraude, cinquante mètres devant les manifestants. Je m'étire le cou et j'aperçois au loin la foule immense qui prend toute la largeur de la rue et qui s'étend à perte de vue. En première ligne, les bonzes du comité national, dont le barbu en tweed qui a embrigadé la relève de la classe dominante. Mon cœur bat la chamade. Il me semble que je devrais faire quelque chose de toute cette belle énergie qui risque de se gaspiller. Une fois qu'ils auront fini de marcher, tous ces épais, qu'est-ce qui aura changé ?

Ils sont maintenant tout près. Les employés du bar se sont approchés des fenêtres pour voir. Pour une fois, la presse a dit la vérité : il y a vraiment beaucoup de monde. Ça n'arrête pas de défiler, pancarte au poing, et ça gueule à l'unisson et dans la bonne humeur « Qué-bec-fran-çais ! Qué-bec-fran-çais ! ».

Dans la cohue et la marée de banderoles, je distingue enfin celle du troupeau, bien déployée entre les deux poteaux que tiennent chacun de leur côté Rémi Ami et Julie Corne, fiers de jouer le rôle de porte-drapeaux. Sous l'étendard, mégaphone en main, bien au chaud dans sa vareuse à col de vison, La Marquise essaie tant bien que mal de scander « Non-à-l'as-si-mi-la-tion-in-sti-tu-ti-on-na-li-sée ». Les autres reprennent en chœur, mais ça ne ressemble à rien.

Je me trouve soudain très lâche d'être là à ne rien faire alors qu'il me suffirait d'un petit effort pour que

toute cette excitation inutile fasse vraiment avancer
la cause. Et peu m'importe que ce soit celle-là ou une
autre. Une cause, c'est d'abord une cause avant d'en
être une bonne ou une mauvaise. Ces imbéciles qui
défilent croient sincèrement que les petites marches
de santé collectives et répétées toutes les semaines
depuis un mois vont amener le pouvoir à changer
d'idée. Ils sont bien naïfs, et en plus ils n'ont pas le
sens du tragique. La marche, ça n'a jamais renversé
les gouvernements, sauf peut-être la Longue Marche,
mais je n'ai pas, comme Mao, la patience de marcher
pendant des années. Je me dis que si j'avais un peu
plus de courage, je pourrais donner un sens à leurs
petits marche-o-thons débiles.

Je vois ça d'ici : de l'autre côté de la rue, la vieille
Renault 10 en stationnement se soulève tout à coup,
comme mue par une force surnaturelle avant de disparaître dans un nuage de flammes et de fumée, tandis qu'une déflagration terrible souffle les fenêtres des
alentours, y compris celle devant laquelle je suis
assis. Il y a du verre et du feu partout. C'est la
panique. Dans la rue, les slogans cèdent la place aux
hurlements, et tout le monde s'élance dans tous les
sens. Bien sûr, il y a des morts et des blessés. Imaginez un peu les conséquences. On accuserait les
Anglais. À tort, évidemment, parce que ce serait moi.
Le bordel total, je vous dis. Après tout, comme Marx
l'a dit, on ne peut pas faire de révolution sans foutre
un peu la merde. Il faut ce qu'il faut, quoi.

Le cortège est passé au grand complet depuis un
bon bout de temps déjà. À l'heure qu'il est, ils doivent
tous être arrivés au parc La Fontaine où ils se font
haranguer par trois ou quatre beaux esprits, pas trop

pressés de faire la révolution. Moi, j'ai continué à boire, à cause de la révélation que j'ai eue et qui m'a fait réaliser que l'important, ce n'est pas tant de mettre des bombes que de savoir où on les place et par qui on les fait poser…

Au fond, ils ne sont pas très futés, les petits cons qui jouent aux terroristes depuis quelque temps en s'amusant à faire sauter des boîtes aux lettres et des Anglais. Bon, d'accord, ils dérangent le pouvoir, encore que c'est à voir parce que ça lui donne de bonnes raisons d'exercer sa répression. Mais ils font surtout plaisir à la majorité qui est française et qui pense en silence que « c'est bien fait pour eux, ces sales tordus d'Anglais depuis le temps qu'ils nous font skier ». Tandis que si leurs bombes faisaient péter la gueule aux Français… Je ne m'étais jamais rendu compte auparavant à quel point ça pouvait être facile de semer la pagaille.

Chapitre quatre

Vung Tau, 69-70
Knights slew for love, we slay for money.

Inscription sur briquet Zippo,
G.I. inconnu

Ils veulent baptiser le salon. C'est une idée de La Marquise, bien sûr. Qui d'autre! Une vraie petite animatrice professionnelle, celle-là. C'est notre gentille organisatrice à tous, la G.O. de notre petit club Med de merde sur la montagne. Elle a lancé l'idée comme ça, au milieu du troupeau réuni pour brouter sa luzerne, à midi, au réfectoire. N'importe quoi pour faire quelque chose.

— Pourquoi on ne trouverait pas un petit nom original pour notre salon? Après tout, on y passe pas mal de temps, ça fera plus gentil, plus intime, plus coquet. Les choses qui n'ont pas de nom, j'horreur de ça!

Ils sont d'accord. Un concours a donc été lancé pour trouver un nom original au salon. Le proposeur du nom qui sera retenu gagnera cinquante dollars. Ça n'est pas rien!

J'ai proposé «Le Salon» comme nom pour le salon. Je ne gagnerai pas, c'est certain. Un salon, ça n'a pas besoin d'un nom. À la rigueur, les gens non plus n'ont pas besoin de nom. Il s'en trouvera encore pour prétendre que ce que je dis n'a pas de bon sens. Je sais, je n'ai pas de bon sens, je présume même que je n'ai pas de sens du tout. Mais un homme, c'est un homme et rien d'autre. Pas ma «petite Julie», ni mon «petit Larry». Les Espagnols, eux, ils disent «*hombre*» quand ils s'adressent à un homme. Pour les Noirs américains, c'est «*man*». Pas «monsieur» ni rien de tout ça. Ils disent «*hombre*» et «*man*» et ça résonne quand ils le disent, ça sonne fort et lourd. Les hommes sont des hommes, rien d'autre. Les messieurs du Saint-Suplice, eux, ils insistent pour se faire appeler monsieur. Sans doute parce qu'ils ne sont pas si certains que ça d'être des hommes.

Est-ce qu'on a déjà ouvert un concours pour trouver un nom à la misère? Et la crasse, et le vice, ça s'appelle comment? Ça s'appelle vice, ça s'appelle crasse.

Ils ont appelé le salon Le Catalpa. C'est Julie Corne qui a gagné les cinquante dollars. Elle en est très énervée. Ils ont fabriqué une affiche avec Le Catalpa écrit dessus en rose et jaune avec des feuilles de catalpa autour des lettres et ils l'ont placée au-dessus de la porte du Catalpa. C'est gentil comme tout. C'est chaud comme nom. Ça fait chic, ça fait exotique en plus, ça fait «Tropicana», ça fait «Copacabana»…

Ils veulent fêter ça. Ce soir, il y aura un party pour inaugurer Le Catalpa, un party avec danse et lumière tamisée et alcool, fumée et le reste sous le manteau. Ça se bécotera dans les coins, ça se répandra en caresses lubriques derrière les fauteuils et dans les encoignures au son du *Whiter Shade of Pale* de Procularum, ça se gonflera le cœur et le reste à danser bien collés les uns sur les autres et ça jouera de la romance comme s'ils avaient fait ça toute leur vie. Tout le troupeau sera là, c'est sûr. Il ne faudra pas manquer ça. Oscar, Anna Purna et moi, on s'en pourlèche déjà les babines.

En attendant, j'ai mon cours d'anglais. Alors, j'y vais. À reculons, parce que je n'aime pas l'anglais et encore moins le prof d'anglais.

Les supliciens, ils disent que c'est utile, voire indispensable de posséder au moins deux langues. Moi je trouve que deux cervelles seraient plus utiles que deux langues, mais enfin. Remarquez qu'ils ne nous apprennent pas l'arménien ou le chinois. Ils ne nous enseignent que l'anglais. Le professeur d'anglais, qui est une professeure, dit qu'au Québec on ne peut pas se passer de l'anglais, que c'est beaucoup plus utile que l'arménien et le chinois réunis, parce que le Québec est dans le Canada, que le Canada est dans le Commonwealth, que le Commonwealth est dans le monde et que le monde est dans les États-Unis. La professeure d'anglais prétend qu'il faut parler au moins deux langues couramment pour être citoyen du monde. Pourtant, la professeure d'anglais ne parle que l'anglais. Elle dit qu'elle n'a pas besoin de parler deux langues couramment parce qu'elle est citoyenne des États-Unis, pas citoyenne du monde.

Elle me fatigue. La professeure d'anglais veut nous anglaiser. L'anglaiseuse me demande de lui raconter en anglais ce que j'ai fait durant la fin de semaine. Évidemment, l'anglaiseuse ne me parle qu'en anglais. Je fais semblant de ne pas comprendre. Elle s'obstine. Elle reprend sa question plus lentement, en détachant bien chaque syllabe de sa phrase. Je ne veux toujours pas comprendre. L'anglaiseuse perd son sourire :

— *Come on, come on ! Don't tell me you don't understand...*

Je fais celui qui pense qu'elle ne saisit pas quand je lui dis que je ne comprends pas, en lui signifiant par mes gestes que je ne comprends rien. Les autres se bidonnent. Il y en a plusieurs qui n'aiment pas l'anglais, et ceux qui aiment l'anglais n'aiment pas l'anglaiseuse. Elle s'énerve de plus en plus.

De mon pupitre, je peux voir de biais le corps mince et blond d'Anna Purna. Elle se tourne vers moi, le sourire étendu sur tout son visage. Anna Purna rit, comme tout le monde. J'aime la voir rire. Lorsqu'elle rit, Anna est belle comme un film de Walt Disney. Les cheveux d'Anna Purna sont comme une avalanche. Je la regarde me regarder et je lui fabrique le plus beau de tous mes sourires. Ses yeux brillent comme des chapeaux de roues de Cadillac sous les rayons du soleil.

L'anglaiseuse n'en finit pas de s'énerver :

— *Please, please ! Tell us what you did during the last week end. Come on, hurry !*

— Maudit ostensoir beurré de marde ! *Why don't you learn French ? It would be a lot easier !*

Mon point de vue sur la question ne l'intéresse pas. Elle tient absolument à se fourrer le nez dans ma vie privée. L'anglaiseuse est une voyeuse. L'anglaiseuse me fait skier.

— *I did nothing. Nada !* Rien du tout, quoi…

— *Make complete sentences, please.*

Elle s'entête, la vache ! L'anglaiseuse est encombrante, insinuante.

— *I did nothing during the week end. I slept during two days.*

Ça ne la satisfait toujours pas.

— *I'm sure that you dreamt. Tell us what you dreamt.*

Vraiment, elle exagère.

— Vraiment, t'exagères. Veux-tu savoir si je couche à poil tant qu'on y est ? Veux-tu connaître la couleur de mes draps ? *Go to hell ! Shit…*

Le cours d'anglais s'est terminé là pour moi, cette fois. Outrée, rouge comme les bandes rouges du drapeau américain, elle m'a foutu dehors d'un grand geste de la main en me promettant dans la langue d'Élisabeth II que j'en entendrais parler.

Pour en entendre parler, j'en ai entendu parler. Par Pelvisius d'abord, qui y est allé d'un beau discours édifiant sur les vertus de la patience et de la modération. Ça s'est passé dans son bureau et ça a bien duré une heure. Une heure à me sermonner, les yeux fixés sur mes abdominaux, une heure d'appels au calme et de thérapie par le bon sens.

— Méfiez-vous de votre intensité, qu'il me dit pour conclure son épître au collégien, et soyez plus tolérant face aux défauts et aux faiblesses des autres. Surtout, ne vous sentez pas obligé d'affronter ceux avec qui vous n'êtes pas d'accord. Souvenez-vous que la plupart des tentations sont le résultat d'un regard non réprimé. Méditez un peu là-dessus. Et baissez les yeux. Réfrénez vos ardeurs, monsieur Tremblay. Il vaut mieux battre en retraite que de se battre à tout propos, car c'est souvent par la fuite qu'on remporte les plus belles victoires : *Fuge si non vis perire* [1].

J'ai mis tout de suite en pratique ses recommandations et je me suis sauvé en multipliant les courbettes et les *mea culpa*. Il m'a félicité pour mon attitude positive et je l'ai remercié pour ses bons conseils. Comment aurait-il pu savoir que je ne faisais que ça, fuir, que la fuite c'est mon mode de vie, que je fais tout pour me retrouver le plus souvent seul avec moi-même ?

Tous les jours, à chaque heure et à chaque minute, je m'efforce de porter des œillères pour fuir le monde qui m'entoure, pour ne voir personne d'autre que moi, je m'applique à marcher dans les mêmes ornières pour n'aller que vers moi. Je ne veux voir que moi, je ne peux endurer que moi dans mon univers. Les autres, c'est ma déroute. Quand je les regarde, ils me détournent de moi. C'est pour cette raison que je serai toujours en marge de tous les troupeaux : je serai toujours mon propre berger, mon seul cheptel, ma seule colline à brouter. Que les autres aillent paître ailleurs. Je refuse de me laisser passer une cloche au cou.

Je ne veux pas porter toute la souffrance du monde sur mes épaules, je ne suis pas un martyr, ni un sauveur. Je ne tiens pas à mourir en croix. Je suis suffisamment écartelé comme ça.

Quand il m'arrive de mordre, c'est pour me défendre. Rien à voir avec la solidarité. Quand j'attaque, c'est parce qu'il faut ce qu'il faut. Partout, c'est plein de

---

1. Fuis si tu ne veux pas périr. (Saint Augustin, *Enarrationes in psalmos*, 57)

moulins à vent vindicatifs. Je ne m'attaque qu'à ceux
qui en veulent à ma peau. Je me bats uniquement
pour durer le plus longtemps possible, pour garder la
tête hors de l'eau, pour respirer.

Julie Corne me reproche mon attitude inutilement
agressive. Elle dit que je provoque tellement les professeurs qu'ils passent ensuite leur mauvaise humeur
sur tout le monde et que tout le monde en a ras le
bol de mes conneries. Elle dit que je suis paranoïa-
que, que je devrais me faire suivre par un psychiatre.
Elle ne comprend pas plus que Pelvisius que je passe
mon temps à fuir. Si je le pouvais, je me pousserais
même de moi-même.

Mes propos font peur à Julie Corne. Elle marche
sur la corde raide quand elle m'approche, quand je
lui adresse la parole. Elle craint pour la virginité de
son esprit, pour l'intégrité de sa pensée. Julie Corne
ne se rend pas compte qu'elle se met à nu devant
moi qui ne demande pas mieux, qu'elle me livre ses
secrets sans s'en apercevoir.

– Tu fais une folle de toi, Julie Corne. On peut te
lire aussi facilement qu'une affiche de Coca-Cola. On
voit bien que tu as peur. On le voit tout de suite à tes
gestes nerveux, à la sueur qui perle à la racine de tes
cheveux, à cette manie que tu as de regarder innocemment ailleurs dès que j'entre dans ton champ de
vision périphérique.

Elle ne m'écoute même plus, ne me laisse plus placer un mot. Elle dit que je divague, que je suis une
machine à dire des bêtises. Elle dit qu'il y en a qui
auraient intérêt à la fermer en permanence, qu'il y a
des gens qui devraient tourner leur langue sept fois
avant de parler, avant de déparler. Moi, je lui réponds

qu'il y en a qui auraient avantage à tourner sept fois dans l'utérus de maman avant de venir au monde.

Julie Corne est vexée. Elle n'accepte pas qu'on lui dise ce genre de choses. Je parle pour rien, elle n'écoute plus. Elle s'est mis les mains sur les oreilles et fait semblant de ne plus s'occuper de moi. Pauvre bécasse! Pauvre grue! Va couver tes œufs. Tu es trop conne pour que ce soit ta faute. Maudit Christ!

Je l'ai laissée dans le corridor. Je suis entré au Catalpa, où se trouvaient déjà une centaine d'élèves. On avait de la visite. Un flic de la ville de Montréal s'était annoncé le matin chez Pelvisius et avait sollicité la permission de s'adresser aux étudiants de ces Messieurs. Sujet: les terroristes. Il y a un an, il serait venu pour autre chose, la drogue probablement. Il est venu ralentir les élans nationalistes des plus bouillants d'entre nous, pour nous rappeler que ça n'est pas par la violence qu'on arrive à ses fins dans une société démocratique. Je le soupçonne d'être là à l'instigation de Pelvisius lui-même, qui s'est senti impuissant devant le débrayage de vendredi dernier et qui n'a pas envie que ça se reproduise.

Il a tout d'un vrai flic. Cheveux courts, quarantaine épaisse, élocution facile, mais syntaxe et humour laborieux. Grimpé sur la petite estrade qui sert de piste de danse lorsque Le Catalpa se transforme en disco, il répond aux questions avec une affabilité de policier après avoir bégayé un petit laïus sur l'importance de défendre ses convictions dans le cadre prescrit par la société. On l'écoute poliment, sans plus. Non pas que le troupeau soit très porté sur la confrontation avec les forces de l'ordre mais, tout de même, un flic c'est un flic et un flic n'exerce pas une profession qui soit vraiment digne d'intérêt ou d'admiration. Et puis, ce flic-là n'est même pas un gradé. Vraiment, on nous envoie n'importe qui !

Il y en a bien eu deux ou trois pour tenter de le mettre en boîte en relevant les contradictions de son beau discours, mais c'est tombé à plat parce qu'il n'a pas compris qu'on voulait se payer sa gueule. Tout se serait terminé sans problème si cette grosse merde de Rémi Ami ne s'était pas mis dans la tête de se porter à la défense de la loi et de l'ordre en suggérant à ce pauvre flic qui n'en demandait pas tant de mettre sur pied des comités de vigilance dans les collèges. Rien de moins ! Le flic, qui faisait son travail comme tout le monde parce qu'il faut ce qu'il faut, semblait bien embêté. Il a fini par dire que ça n'était peut-être pas une bonne idée, parce que à chacun son métier, après tout.

Mais Rémi Ami ne voulait pas lâcher. Il pensait avoir trouvé une idée géniale, et comme ça ne lui arrivait pas très souvent, il y tenait.

— Ce n'est pas sorcier, insistait-il. Il suffit de créer un petit comité de trois ou quatre personnes fiables à qui on pourra discrètement faire part de nos soupçons si on en a et qui en disposeront ensuite pour le bien de la société…

Moi, je bouillais et je n'étais pas le seul. Même que plusieurs ovins du troupeau, qui avaient vaguement quelques principes, se sentaient obligés de grommeler. Même La Marquise et ses acolytes ne se sont pas portées à la rescousse de cette brebis galeuse. Même que La Marquise a grogné suffisamment fort pour se faire entendre : « Les gros sabots, j'horreur de ça ! »

Mais Rémi Ami, lui, n'a rien voulu entendre. Il n'a même pas relevé la suggestion d'Oscar Naval qui

proposait «Les Chemises noires» comme nom pour
son comité.

— Que ceux que ça intéresse viennent me voir à la
fin de la réunion. Il faut bien qu'on fasse notre part
pour éviter que le Québec tombe dans l'anarchie !

Les gens ont commencé à quitter l'ombre du
Catalpa et le flic en a profité pour remercier l'auditoire et s'esquiver.

Moi, j'ai pensé bien faire en allant donner mon
nom à Rémi Ami. Il m'a regardé d'un œil mauvais
avant de répliquer qu'il m'en reparlerait une fois qu'il
aurait les noms de tous les volontaires.

Je suis parti moi aussi et suis allé rejoindre Oscar,
Anna Purna et Le Rachitique comme convenu.
L'après-midi tirait à sa fin et nous devions manger
ensemble au fast-food d'en bas de la côte avant de
remonter pour le party d'inauguration du Catalpa.
Comme nous cherchions quelque chose d'amusant à
faire durant cette soirée, nous sommes tombés
d'accord pour servir au troupeau le grand jeu de
l'amitié et de la réconciliation. Juste pour rire, quoi. Il
n'y a pas de mal à rire…

Chapitre cinq

Dong Ha, 66-67
Live like a dog, work like an ass,
fuck like a mink, die like a rat.

Inscription sur briquet Zippo,
G.I. inconnu

Je ne savais pas comment m'y prendre, mais je devais parler à Anna. C'est qu'elle me tourmentait, cette femelle-là. Il fallait que je lui dise que je ne dormais plus parce que je ne pouvais pas arrêter de me morfondre lorsque je pensais à elle, et que je pensais à elle tout le temps, de nuit comme de jour. C'est comme lorsque j'avais sept ans et que j'en bavais pour la voisine. Elle avait pourtant une bonne vingtaine d'années de plus que moi. Ça ne faisait rien. J'avais tellement envie de la toucher que je n'osais plus m'approcher d'elle, ni même sortir de la maison de peur d'aller tout droit lui sauter dessus. Quelle tristesse ! Il aurait fallu qu'il n'y ait pas de fenêtres aux murs de ma chambre pour que je ne passe pas ma vie à tenter de l'observer à la dérobée. Il aurait fallu que j'émigre au Japon ou en Papouasie, mais mes parents ne voulaient rien entendre : pas question de s'installer là-bas.

— La Papouasie ? Vraiment, Larry, tu n'y penses pas ! Ah, ces enfants d'aujourd'hui, je vous demande un peu…

Bien sûr, elle a fini par me sortir de l'esprit, la voisine. Je ne me rappelle plus par quel miracle. Tout ce dont je me souviens, c'est qu'un jour elle est devenue grosse et que ses cheveux ont changé de couleur. Je ne croyais pas que ce serait aussi facile avec Anna Purna. Je m'imaginais mal en train de lui demander de se teindre en noir et de prendre du poids. De toute façon, je ne suis pas certain que ça aurait changé quelque chose. On est moins difficile à dix-huit ans qu'à sept ans. Allez donc savoir pourquoi…

Finalement, je me suis décidé. J'ai profité du fait que nous étions près d'une de ces immenses fenêtres qui donnent au-dessus des arbres et qui sont toujours inondées de soleil ou de nuages, ça dépend de la météo, seuls à une table du réfectoire, en train de bouffer nos sandwichs quotidiens, et je lui ai dit le plus simplement du monde :

— Anna, tu ne crois pas que tu serais jolie avec les cheveux noirs et quelques dizaines de kilos en plus ?

Elle m'a regardé drôlement.

— Je ne te plais pas comme ça ?

— C'est tout le contraire. Je te vois dans mes céréales tous les matins, nue comme ce n'est pas possible, ton beau petit cul baignant délicatement dans le lait sucré. Tu me tournes le dos et tu me regardes par-dessus l'épaule en faisant mine de te cacher les fesses avec un flocon d'avoine. Et je te vois la nuit aussi, même quand je ferme les paupières. Ce n'est pas reposant. Faudrait faire quelque chose pour ça...

— Comme quoi ? qu'elle me demande, deux ou trois rides gourmandes au coin de son œil coquin. Le poids de l'âge, déjà...

— Je ne sais pas, moi. Si on allait quelque part, seuls tous les deux. On pourrait jouer à se donner des frissons. Tu pourrais te mettre à poil pendant que je te regarde et tremper ton magnifique cul dans un grand bol de lait. Ensuite, je pourrais te lécher et te faire toutes sortes de machins dégoûtants. À moins que tu n'aies envie d'autre chose...

Elle n'a pas hésité.

— Va pour les machins dégueux. Mais il ne faut pas en prendre l'habitude. Tu sais à quel point je tiens à ma liberté.

— Et moi donc ! Vive la liberté !

Ça n'était pas du sarcasme. Même pas de l'humour. Un peu trop d'enthousiasme, peut-être. Je me sentais heureux, le bonheur m'exaltait. Pour une fois, liberté ne rimait pas avec solitude. Ce qui ne m'empêchait pas de penser déjà au moment où je serais privé de sa présence, à cet instant où, à peine à deux pas d'elle après un dernier baiser, je m'en sentirais éloigné comme de la rive un naufragé sur sa planche de salut au milieu de l'océan. Seul au milieu de nulle part, libre comme l'air de rien.

On a pris sa voiture et on a filé en vitesse à son appartement. Chez moi, c'était trop loin. On n'avait pas beaucoup de temps. Il était midi et elle ne voulait pas sécher le cours de philo de quinze heures. C'était parfait, aussi parfait qu'Anna Purna.

Son appartement était petit, mais joli et chaud. Comme il n'y avait que deux pièces, ça ne m'a pas été difficile de deviner où se trouvait la chambre à coucher. Je l'y ai entraînée dès qu'elle a enlevé son manteau, et nos vêtements se sont très vite retrouvés éparpillés autour du lit. Après, je ne me rappelle pas très bien ce qui s'est passé, sinon que j'ai figé et que c'est elle qui a tout fait. Il faut dire qu'elle n'a pas eu pas grand-chose à faire. Elle n'a eu qu'à être là, ou à peu près. Je n'avais jamais rien vu d'aussi beau de toute ma vie. C'est un ange, cette fille ! Ce n'est pas croyable d'être aussi bien roulée. Et dire que j'étais là dans son lit, aussi à poil qu'elle.

Elle devait être habituée à produire ce genre d'effet. Anna rigolait de me voir si catatonique. Moi, j'aurais bien voulu participer un peu plus, mais j'étais à peine capable de garder les yeux ouverts tant j'étais torturé par sa nudité, qui m'était insupportable. Elle me suçait la moelle des os, juste par sa présence, et c'est comme si tout ce que j'avais d'énergie et d'intelligence dans le corps s'était réfugié dans ma queue.

Finalement, ce qui devait arriver est arrivé. Elle est venue s'étendre à côté de moi et a posé sa tête sur mon ventre. Là, elle a fait ce qu'elle n'aurait pas dû faire, mais que j'avais tellement envie qu'elle fasse, elle a avancé la main et m'a pris le sexe pour s'amuser un peu. Ça a été terrible, car j'ai explosé sans avertir et elle a tout reçu en pleine tronche. J'en tremble encore rien que d'y penser. Ça l'a surprise un peu, mais pas autant que je l'aurais cru. C'était sa faute aussi. On n'a pas idée d'être aussi parfaite. La perfection, ça finit par être castrant tellement c'est bandant. Je n'ai rien trouvé de plus génial à lui dire que « il paraît que c'est bon pour le teint, à cause de l'astringence ». Ensuite, comme elle n'avait rien eu encore pour son plaisir à elle, et comme il n'y avait plus de danger pour moi, je me suis pratiqué à la sauter parce que j'étais encore dur et parce qu'il faut ce qu'il faut.

Ça s'est terminé dans la confusion totale. Elle m'a dit, mi-figue mi-raisin, que ça n'était pas comme ça qu'on faisait jouir une femme, mais qu'elle n'avait pas le temps de me montrer parce qu'il fallait qu'on y aille à cause du cours de Nihil qui allait commencer bientôt. J'ai avalé de travers. C'est toujours difficile pour l'ego de se faire dire qu'on ne sait pas baiser, même si ça vient d'une amie, et encore plus quand ça vient d'une amie qui, en principe, ne vous veut pas de mal et qui dit ça parce qu'elle le pense vraiment.

Elle a bien vu à mon air catastrophé que je le prenais mal. Alors, pendant qu'on se rhabillait, elle m'a promis qu'on s'y reprendrait une autre fois, quand on aurait tout notre temps, et m'a conseillé de ne pas m'en faire, parce que le cul c'est comme le reste, ça s'apprend.

Moi, je pensais qu'avec une déesse pareille on n'avait pas droit à l'erreur, et que, j'aurais beau remettre mon nom sur la liste, mon tour ne reviendrait pas de sitôt, et je n'aurais plus jamais l'occasion d'apprendre d'Anna Purna, et ça me foutait le cafard et ça me brisait le cœur.

Je n'ai pas desserré les dents de tout le trajet du retour, malgré les sourires d'Anna qui faisait tout ce qu'elle pouvait pour m'encourager à ne pas voir la vie en noir. Je n'ai guère été plus bavard dans le cours de Nihil, qui trouvait que je ne participais pas suffisamment aux discussions.

— Vous ne parlez pas beaucoup aujourd'hui, monsieur Tremblay. Vous nous avez habitués à plus de volubilité. J'aimerais pourtant vous entendre. Vous devez certainement avoir quelque chose à dire.

Je lui ai répondu que je n'avais pas envie de parler, pas avec mes lèvres en tout cas, qu'il faudrait que je lui parle avec mon cœur, et que je doutais de sa capacité à comprendre. Les chants du cœur devraient pouvoir être entendus sans que la bouche s'en mêle, sans que cette sangsue de langue intervienne pour déformer l'exhalaison des mots et des cris du cœur.

— Le cœur parle, croyez-moi, ai-je ajouté. Il parle d'ailleurs bien plus qu'il ne bat. Il est même le seul à pouvoir parler adéquatement. Les cordes vocales, la bouche, les lèvres, la langue, les dents et le palais ne sont là que pour traduire, que pour interpréter ce que le cœur a à dire. Ce que le cœur a à dire est essentiel. Le cœur ne bat pas pour rien. Les battements du cœur sont le vrai langage de l'homme. La bouche distorsionne tout ce qu'il dit. La bouche est un parasite du cœur. Le cœur dit quelque chose, la bouche dit le contraire. Il faut faire taire les bouches, elles nous ont suffisamment induits en erreur comme ça. Les bouches sont faites pour manger. La voix de l'homme, c'est le cœur. Lorsque le cœur se tait, l'homme meurt. Lorsque le cœur ne sait plus battre, l'homme ne sait plus parler, ne sait plus vivre. Il faut apprendre à parler sans remuer les lèvres.

Nihil prétend que ce que je dis là n'a pas de sens, que c'est un contresens en soi, que ça ne tient pas debout puisque je parle avec mes lèvres. Nihil aime ce qui est logique. Ce que je dis ne l'est pas. Il dit qu'on doit faire attention à ce qu'on dit, qu'on ne peut pas dire n'importe quoi, se laisser emporter, que l'emphase nous joue des tours, qu'il faut penser avant de parler, que l'essence précède l'existence.

Il souhaite que je justifie mon point de vue, que j'explique, que je tente d'éliminer les contresens. J'en suis incapable. On n'a pas à justifier le langage du cœur. Justifier, c'est trahir. Expliquer, c'est détruire. Je ne suis pas logique.

Nihil insiste. Je me tais. Pas un mot. Il exige que je réponde. Il ne sait pas écouter.

— Écoutez le silence, que je lui dis, c'est mon cœur qui parle. Essayez de comprendre !

Nihil ne veut pas jouer les devins. Il me demande d'arrêter de faire l'imbécile. Je me tais.

— Pourquoi vous taisez-vous ? Dites quelque chose !

— Je suis trop taciturne pour ça. Je n'ai rien à dire. Si vous n'êtes pas capable d'écouter le verbe du cœur, c'est que vous-même devez être dépourvu de cet organe. Ceux qui n'ont pas de cœur me font perdre le mien. Vous m'arrachez le cœur, vous m'écœurez. Vous n'êtes qu'une paire de babines balbutiantes, qu'une langue suractivée. Ce que vous dites est toujours rempli de sens, mais ça n'intéresse personne. Votre logique vous étouffe. Ce n'est pas avec ces lèvres-là que vous boirez l'hydromel. Vous devriez plutôt boire la ciguë. Ça vous ferait du bien de mourir un peu. D'ailleurs, ça vous permettrait de vérifier l'existence de l'au-delà. Un petit voyage outre-tombe, ça vous regarnirait le cerveau. Les voyages forment la genèse. Ça élargirait vos horizons. Vous pourriez discuter de votre belle logique avec saint Thomas d'Aquin. Ça le changerait des anges à boas et à plumes et ça vous changerait des élèves illogiques…

Nihil n'a pas eu le temps de répliquer, car le cours s'est terminé sur ma tirade. Mais je voyais bien que je lui cassais les couilles et que ça le dérangeait, même si elles ne devaient pas lui servir beaucoup. Je ne perdais rien pour attendre.

Je me suis esquivé en vitesse, car je n'avais pas envie de me retrouver tout de suite face à Anna après ma performance de l'après-midi. J'ai mon orgueil, que voulez-vous.

Je suis rentré chez moi en faisant plein de détours qui menaient tous à l'alcool. Le circuit habituel des oubliettes, rue Sainte-Catherine, où je me suis saoulé avec méthode et application. Une bonne huitaine d'heures à tout mélanger pour que la tête oublie le cœur, pour que le cerveau ne s'y retrouve plus. Il faut bien se donner le temps et les moyens de cuver sa honte, mieux, de la noyer dans l'espoir qu'elle ne remonte plus jamais à la surface.

Je n'ai émergé du néant que pour peupler ma nuit d'un long cauchemar, de ce genre de rêve qui vous semble si présent et si affreux, que même en rêvant vous tentez de vous convaincre qu'il n'est pas réel, le genre de songe qui vous suit même après votre réveil, tellement il vous a pris. Celui-là m'avait saisi si fort qu'il ne m'a plus quitté dès que j'ai rouvert les yeux aux petites heures du matin, après avoir passé une bonne partie de la nuit à dessoûler en dégueulant, couché sur le plancher de la salle de bains. Puis, à mesure que je retrouvais mes sens, la panique me gagnait. Parce qu'à force d'y réfléchir, j'étais de moins en moins certain d'avoir rêvé. Et je n'ai eu qu'à descendre au sous-sol pour m'en convaincre, pour que tout me revienne, et que je me rende compte du même coup que je m'étais enfoui dans la merde totale, la mère de toutes les merdes.

Il devait être aux environs d'une heure du matin et je rentrais à la maison de peine et de misère après ma soirée d'abrutissement et d'intoxication. Lui, il sortait de chez sa maîtresse et se dirigeait vers le coin de la rue, où on trouve toujours des taxis. Il me tournait le dos. Je ne sais pas ce qui m'a pris. Peut-être que c'était seulement trop facile parce qu'il ne m'avait pas vu, qu'il n'y avait personne, que je ne digère pas les PDG des multinationales lorsque j'ai bu, et qu'il se présentait tout à coup une occasion en or d'affirmer ma liberté d'action, est-ce que je sais ? Peut-être que j'étais tout bonnement trop saoul, qu'il a suffi que sa nuque et que cette grosse pierre qui traînait au bord du trottoir se retrouvent toutes les deux en même temps dans mon champ de vision, à peu près au moment où il passait juste devant chez moi. Toujours est-il que j'ai rattrapé le gars en trois enjambées et que je lui ai flanqué un bon coup de pierre sur la nuque. Il est tombé sans s'en rendre compte et je l'ai traîné par le capuchon de sa canadienne.

En rassemblant mes esprits dissous dans l'alcool, je me suis rappelé que j'avais trouvé ça étrange qu'un PDG d'une société aussi énorme que la United Motors, américain de surcroît, porte ce genre de vêtement plutôt prolo. Toute l'opération n'avait sans doute pas pris plus d'une minute. Je l'avais descendu au sous-sol et attaché à une chaise, pieds et poings liés, à côté de la machine à laver.

Ensuite, j'avais dû lui faire respirer de l'éther et lui faire avaler trois ou quatre somnifères, parce que lorsque je l'ai découvert, j'ai retrouvé, à côté de la

chaise, la bouteille d'Halcions de la Vierge et le litre
d'éther dont le Taureau se sert comme solvant
lorsqu'il se sent une âme d'ébéniste. Le PDG dormait
encore, un ruban adhésif sur la gueule.

J'étais sous le choc. On le serait à moins. Je ne
savais même pas son nom à ce type. En fait, je ne
savais rien de lui, sauf qu'il sautait la voisine et qu'il
était le PDG américain de la United Motors of
Canada. Ça me faisait une belle jambe. J'ai appelé à la
United Motors pour demander le nom de leur grand
patron. La réceptionniste de nuit, qui ne pouvait pas
se douter, m'a gentiment répondu qu'il s'appelait
Robert Gagnon et là je suis tombé sur le cul parce
que ça ne fait pas très américain.

— Drôle de nom pour un Américain, lui ai-je fait
remarquer.

— M. Gagnon n'est pas américain, a-t-elle répliqué,
en se bidonnant. Vous devez certainement confondre
avec son prédécesseur. Celui-là s'appelait James
Taylor et il est rentré aux États-Unis l'an dernier.
M. Gagnon était vice-président et il est devenu le
premier Canadien français à diriger la filiale canadienne de la United Motors.

Elle disait ça avec un évident accent de fierté. Je
l'ai remerciée en bégayant et j'ai raccroché. Ou alors
j'avais tout compris de travers, ou c'était le Taureau.
Mais ça donnait le même résultat : j'étais dans la
merde absolue et je n'avais même pas le prétexte que
c'était pour la bonne cause. J'ai donc vite dû trouver
une cause de rechange. Bon, il n'était pas américain,
il n'était même pas anglais, ce qui ne l'empêchait pas
de lancer des *yes, yes*, lorsqu'il sautait ma voisine. Mais
tout de même, sa foutue société fabriquait bien les

moteurs des avions qui arrosaient l'Indochine au napalm. On en parlait encore dans les journaux la semaine dernière, même que l'ONU avait protesté parce qu'elle trouvait que, vraiment, les Américains les faisaient beaucoup trop souffrir avant de les trucider, et qu'ils en trucidaient beaucoup plus qu'il n'aurait fallu pour que leur sale guerre soit une guerre propre et qui ait un peu d'allure. C'était toujours ça de pris.

J'ai réfléchi à toute vitesse comme c'est le cas quand la panique vous fait des nœuds dans les tripes. J'aurais toujours pu le remettre simplement sur le trottoir comme si de rien n'était, mais ça aurait été trop risqué et j'avais la trouille.

Finalement, j'ai sorti la vieille machine à écrire du Taureau et rédigé un communiqué où j'expliquais que le Mouvement de solidarité envers le peuple vietnamien (MSPV) avait enlevé le PDG de la United Motors of Canada, Robert Gagnon, et qu'il ne serait libéré que contre l'arrêt de la production des moteurs militaires dans son usine québécoise. Puis, j'ai pris le Polaroïd de la Vierge et je suis descendu au sous-sol tirer le portrait de mon otage, qui dormait toujours comme un loir. J'ai mis le texte et la photo dans une enveloppe, en prenant bien soin de ne pas y laisser d'empreintes digitales, pour faire plus vrai. J'ai ramassé mes cliques et mes claques et je suis parti presque en courant, ma lettre à la main. Il n'était pas encore quatre heures du matin. Il fallait que je bouge, j'avais le cœur, la tête et les poumons qui menaçaient d'exploser.

J'ai marché, machinalement, en direction du collège. En passant devant la station de radio CQFD, j'ai déposé ma lettre sous la porte. Advienne que pourra.

C'est comme ça que je me suis retrouvé bien avant que le jour se lève, assis par terre sous un porche, en face du stand de la Mère Missel, que je me faisais un point d'honneur d'emmerder tous les matins, ce matin-là plus que les autres. C'est qu'elle m'apaisait avec son chapelet de vérités toutes faites. Elle était trop drôle dans son minuscule stand à journaux, cette bonne femme indéchiffrable, à servir sa clientèle assidue, sans lever les yeux de son foutu missel.

J'ai attendu dans mon encoignure que naisse l'aube et que s'ouvre le panneau de mauvais contre-plaqué qui fermait son kiosque.

J'avais fui la maison, chancelant, encore imbibé de cet alcool qui m'avait entraîné dans la bêtise et l'horreur. Mes jambes ne me portaient plus, j'étais épuisé par la nuit noire, et torturé par ce que j'avais osé faire.

J'avais marché deux heures pour aboutir dans cet endroit, d'où je surveillais l'arrivée de la marchande. Pas pour ses journaux. Mon crime était trop récent pour être déjà publié. Juste pour elle, qui serait aussi bougonne et bornée que d'habitude. J'étais certain que sa foi, bonne ou mauvaise, me réchaufferait le cœur au chalumeau. Secoué comme je l'étais, j'avais bien besoin qu'on me bouscule.

Je l'ai observée à distance empiler ses journaux sur le trottoir, appuyer ses étals de magazines au mur de brique du centre commercial. Elle ne s'est pas étonnée de me voir là, à cette heure de fou. À peine a-t-elle levé les yeux.

— T'es tombé du lit, ou t'as raté le dernier métro ? T'as couché là, cancrelat ?

— Encore plongée dans votre sacré bouquin ? que je lui ai lancé d'un ton forcé, pour la centième fois.

Et elle m'a répondu, pour la centième fois.

— C'est tout ce que je lis. Il n'y a rien qui vaut ça. Ça vous calme, ça réfléchit à votre place sur tout ce qui mérite réflexion en ce bas monde.

— Et vos journaux, vous les lisez?

— Pour quoi faire? Pas besoin de ça pour faire des cauchemars. Je n'ai qu'à te voir la gueule une fois par jour, mon amour.

Je lui achetais *La Presse* tous les matins. Je lui parlais un peu, en général de la manchette du jour, et je lui livrais mes commentaires et mes récriminations en prime. Elle faisait semblant d'écouter, jamais de comprendre.

— Je ne vous saisis pas, vous autres, les jeunes. Tout vous fait problème. Vous devriez savoir, intelligents et instruits comme vous l'êtes, qu'il faut se résigner sur cette terre. Tout est là. La résignation. Quand tu veux rien, quand t'attends personne, t'es jamais déçu.

— Belle mentalité! Si on le laisse faire, le monde ira chez le diable, c'est sûr et certain. Moi, je pense qu'il faut brasser la cage jusqu'à notre dernier souffle pour éviter que ce monde tordu reste assis sur son cul. Sinon, il va finir par croire qu'il tourne rond, et nous, on sera obligés de mourir pour prouver qu'on a vécu.

Elle n'aimait pas les propos abusifs, qu'elle disait, ça la rendait nerveuse, troublait sa quiétude. Mais il n'y avait que ça pour la sortir de son missel, ne serait-ce que pour quelques secondes. C'était toujours pareil : sa grosse face rougeaude d'ancienne robineuse s'empourprait encore plus en émergeant de la tignasse mal peignée qui lui tombait sur les épaules. Et elle rugissait :

— Des petits macs comme toé, ça me pue au nez,
Larry!

Mais c'est tout ce qu'elle disait lorsqu'elle s'emportait, sa colère ne l'entraînait jamais au delà de cette
sentence à rimettes. Les mots changeaient parfois, la
rime aussi, comme de raison. Mais le propos, rarement. Elle respirait un bon coup avant de retourner à
son missel, à ses bienheureuses certitudes et à sa résignation résignée. Admirable.

❏

Dans l'état d'agitation où je me trouvais, je ne me
suis dit que ça n'était pas une bonne idée de me
pointer au collège. J'ai quitté la Mère Missel et mes
pieds m'ont traîné en haut de la côte, vers le grand
parc de la montagne. La marche et la fraîcheur du
matin m'ont un peu remis les idées en place. Et
lorsque le gazouillis des moineaux a commencé à me
taper sur les nerfs, j'avais rassemblé assez de courage
pour affronter la situation et mon otage. Je suis donc
rentré à la maison. Mon invité devait être éveillé,
puisque j'entendais du bruit en bas, des grognements
sourds. J'ai mis tout de suite la radio et j'ai attendu les
informations de midi avant de descendre le voir.

C'était évidemment en tête du bulletin. On n'avait
jamais entendu parler des ravisseurs, la police ne
possédait aucun indice, on ne savait même pas où,
comment, ni à quelle heure Robert Gagnon avait été
enlevé. Tout ce qu'on avait, c'était le communiqué qui
revendiquait le rapt et la photo qui l'accompagnait,
montrant le PDG inconscient attaché à une chaise.
Suivaient les réactions des politiciens, qui assuraient

la population et les proches de la victime que tout serait mis en œuvre pour retrouver l'otage et punir les responsables de cet acte odieux de terrorisme, et d'un porte-parole de la United Motors, qui plaidait en faveur de la libération de son patron en expliquant qu'il n'avait rien à faire dans la décision de l'entreprise de fabriquer ou non les moteurs des avions militaires américains, et qu'un moteur ça n'était jamais qu'un moteur, que tout dépend de l'usage qu'on en fait. Ce fut ensuite au tour de l'épouse, qui suppliait les ravisseurs de lui rendre son mari et de ne pas lui faire de mal. Pauvre conne, si elle avait su, elle aurait sans doute prié pour qu'il soit exécuté. On a même eu droit à un porte-parole de la Maison-Blanche, qui assurait les autorités canadiennes de l'entière collaboration des États-Unis à l'enquête. Le cirque habituel, quoi.

J'avais beau avoir retrouvé un peu de sang-froid, j'étais quand même sens dessus dessous. Comment allais-je pouvoir me sortir de ce guêpier? J'ai pris ma vieille cagoule de ski pour lui cacher mon visage et je suis descendu. Il devait avoir les yeux fixés sur la porte, car son regard m'a sauté dessus dès que j'ai ouvert. Il a roulé des yeux affolés en me voyant. Je me suis approché et lui ai arraché d'un coup sec le ruban adhésif qui lui couvrait la bouche.

C'était comme si j'avais tiré un bouchon, car il s'est mis tout de suite à crier.

— Où suis-je? Qui êtes-vous? Qu'est-ce que je fais ici? Qu'est-ce que vous voulez? Depuis combien de temps suis-je là? Détachez-moi, je vous en prie, je souffre le martyre sur cette chaise. Laissez-moi partir, je vous donnerai tout ce que j'ai…

Je ne lui ai rien dit, parce que je ne savais pas trop quoi lui dire. Mais je lui ai fait rejouer le bulletin d'information, que j'avais enregistré sur le petit magnétophone avec lequel le Taureau transmet ses ordres à ses secrétaires. Plus il en entendait, plus il écarquillait les yeux. Lorsque le ruban s'est arrêté, il m'a simplement demandé si c'était sérieux. Je lui ai fait signe que oui. Il a eu l'air de s'effondrer, mais ligoté comme il l'était, c'était difficile de savoir.

— Pourquoi? a-t-il encore demandé, cette fois d'une voix à peine audible.

Je n'allais tout de même pas lui dire que c'était une erreur, que je le croyais américain et tout le reste. J'aurais eu l'air ridicule.

— Parce qu'il faut ce qu'il faut, ai-je fini par répondre. Parce que vous êtes le PDG d'une société qui contribue à casser la gueule à des pauvres gens qui ne vous ont rien fait et qui sont trop loin pour se défendre de vous. Il faut bien leur donner un coup de main, sinon il n'y aurait vraiment pas de justice et alors ça serait le désespoir pour tous ceux qui n'y pourraient rien. Je n'ai rien contre vous. Ça n'est pas ma faute si vous êtes le patron de la United Motors.

— Qu'est-ce que vous allez faire de moi?

— Si je le savais, les choses seraient plus simples, cher monsieur. J'imagine que ça dépendra de ce qui va se passer.

Ma réponse n'a pas eu l'air de le rassurer outre mesure. En attendant, je ne pouvais pas le laisser attaché à cette chaise en permanence. Il fallait qu'il mange et qu'il aille aux chiottes de temps à autre si je ne voulais pas qu'il cochonne tout. J'avais eu le temps de réfléchir à tout ça avant de rentrer. Par chance, le

Taureau possédait une cage dont il se servait jadis pour transporter ses chiens de garde d'un chantier à l'autre et qu'il rangeait dans son atelier du sous-sol, la pièce d'à côté. C'était plutôt exigu, mais c'était toujours mieux qu'une simple chaise droite.

J'ai laissé le PDG à sa chaise, le temps de préparer ses nouveaux quartiers. J'ai ouvert la cage et j'y ai mis quelques oreillers et une couverture pour le confort, et une chaudière pour ses besoins. La cage faisait deux mètres sur deux, sur un peu plus d'un mètre et demi de haut. Il ne pourrait pas se tenir debout, mais il pourrait se détendre un peu. De toute façon, il n'aurait rien d'autre à faire que de prendre son mal en patience. Je suis retourné le chercher et je l'ai détaché de la chaise, mais sans lui délier les mains et les pieds, pour éviter qu'il ne tente quoi que ce soit. Il était si ankylosé qu'il a eu du mal à tenir sur ses jambes. Je l'ai aidé à sautiller jusqu'à la cage en le prévenant bien que s'il me rendait la vie difficile, ça irait mal pour lui. Lorsqu'il a vu les appartements que je lui réservais, il a gueulé, mais je lui ai fait comprendre à coups de pied au cul qu'il n'avait pas le choix, que c'était suffisamment compliqué comme ça, que j'étais très nerveux et que je n'avais pas envie de me faire emmerder.

J'ai dû être particulièrement convaincant, parce qu'il est entré dans la cage de lui-même, en rampant. J'ai fermé la porte et posé le cadenas avant de remonter à l'étage où je lui ai préparé un grand verre de lait mélangé à cette poudre que la Vierge prend pour ses régimes amaigrissants, et dont il y a des tonnes dans une armoire de la cuisine, tout en prenant bien soin d'y dissoudre trois Halcions. Ça le calmerait, et moi aussi. J'ai ajouté un sandwich au jambon vite fait et ça m'a fait skier de penser que j'allais devoir cuisiner pour lui aussi, alors que j'avais déjà du mal à le faire pour moi.

Lorsque je suis redescendu pour lui porter sa pâtée, il était étendu dans le fond de la cage, parce qu'il ne pouvait pas faire autrement, et il chialait. Je lui ai demandé d'approcher ses poignets, puis ses chevilles, des barreaux et j'ai coupé les liens avec un couteau de cuisine. Ensuite, je lui ai donné le lait et le sandwich, et j'ai eu pitié de lui à le voir comme ça, couché comme une bête fauve dans sa cellule. Alors, j'ai pensé un peu aux Vietnamiens, et ça m'a fait du bien.

— Ne vous en faites pas trop, que je lui ai dit avant de remonter. On finira bien par trouver une solution. Je reviendrai vous voir plus tard. En passant, ça ne sert à rien de gueuler, je suis seul dans cette maison et le sous-sol est insonorisé.

C'était la première fois que je jouais les geôliers et je trouvais que je ne m'en tirais pas trop mal. Je suis passé par le frigo et je me suis fait une grosse ligne de mescaline avant de m'affaler sur le divan du salon devant la télé.

Mon pédégé m'obsédait. Ça m'emmerdait drôlement qu'il ne soit pas américain. Mais ce qui était fait était fait, et je devais faire avec ce que j'avais. On est très débrouillards dans la famille. Mais il n'y avait pas que lui. Anna m'obsédait tout autant. J'avais vraiment très hâte qu'elle me montre comment on devait s'y prendre avec son corps. Maudite vie de Christ…

Chapitre six

Phu Bai, 68-69

*Water? Never touch the stuff f i s h
fuck in it.*

Inscription sur briquet Zippo,
G.I. inconnu

Rémi Ami est en rut comme ce n'est pas possible. Il a le rut écrit dans le visage tellement ça l'a pris fort. C'est dur à porter et ce n'est pas discret. En plus, Rémi Ami est frustré et irascible au cube. C'est parce qu'il n'a pas encore trouvé quelqu'une pour s'occuper de son rut, parce que sa Corvette n'a encore séduit personne cette semaine. Les femmes sont fatiguées de sa Corvette.

Rémi Ami ne sait plus quoi faire pour convaincre quelqu'une de l'aider à soigner son rut. Il dit qu'il va changer de voiture, que sa Corvette est usée, qu'elle n'est plus aussi fringante qu'avant, que sa carrosserie bleu métallique a perdu de son éclat. Il croit qu'il va opter pour le charme britannique, pour le flegme anglais. Il songe sérieusement à troquer sa Corvette américaine pour une Jaguar anglaise parce que ça fait plus léger, plus aérien, que ça donne de meilleures performances et tout et tout.

Rémi Ami lance quelques œillades bien grasses à Anna Purna et il lui sourit de toutes ses dents jaunes. Il tente de récolter les fruits de sa séduction automobile. Il a les yeux qui clignotent comme un appel de phares. Anna, elle, a le regard ennuyé d'un chien qu'on agace. Anna n'aime pas les chats.

Rémi Ami a raté son effet. Ça l'enrage. Oscar et moi, on jubile, on trépigne, on se donne en se retenant de rire de grands coups de coude discrets dans les côtes. Rémi Ami se lève. Il dit qu'il doit nous quitter, qu'il a rendez-vous au garage pour choisir la couleur de sa nouvelle bagnole. Il s'en va, piteux et congestionné, son rut entre les deux jambes.

Il passe devant Grosse Torche, qui en profite pour l'intercepter. Elle lui demande de l'emmener. Il répond qu'il n'a pas le temps, qu'il est terriblement pressé. Il sort du Catalpa en courant, en donnant des coups de pied aux poubelles, qui ne lui ont rien fait.

Je suis bien heureux qu'Anna l'ait envoyée paître, cette grosse chiure. Ça me fait un velours sur l'âme que je suis persuadé de ne pas avoir. Rien que de penser qu'elle aurait pu lui toucher la quéquette à cette immondice, j'en ai le cœur qui veut me jaillir de partout. Moi, je sais bien que si j'étais une femme, Rémi Ami ne m'inspirerait rien d'autre que l'envie de vomir. Rien que de m'imaginer en femme avec lui par-dessus moi suffirait pour que je fasse la fortune d'un psy pendant deux décennies. Alors, de l'imaginer en train de faire des cochonneries avec Anna, qui est beaucoup plus belle que moi en femme et que je préfère à moi-même pour cette raison, ça me rend fou au point que je ne me rappelle même plus comment respirer.

Je sais bien que je fabule complètement, que Rémi Ami et Anna Purna, à poil dans le même lit, ça dépasse l'entendement. Mais Anna a vécu plus que moi et on ne peut jamais savoir comment ils réagissent, les vieux, à cause de l'expérience qui change leur vision des choses. En plus, elle n'est pas inhibée, c'est elle qui me l'a dit. Ça veut dire qu'elle n'a peur de rien, côté cul. Ça veut dire aussi qu'elle pourrait bien accepter de baiser avec Rémi Ami, juste pour voir, parce qu'elle est curieuse en plus. Et alors, on ne sait jamais, une malchance ou un hasard qui ferait mal les choses, peut-être qu'il saurait y faire du premier coup, lui, avec le corps d'Anna Purna. Ce qui est fort possible parce que plus on est taré, moins on se pose de questions sur le mode d'emploi et plus on y va d'instinct, ce qui, côté cul, a quand même permis à l'humanité de se multiplier. Comme taré, il n'y a pas plus taré que cette pourriture de fils de juge. Imaginez un peu l'instinct qu'il a, l'animal. Au lit, ça doit être une vraie bête. Alors, Anna, qui a un corps qui mérite qu'on sache quoi en faire, elle pourrait bien passer par-dessus le reste et s'accrocher à son côté bestial et alors, au lieu de la leçon qu'elle m'a promise, je pourrais toujours me branler.

N'empêche que, pour l'instant, Anna ne semble pas du tout disposée à ajouter un fils de juge taré à son tableau de chasse et qu'elle l'a bien contrarié, cet imbécile. Ça me fait du bien de voir des imbéciles contrariés, surtout celui-là. Ils ont le bonheur trop facile, les imbéciles. Ça n'est pas juste, parce que du bonheur, il n'y en a en général que pour eux. Ça devrait d'ailleurs me réconforter, parce qu'il y a long-temps que j'ai compris que le bonheur, ça n'est pas pour moi. Je vis dans le malheur. On dirait que le malheur et moi, c'est à la vie à la mort, que je fais tout ce qu'il faut pour que le malheur et moi, on ne se quitte jamais. C'est parce que, lorsqu'il m'arrive de me sentir heureux, je me trouve taré. Et comme un taré en attire un autre, je me retrouve avec tout plein de tarés qui me collent au cul et je finis par devenir ridicule. Je suis mal, heureux. Alors, je m'arrange pour rester seul. Comme ça, je ne suis ni taré ni ridicule.

Il paraît que c'est congénital, que les gens seuls sont seuls de nature, qu'ils ne sont pas capables d'apprendre à sortir de leur placenta. Ça doit être vrai, parce que j'étais déjà seul en venant au monde. On dit «venir au monde». On ne dit pas venir «dans le monde». On dit «je viens au monde», comme on dit «je vais au Kazakhstan». Quand j'irai au Kazakhstan, je ne connaîtrai personne. Quand je suis venu au monde, je ne connaissais personne. Quand j'irai au Kazakhstan, je serai seul, je ne parlerai pas, je ne m'habillerai pas, je ne mangerai pas comme les gens du Kazakhstan. Il faudra que j'apprenne. Depuis que je suis arrivé au monde, je n'ai jamais réussi à parler, à agir, à faire comme tout le monde. C'est pour ça que je vis seul dans le monde. C'est pour ça aussi que je n'irai pas au Kazakhstan

Le Taureau m'a répété plus de cent fois qu'il fau-drait que je fasse quelque chose de ma vie, parce que le malheur, ça n'est pas une vie. C'est peut-être pour cette raison que j'ai kidnappé le PDG. C'est effective-ment le genre de chose qu'on risque de porter toute sa vie. Je me vois déjà chez Satan :

— Qu'avez-vous fait de votre vie, monsieur Volt ?

— Moi ? J'ai enlevé un PDG…

— Un PDG ? Vraiment ? C'est intéressant, mais un peu bref, vous ne trouvez pas ? Enfin, comme on dit en haut, *excellentissimum donorum omnium intentio bona* [1].

Tiens, c'est étonnant. Satan, dans mes fantasmes, il parle et il s'habille comme les messieurs du Saint-Suplice…

Dans la cour du collège, il y a un énorme érable. C'est un des rares qui restent. Les érables, de nos jours, on les coupe, on les brûle, on en fait des meubles. Ils ne sont plus autonomes, les érables, depuis qu'on a mis leurs feuilles sur des drapeaux. On les exploite. Pire, on les saigne et on boit leur sang, qui goûte sucré comme tout le monde sait. J'ai même entendu dire que certains végétariens bouffaient leurs feuilles en salade pour ne pas nuire aux animaux.

Il est vieux, l'érable dans la cour du collège. Demain, quand il mourra, il n'y aura plus d'érable et on ne pourra plus dire : j'ai vu un érable aujourd'hui. Demain, on ne pourra que dire : j'ai vu un érable hier.

Qu'est-ce que je vais devenir ? C'est parce que j'ai enlevé le PDG que cette question me hante. C'est aussi parce qu'Anna Purna ne quitte jamais mes pensées. Il y a maintenant trois jours que j'héberge cet étranger dans mon sous-sol. Je lui parle très peu et je le nourris au lait battu à la poudre de protéines et aux Halcions. S'il y a une chose qui ne manque pas dans cette maison, ce sont bien les somnifères et la

---

1. Le meilleur de tous les dons est la bonne intention. (Saint Bernard, dans *Cant.*)

poudre à maigrir. Si elle ne réussissait pas à maigrir chaque fois qu'elle prend un peu de poids, la Vierge trouverait que sa vie est vide et insignifiante. En réalité, si elle ne prenait pas ses pilules, elle dormirait moins, et si elle dormait moins elle dépenserait plus d'énergie, ne prendrait pas de poids et n'aurait pas besoin de bouffer de la poudre pour le perdre. Seulement, sa vie n'aurait plus de sens.

Je désespère chaque jour un peu plus parce que chaque jour je dois m'endurcir davantage pour endurer la vue de cet homme dans sa cage et l'idée que c'est moi qui l'y enferme. J'ai beau compter les Vietnamiens carbonisés, le soir, pour m'endormir, je ne parviens pas à me convaincre que les Américains vont arrêter leur massacre seulement parce qu'un petit cul de Canadien français en a kidnappé un autre de sa race, même s'il travaille pour eux et qu'il risque de se faire découper en rondelles.

L'autre soir, alors que j'étais descendu lui porter son verre de lait à la poudre et ses sandwichs et lui vider sa chaudière de merde, il m'a demandé s'il n'y avait pas moyen qu'il mange autre chose.

— Je suis un peu fatigué du jambon, vous comprenez…

Je lui ai dit plutôt sèchement que c'était à peu près tout ce que j'avais dans la maison et que je détestais faire les courses et que s'il n'était pas content du menu il pouvait toujours aller à l'hôtel. Je me suis trouvé con tout de suite et il n'a pas eu besoin de me répondre pour que je comprenne qu'il ne demandait pas mieux. Il a insisté.

— On pourrait faire livrer quelque chose, je ne sais pas moi, une pizza par exemple.

Je n'ai pas dit oui tout de suite, parce que je me méfiais. Il avait peut-être imaginé un piège ou quelque chose du genre. Après tout, c'est censé être futé, un PDG, et celui-là devait l'être drôlement pour que des Américains aient accepté qu'il prenne la place d'un Américain. J'ai fait semblant d'être fauché, parce qu'il fallait bien que je refuse étant donné que j'étais un kidnappeur et que dans ces cas-là il faut préserver son image.

— Je n'ai pas suffisamment d'argent sur moi pour la payer…

— Je vous l'offre, m'a-t-il dit, en fouillant *subito presto* dans son portefeuille, que je n'avais jamais pensé à lui retirer, parce que je suis peut-être un kidnappeur, mais certainement pas un voleur.

J'étais plutôt gêné d'accepter dans les circonstances, mais il avait l'air d'y tenir tellement à sa pizza que j'ai finalement pris le billet de dix dollars qu'il me tendait à travers la grille et que je suis monté pour téléphoner et passer la commande. Comme j'avais peur qu'il ne se mette à gueuler en entendant le livreur arriver, je suis resté près de la porte, que j'ai ouverte en vitesse dès le coup de sonnette. J'ai attrapé la boîte et je lui ai refilé les dix dollars en lui disant de garder la monnaie, merci Henri.

Je n'aurais pas cru avant de le voir de mes yeux qu'un PDG aussi important pouvait aimer à ce point la pizza, qui est plutôt un mets de prolétaire. C'était peut-être à cause de ses origines ou parce qu'il en avait tellement marre de bouffer des sandwichs au jambon qu'il aurait avalé n'importe quoi avec autant d'ardeur, mais toujours est-il qu'il a engouffré les pointes l'une après l'autre sans même s'arrêter pour

respirer. C'était beau à voir, un patron qui mangeait
de la pizza avec tant d'appétit ; celui-là en particulier,
que j'étais plutôt habitué de voir dans les limbes à
cause des Halcions qui remplissaient ses journées. Il
mangeait de si bon cœur que je n'ai pas osé partager
avec lui comme il me l'avait proposé et j'ai préféré
avaler les sandwichs que je lui avais préparés et que
je mâchais péniblement à cause de la maudite
cagoule, mais de bon cœur, parce que moi, je ne m'en
lasse jamais. En fait, c'est surtout la moutarde que
j'apprécie, quand elle ne me monte pas au nez,
comme de raison.

Quand il a eu terminé, il a roté un peu, l'air satisfait, avant de me demander en passant si je pensais
que son séjour aux mains du MSPV allait se prolon-
ger encore longtemps. Je lui ai dit que ça dépendrait
de ce que le pouvoir allait décider, qu'on ne pouvait
jamais vraiment savoir avec lui, surtout lorsqu'on lui
demandait des choses qu'il n'était pas en son pouvoir
de décider et dont, de toute façon, il préférait ne pas
se mêler.

Il a constaté que ça risquait d'être très long et ça l'a
rendu songeur. Je voyais bien qu'il commençait à
perdre le moral. Alors, pour le remonter un peu, je lui
ai dit que le MSPV n'était pas pressé, qu'on avait tout
notre temps, que de toute manière personne ne
s'attendait vraiment à ce que le pouvoir ou la United
Motors accepte les conditions que nous avions posées
pour sa libération, que l'idée c'était d'abord et avant
tout de foutre le bordel pour que les médias rappel-
lent à chaque jour qui passe que les maudits moteurs
qu'il fabriquait étaient bien plus que de simples
moteurs, que c'étaient en réalité des machines de

mort qui dévastaient, à l'autre bout du monde, un pauvre peuple de paysans pauvres qui n'en demandaient pas tant et qui seraient morts tranquillement de faim sans déranger personne si on les avait laissés en paix.

Ça ne l'a pas rassuré.

— Mais s'ils ne se rendent pas à vos exigences, qu'est-ce que je deviens?

La question était pertinente. Je n'allais tout de même pas lui dire que je n'en savais toujours rien, pas plus que je ne pouvais sérieusement lui faire croire que j'allais l'exécuter ou lui couper des morceaux que j'enverrais au pouvoir jusqu'à ce qu'il cède ou jusqu'à épuisement de tous ses morceaux.

Alors, j'ai pris un petit air mystérieux derrière ma cagoule et j'ai dit, laconique:

— Nous avons un plan.

Il n'a pas insisté, parce que les Halcions dans le lait battu commençaient à faire leur effet et il s'est étendu en me tournant le dos. J'en ai profité pour ne pas le réveiller et je suis remonté en éteignant.

Je suis passé par le frigo et j'y ai pris la boîte de soda à pâte qu'on laissait ouverte en permanence pour chasser les odeurs. Ça faisait bien un an à ce moment-là que j'y entreposais mes réserves de mescaline. J'ai mis le nez dedans, j'ai secoué la boîte et reniflé. C'est alors que j'ai eu la vision.

Il y avait du feu partout autour de moi, des éclats de feu. Il n'y avait plus d'électricité, plus rien ne fonctionnait et même moi je ne tournais pas rond. Et il y en avait partout, des soldats, tellement bien cachés dans tous les coins qu'on ne les voyait pas. Et ils jouaient du lance-flammes en jaillissant de derrière

les portes d'armoires, en se mitraillant ou en se lan-
çant par la tête toutes sortes d'instruments conton-
dants et explosifs.

Il en sortait de partout et il en sautait tout autant
dont les corps déchiquetés se promenaient dans l'air
autour de ma tête dans le noir et dans le feu. On
aurait dit une immense bataille de rue dans un
champ de mines sous les tirs combinés de l'artillerie,
de l'aviation et de la marine. Ça pleuvait de partout,
les balles, les tripes, saignantes ou rôties, les têtes et le
reste. Ça m'a secoué de me retrouver ainsi au milieu
des combats et de la mitraille et je me suis enfui vers
le salon sans demander mon reste, mais ils m'ont
suivi, même quand je me suis affalé sur le divan et
ils continuaient d'être là, même si j'avais les yeux fermés comme ce n'est pas possible. Comme tous ces
petits soldats ne s'occupaient pas de moi, j'ai fait
comme si de rien n'était et j'ai essayé de réfléchir
parce qu'il fallait vraiment que je trouve le moyen de
me débarrasser de ce PDG qui n'appréciait pas mes
sandwichs au jambon et parce que ma réserve d'Halcions commençait à baisser et parce que, vraiment,
avec tous ces *marines* américains qui débarquaient
chez moi sans prévenir avec leurs tonnes de tripes et
de grenades, la vie devenait vraiment pénible et ça
commençait à bien faire. Vraiment.

Dans les journaux et aux informations télévisées,
on avait continué de se perdre dans le dédale des
conjectures sur les circonstances de l'enlèvement de
mon pédégé, ce qui signifiait probablement que sa
maîtresse, ma voisine, n'avait pas contacté la police
pour lui dire qu'elle était sans doute la dernière à
avoir vu Robert Gagnon vivant. Pour le protéger de

sa femme, certainement. Et comme je n'avais toujours pas donné signe de vie depuis le premier communiqué que j'avais déposé à CQFD, on s'interrogeait de plus en plus sur le sort de mon invité et sur le professionnalisme du MSPV.

Cette affaire commençait à m'énerver pour vrai, d'autant plus qu'elle me foutait maintenant des hallucinations qui ne me faisaient pas rire dans le répertoire de ma mescaline. Ma reniflette aurait dû sonner la trêve, pas la charge à la vie à la mort, ni la lutte finale, et il aurait dû y avoir des fleurs et des petits oiseaux et de la harpe dans ma cuisine et mon salon après mon petit coup de poudre, pas la boucherie et l'apocalypse.

Il fallait à tout prix que je trouve une solution à ce foutu problème de PDG dans mon sous-sol, sinon la guerre allait finir par me rattraper pour de bon et je me rendais bien compte que je n'avais aucune envie d'aller faire le zouave sous les drapeaux, avec lesquels je n'ai aucune affinité.

Chapitre sept

Phu Cat, 66-67

The more days you've been in the army, the more hells you've gotten.

Inscription sur briquet Zippo, G.I. inconnu

Il y avait là Beau Dallaire, parce qu'un nom pareil, il faut bien l'assumer. Il y avait aussi L'Exquis, de son nom de plume, Roland Bleau de son vrai qui, lui, était tout à fait poète et le laissait savoir haut et fort, parce que c'était le sens qu'il avait trouvé à sa vie et qu'il était fier d'avoir réglé son problème d'orientation une fois pour toutes.

Il y avait Le Rachitique, qui venait là parce qu'il aimait la poésie et qu'il avait le physique ténébreux de l'emploi, et Grosse Torche, qui disait qu'elle aimait bien qu'on la touche, mais que comme personne ne voulait toucher son corps, qui était vraiment dégueulasse, elle se ferait toucher l'âme par les mots de notre petit cercle et que peut-être le reste viendrait avec le temps, parce qu'à force de voir son âme à nu on finirait peut-être par ne plus voir le reste. Ça ne lui coûtait rien d'essayer, mais je doutais fort que ça marche et je n'étais pas le seul.

Et puis, il y avait moi, qui étais là parce que j'ai toujours plein de mots dans ma tête et que je les écris même s'ils ne valent pas la peine d'être lus; on s'en fout, c'est pour l'expression. Ça me faisait du bien de savoir qu'il y avait un endroit où je pouvais les dégueuler, ces mots qui me restaient sur le cœur, et je m'en balançais que les autres membres du cercle trouvent ça con, parce qu'au moins, dans ce cercle, c'était donnant donnant, et que je pouvais toujours me payer leur gueule, moi aussi. Il y a des moments avec le cœur où il faut ce qu'il faut, sinon ça ne vaut vraiment pas la peine d'être doté d'intelligence et d'émotions, aussi bien crever que de ne rien laisser paraître.

Nous étions tous un peu là aussi pour faire plaisir à la professeure de poésie, qui est bien sympathique, ce qui est rare, et presque aussi jeune que nous malgré ses vingt-six ans, ce qui est encore plus rare. C'était sans doute son petit côté naïf qui la rendait si jeune. Elle avait deux ans de plus qu'Anna Purna, mais en paraissait cinq de moins. Et comme on était plusieurs à graviter autour d'elle et à profiter de sa naïveté, on se serait sentis mal de ne pas trouver géniale son idée de créer un cercle de poésie. Nous, on y trouvait notre compte, parce que les réunions se déroulaient dans son bureau, et comme elle ne pouvait pas toujours y être, étant donné qu'il fallait tout de même qu'elle enseigne un peu, je m'étais arrangé pour qu'elle me nomme responsable du cercle et, à ce titre, qu'elle me remette un double de la clé du bureau. C'était bien pratique. À partir de ce moment-là, je me suis mis à utiliser son bureau sous toutes sortes de prétextes, pour étudier par exemple, et comme elle était vraiment naïve, elle n'avait rien à redire.

On se réunissait deux fois par semaine et on déclamait chacun notre texte et les autres disaient ce qu'ils en pensaient. Ce qu'il y avait de bien aussi, c'est que tous les membres étaient plutôt en marge du troupeau, Beau Dallaire parce qu'il était trop beau et que les bestiaux en étaient jaloux, Grosse Torche parce qu'elle était trop laide et que personne ne voulait s'afficher avec elle, L'Exquis parce qu'il méprisait tout le monde, Le Rachitique parce qu'il était vraiment trop timide, et moi parce que je détestais les mœurs du bétail.

N'empêche que ce que j'appréciais le plus dans ce cercle, c'était la possibilité de me retrouver seul dans le bureau de Tess Lapoé, à cause de la clé qu'elle m'avait prêtée. C'est fou ce que je pouvais m'y trouver bien, assis devant la fenêtre qui surplombait la cour boisée et la ville qui dégringolait gentiment jusqu'au fleuve qu'on apercevait au delà des taudis entassés en bas de la côte. C'était mon oasis à moi, mon port d'attache, le seul endroit du monde où je pouvais ouvrir toute grande la porte de ma cabane sans craindre que des intrus n'y pénètrent. Et ça me faisait un bien immense, comme si je sortais d'un corset après l'avoir porté pendant des siècles. Et ce jour-là, j'en avais bien besoin, parce qu'on était deux dans ce damné corset. Même s'il s'ankylosait dans le fond de sa cage, je le traînais partout, mon pédégé.

Nulle part ailleurs que dans la solitude de ce bureau, je ne pouvais desserrer ce nœud qui me comprimait la gorge. Je ne sais pas si c'était l'endroit qui m'inspirait, mais je m'y abandonnais à la rage d'écrire plus volontiers qu'ailleurs. Dans ce petit bureau poussiéreux, orné de meubles vétustes, je devenais soudain si déterminé que je me permettais de réveiller toute la ménagerie des monstres qui avaient envahi mon domicile, que je trouvais la force de brasser leurs cages et de les piquer avec les lettres et les mots jusqu'à les rendre fous. Je n'en avais plus peur. À tel point que j'osais les défier et que je les affrontais tous en combat singulier, comme si l'issue des batailles ne faisait pas de doute, les cerbères, les cyclopes, les minotaures et les godzillas, et que je m'en tirais toujours fort honorablement.

Même que je réussissais, pendant un moment, à me débarrasser de ce salaud de reptile qui me serre la gorge depuis le premier jour de ma vie. Je sais que c'est lui le responsable de cette étreinte autour de mon cou, parce que je rêve souvent à lui. Chaque fois, je me réveille en hurlant et en toussant. Je suis tout en sueur et j'étouffe et je ne vois rien d'autre que ce foutu serpent auquel je rêve, ses petits yeux malicieux plantés dans les miens qui s'exorbitent, et ses écailles multicolores qui brillent, même dans le noir. Et je sens la froideur visqueuse et puante de la bête qui serre ma pomme d'Adam.

Il paraît qu'on vient tous au monde avec un ange gardien, et qu'avec lui, c'est à la vie à la mort. C'est ce que les curés nous ont chanté durant toute notre enfance. Moi, je pense que mon ange gardien, c'est ce serpent. La Vierge m'a dit, il y a longtemps, que j'avais manqué crever en sortant de son ventre, que ma vie et ma mort s'étaient presque confondues, parce que je suis né avec un cordon ombilical autour du cou et qu'il a failli m'étouffer, tellement il tenait à moi. Elle a dû se tromper. Ça n'était pas un cordon ombilical, c'était mon serpent, mon ange gardien à moi, mon serpent originel.

Ils n'ont pas aimé ça, mes pairs du cercle, mon histoire de serpent. Ils ont trouvé que ça faisait clic-clic, cliché, Beau Dallaire disait que, vraiment, un serpent c'était beaucoup trop gros, Grosse Torche ajouta « trop grossier », et L'Exquis qu'on voyait le bout du nez de M. Freud pointer partout entre les lignes et entre les mots, bref pas subtils, les reptiles. Le Rachitique, lui, n'a rien dit du tout, ce qui était pire parce que ça voulait dire qu'il n'en pensait pas moins.

Là, je me suis bien rendu compte que je ne me foutais pas du tout qu'ils trouvent ça con ou pas, même si les règles n'avaient pas changé et que c'était toujours donnant donnant, et que je n'avais qu'à respirer par le nez jusqu'à ce que vienne mon tour de me les faire.

Ça ne pouvait pas se passer autrement. C'est à cause de la confiance. J'aurais pourtant dû le savoir, qu'on ne peut pas courir le risque de faire confiance à qui que ce soit. J'aurais dû le savoir, parce que je l'ai toujours su. J'avais voulu l'oublier, tant pis pour moi, mais c'est plus fort que tout, quand tu fais suffisamment confiance aux gens pour te mettre les tripes à l'air et pour les laisser jouer dedans, tu ne t'attends pas à ce qu'ils en fassent des lacets pour mieux t'étrangler. Je veux dire, tu ne veux pas t'y attendre, parce qu'alors ça ne vaudrait plus du tout la peine de perdre son temps à vivre, autant en finir tout de suite. Le malheur, c'est que je suis trop lâche pour les extrémités de ce genre, ou alors, il faudrait que je sois dans un état second, voire tertiaire très avancé, pour que ça se passe sans connaissance de cause, comme avec mon pédégé, qui s'est retrouvé dans mon sous-sol sans que ce soit ma faute, et qui m'obsède depuis. Pas une seconde où je ne pense à lui. Même quand je fais semblant de réfléchir à autre chose, pour lui fermer au nez la porte de mon esprit, il est là, dans un coin, tapi derrière mes neurones comme au fond de sa cage. Ce n'est pas de l'obsession, c'est de la hantise. Voilà. Il me hante, il me laboure les viscères comme une dysenterie.

Quel imbécile je fais ! Je suis devenu prisonnier de mon otage. Et au moment où j'aurais besoin d'un peu de réconfort, qu'on écoute la peur réfugiée dans mes mots, qu'on compatisse, qu'on fasse un peu semblant, on joue plutôt les durs, les inflexibles, les petits matamores de la justesse métaphorique. Ça m'apprendra, d'avoir oublié qu'il y a un petit côté malsain à la confiance, qu'on ne peut vraiment pas lui faire confiance, à la confiance. Parce que la confiance, c'est d'avoir confiance même quand on n'a pas confiance, ce qui est totalement idiot.

— Mais ce ne sont pas des inventions, toutes ces histoires de serpent, que je leur ai dit, ce sont de vrais trucs, c'est pas fait pour faire joli et songé, c'est fait pour éteindre le feu. Le mien, pas le vôtre. Je n'ai pas d'imagination, vous comprenez ? Quand j'écris, ça n'est pas pour jouer, c'est pour vrai. Mes petits soldats à moi, ils ne sont pas de plomb, ils sont en chair et en os et ils saignent et ils crèvent quand ils se tirent dans la gueule. C'est peut-être grossier ou freudien, mais je n'en ai rien à branler parce que c'est comme ça. On a les horreurs qu'on peut…

Ils sentaient bien que je n'avais plus le cœur à la bonne place. Ils n'ont pas insisté. Tant mieux, parce que j'ai quelquefois le désespoir violent. Sauf L'Exquis, qui se prenait pour un grand maître, et qui voulait absolument, avec son petit ton condescendant, me faire comprendre qu'en matière de poésie le travail des mots importe beaucoup plus que l'inspiration ou l'expression des émotions, que les sentiments, les plus nobles comme les plus mesquins, sont à la portée de tout le monde et que ce qui compte véritablement, c'est de les traduire en des termes qui pètent le feu.

— Faut voir, que je lui ai répondu.

Et comme j'avais dit ça sur le ton de celui qui n'était pas d'humeur à discuter sémantique, il l'a fermée, sa grande gueule de maudit poète. Il n'était pas question que j'accepte de disserter là-dessus, parce que la théorie, pour moi, c'est comme les principes, et que je trouve ça plutôt castrant. De toute façon, j'écris pour moi. Si les autres n'aiment pas ça, ils n'ont qu'à aller se faire enculer par qui ils voudront. Je n'allais pas laisser le monde s'écrouler sous mes pieds pour si peu. Si j'étais là, dans ce cercle à la con, c'est que j'acceptais le jeu, que j'étais prêt à m'attendrir sur leurs petits bobos comme je pensais qu'ils étaient prêts à le faire pour les miens. Mais ils m'avaient baisé. On ne m'y reprendrait plus. Ils n'auraient qu'à bien se tenir.

En attendant, j'avais un problème beaucoup plus sérieux qu'il fallait que je règle. On n'a pas idée, un kidnapping! J'avais encore de la difficulté à y croire, quatre jours après. En rentrant chez moi, je découvrirais peut-être que je n'avais qu'halluciné, que ma dernière mescaline était pourrie, que j'avais fantasmé à deux cents à l'heure, et que j'étais mûr pour l'asile, où j'aurais préféré me trouver.

Je leur ai dit que j'avais à faire, qu'il fallait que je parte. Et je suis parti. C'était au tour de L'Exquis d'y aller de sa performance, de mettre ses mots sur la table. Je n'étais pas d'humeur.

En sortant, je suis tombé sur Nihil, qui faisait les cent pas dans le couloir. Il avait l'air de méditer et d'aimer ça. Lorsqu'il m'a vu, il s'est mis à me parler. Il avait quelque chose d'important à me dire et comme j'étais là, il sautait sur l'occasion qui fait le larron, parce qu'il paraît que je suis difficile à attraper, difficile à saisir. Je suis resté planté là pendant qu'il parlait de mon attitude et de mon agressivité qui déteint sur tout ce que je fais ou dis, à ce qu'il paraît. Son opinion ne m'intéressait pas, alors je l'ai écouté sans trop faire attention, en jetant un coup d'œil à ma montre de temps à autre et partout ailleurs où je pouvais regarder pour me distraire de ses discours et de mon pédégé.

— Vous ne m'écoutez pas, monsieur Tremblay. Et ça illustre très bien ce que je suis en train de vous dire. Vous n'écoutez jamais personne. De quoi avez-vous peur ? C'est beaucoup trop facile de ne pas écouter quand quelqu'un vous parle.

Et il a ajouté, sentencieusement, que j'étais trop replié sur moi-même, trop narcisse, que quand on se tourne trop sur soi on s'éloigne de la vérité, que c'est une grave erreur de penser que la vérité peut se trouver en nous, qu'en fait elle est bien loin de nous, la vérité, parce qu'elle trône ailleurs, on ne sait trop où, quelque part dans l'univers.

Je l'ai laissé dire, je l'ai laissé parler. Il avait le droit de dire toutes les bêtises qu'il voulait, c'était son problème, pas le mien. Nihil dit tellement d'idioties que si l'idiotie pouvait se mesurer, il servirait de mesure étalon. Nihil avait l'air d'y tenir, à sa vérité, et il aurait bien aimé que je réagisse à ses conneries plutôt que de compter les cheveux qu'il lui reste sur le crâne. Parce que s'il avouait ignorer où elle peut bien se trouver, il se disait certain qu'elle existe, la vérité, certain aussi qu'elle est universelle et qu'elle ne se trouve pas en nous qui ne sommes rien d'autre que des chiures d'amibes sur le bord de l'océan cosmique.

Je lui ai répondu que je me foutais de cette vérité qui n'intéresse que lui, que je ne partageais pas sa vision des choses, que je ne croyais pas aux vérités et que si jamais il y en avait une, ce serait dans l'homme qu'il faudrait la chercher, pas aux quatre vents. Et comme je suis l'homme que je connais le mieux, je suis l'endroit idéal pour lancer mes recherches.

— Mais je ne cherche pas la vérité, monsieur Nihil. Qu'est-ce que vous voudriez que j'en fasse? Et puis, c'est quoi, la vérité? Un jour, c'est la vérité, le lendemain ça n'est plus rien. Toutes les vérités ne sont que des vues de l'esprit et les vérités me font skier. Le problème, c'est qu'il n'y a rien de plus changeant que les vérités et que, malgré tout, on s'obstine à construire le monde dessus. Je me bats contre les vérités de tout acabit, parce qu'elles sont toutes plus usées que les galets au bord de la mer, parce qu'elles ne sont que des prétextes à s'asseoir sur son cul. J'en ai assez des apôtres de la vérité dans votre genre. On voit bien les vérités qu'on veut voir. Les vérités ne se trouvent pas du côté du jour, ne se trouvent pas à l'air libre. Elles se cachent au fond d'un puits, et en ce qui me concerne, le puits, c'est moi. À chacun sa vérité, si vous préférez. Je préfère la mienne, celle que je n'ai pas trouvée, celle que je ne cherche pas, à la vôtre, qui est une vérité bien établie, que vous êtes certain d'avoir trouvée, même si vous ne savez pas où elle loge. Vous êtes un hypocrite, monsieur Nihil, parce que vous vous donnez, pour faire sérieux, des airs de grand chasseur de vérité, bien que vous l'ayez trouvée depuis longtemps. Ça vous permet d'afficher vos grands airs de philosophe pensif et poussif. Votre vérité se trouve du côté de ce qui existe, du côté du réel, de ce réel sur lequel vous êtes assis à cœur de vie ! Votre vérité, toutes les vérités, ont été inventées pour vous rendre la vie acceptable, à vous et à vos semblables. C'est ce qui vous permet de vivre sans trop vous occuper de la vie. Mais moi, je suis vivant, et j'en crève chaque jour, à chaque instant, parce que je sais que ça ne durera pas des siècles et que c'est terrible de savoir ça. Je n'ai pas besoin qu'on me le fasse oublier avec des vérités cousues de fil blanc et enchevêtrées dans des systèmes, des organigrammes et des équations, des principes et des théorèmes. Votre vérité, monsieur Nihil, je la détruirai, même si je dois en crever !

Évidemment, ma tirade l'a laissé perplexe. Ses sourcils sont remontés jusqu'au sommet de sa calvitie et il a dit tout simplement « ah bon ! » avant de tourner les talons et de disparaître dans son bureau au bout du corridor.

J'ai saisi mon dégoût à deux mains et je suis rentré chez moi, parce que j'en avais ras le bol des combats au corps à corps.

Au pied de la côte, la Mère Missel lisait toujours son trousseau de vérités. Elle aussi, avait trouvé. Tant mieux pour elle, tant pis pour moi. Elle ne m'a pas vu passer, je ne lui en ai pas voulu. Et je n'ai pas eu besoin de déchiffrer les unes des journaux de l'après-midi pour me rappeler mon pédégé. Le métro m'a pris comme j'étais, sans rien me demander pour me mener à bon port.

Il était toujours là, comme de raison, quand je lui ai descendu son lait et ses sandwichs. J'avais acheté du saucisson, pour la variété, parce que moi aussi je commençais à en avoir ma claque du jambon cuit. Il ne m'a même pas dit merci. Il avait encore soif, alors je lui ai rapporté un autre lait à la poudre, et comme j'en avais vraiment marre du grand cirque et que je me sentais moins coupable lorsqu'il dormait, j'y ai mis une double dose de somnifère, ce qui l'a expédié dans les bras d'Halcion en moins de deux.

Après, je suis remonté et j'ai écrit des conneries d'histoires où des serpents malicieux se mordaient la queue pour rigoler un peu en attendant de reprendre leur tour de garde autour de mon cou pour ne pas se laisser oublier.

Chapitre huit

Pleiku, 69-70
Fighter by day, lover by night, drunkhard by choice, army by mistake.

Inscription sur briquet Zippo,
G.I. inconnu

Ce matin, ils en appelaient à ma clémence. Comme si j'avais été le président d'une république. À la radio, dans les journaux, à la télé, les observateurs de la scène politique, les commentateurs patentés, les politiciens, les flics, les syndicalistes, les associations patronales et les dames patronnesses, ils étaient tous sur mon dos pour que je libère mon pédégé. C'était comme s'ils l'avaient tous connu personnellement. On avait rarement vu plus belle unanimité, consensus plus large. Ils souhaitaient que je le relâche sans condition, le plus vite possible, trouvaient ça odieux de priver un homme de sa liberté, surtout un PDG qui n'avait rien fait et qui avait le mérite d'être un des premiers Canadiens français capables de remplacer tout un Américain à lui tout seul. Certains se demandaient même tout haut pourquoi avoir enlevé un PDG, et disaient que c'était tiré par les cheveux, cette histoire de moteurs de bombardiers tueurs de Vietnamiens, et que, si on avait suivi cette logique, on aurait tout aussi bien pu enlever les PDG des entreprises de produits alimentaires qui fournissent leurs rations aux *marines* parce que c'est à cause d'eux qu'ils ont toujours l'énergie nécessaire pour chasser les Viêt-congs et massacrer la population civile. Le pire dans tout ça, c'est que je trouvais qu'ils avaient raison et ça m'a donné des idées que je me suis empressé d'écarter du revers de la main avant qu'elles ne s'incrustent, parce que j'avais déjà suffisamment de mal avec un seul PDG et qu'il ne fallait surtout pas que je me mette dans l'idée d'en faire une collection.

Ça m'a fait tout drôle que le monde entier s'unisse pour me demander une faveur. J'ai prisé un peu de mescaline pour garder la tête froide, même si depuis la dernière fois je ne pouvais plus être sûr de rien, et je suis descendu voir mon pédégé pour discuter un peu. J'avais besoin de parler à quelqu'un d'autre que moi-même. Ça m'arrive rarement, seulement une fois de temps en temps, surtout quand je fais des grosses conneries comme enlever quelqu'un. J'avais mis la cagoule, parce que je n'avais toujours pas l'intention de l'exécuter. Mais il avait déjà bu et bouffé le très petit déjeuner que je lui avais descendu et il était déjà aux trois quarts endormi à cause des Halcions que je continuais de lui mettre dans son lait battu, alors il ne m'a pas été très utile pour la causette.

D'abord, je lui en ai voulu, parce qu'il se la coulait douce pendant que je me tapais tous les problèmes

en plus de son entretien et de la mauvaise conscience, mais j'ai fini par me raisonner. Ça n'était tout
de même pas sa faute à lui si je le droguais. Ensuite,
j'ai réalisé que je pouvais tirer profit du fait qu'il était
complètement givré. Il m'arrive, comme ça, de trouver
de bonnes idées dans la mescaline. J'ai ouvert la cage
et je l'ai traîné dehors. Il n'avait ni l'énergie ni l'envie
de protester. Je l'ai étendu sur le dos et j'ai enfilé mes
vieux gants de boxe pour me protéger les mains.
Ensuite, je me suis installé bien confortablement à
califourchon sur sa poitrine et je lui ai tapé la gueule
systématiquement, un poing après l'autre, jusqu'à ce
qu'il soit bien enflé de partout et tout bleu et tout
rouge. Il n'a même pas sourcillé, ce qui m'a rendu la
chose plus facile, parce que je ne suis pas un violent
de nature et que je n'aime pas les cris de douleur.
Comme il était fort anesthésié, je me disais que ça ne
pouvait pas être pire pour lui que de passer sous le
bistouri d'un médecin et qu'au moins mes gants de
boxe ne lui laisseraient pas de cicatrices comme
l'aurait fait un scalpel. Et puis, après tout, je faisais ça
pour lui, pour trouver une solution et puis, merde, je
n'avais pas à me justifier, parce que c'est lui qui tuait
des Viets sans défense contre un salaire de PDG, pas
moi.

Quand j'ai été satisfait du résultat, j'ai troqué mes
seize onces pour le Polaroïd et j'ai immortalisé mon
maquillage. Ils avaient besoin que je les rappelle à
l'ordre, ces abrutis qui tantôt me faisaient la morale et
tantôt me suppliaient de renouer avec leur propre
sens des valeurs. Ils devaient comprendre que je ne
jouais pas. Ils n'avaient pas besoin de savoir que je
n'avais pas le choix et que je faisais ça pour gagner

du temps parce que je ne savais pas quoi faire de ce foutu bonhomme et que je devais absolument réfléchir à la question jusqu'à ce que je trouve une solution définitive. Avec la gueule que je lui avais faite et les nouvelles demandes que j'allais leur envoyer, ils auraient de quoi s'occuper et pousser les hauts cris pendant quelques jours. Ça serait toujours ça de gagné.

Mon pédégé ronflait à qui mieux mieux. Il ne s'était rendu compte de rien. Si ça se trouve, son sommeil n'en a été que plus profond. Avec un peu de chance, comme il n'avait pas de miroir, il ne s'apercevrait même pas que je lui avais modifié le portrait et, s'il se rendait compte de quoi que ce soit, je lui dirais que c'était probablement une crise d'urticaire déclenchée par le stress ou une allergie au jambon. Je lui conseillerais de ne pas trop s'en faire, je lui dirais que je travaillais à son problème. De toute façon, j'allais encore le bourrer d'Halcions pour qu'il puisse réfléchir à tête reposée. La nuit, même artificielle, porte conseil et, en plus, ça détend. Lorsqu'il sortirait d'ici, ce serait comme s'il rentrait chez lui après une longue cure de sommeil. Ça en ferait le PDG le plus reposé du monde.

Il fallait encore que je réponde à toutes ces autorités qui pensaient me ramener dans le droit chemin en en appelant à mon sens humanitaire et au bon sens. Alors, je suis remonté au salon avec la photo et j'ai glissé une feuille dans la machine à écrire. Je leur ai dit que nous en avions marre de leurs envolées lyriques sur la valeur de la vie humaine et le droit à la liberté dans les sociétés démocratiques comme la nôtre. Je leur ai rappelé qu'ils reverraient leur PDG une fois que la United Motors aurait annoncé l'arrêt de la production de ses foutus moteurs de mort de merde qui continuaient chaque jour, comme si de rien n'était, à ensevelir les Cochinchinois sous les bombes. J'ai ajouté que nous n'étions pas patients, que les tergiversations inutiles nous portaient sur les nerfs et que nous ne répondions pas du sort de leur PDG s'ils attendaient trop avant de nous donner satisfaction. Évidemment, j'avais écrit le communiqué à la première personne du pluriel, pour qu'ils ne se doutent pas que le Mouvement de solidarité avec le peuple vietnamien se résumait à une seule personne. Et puis, ça me donnait à moi aussi l'impression que je n'étais pas seul dans cette galère, parce que les journalistes et les politiciens, ils disaient toujours « les terroristes » ou « les ravisseurs » en parlant de moi.

J'ai ajouté la plus récente photo de mon pédégé à notre lettre, puis j'ai entraîné le MSPV par la main dans le métro, que nous avons quitté à la station Atwater comme d'habitude quand je me rends au collège. Il y a une cabine téléphonique au coin de la rue. Nous y avons collé l'enveloppe avec du ruban adhésif sous la tablette du téléphone avant d'appeler CQFD pour leur dire qu'ils pouvaient venir la chercher là.

Nous sommes sortis de la cabine et j'ai continué seul vers le stand de la Mère Missel qui, pour une fois, n'avait pas le nez dedans.

— Vous avez perdu votre livre sacré, ou quoi ?

— Ce sont ces foutus terroristes qui me font travailler. Je manque constamment de journaux. Les gens veulent tellement savoir s'il y a du nouveau dans l'affaire du PDG que j'en suis rendue à deux livraisons par jour. J'ai bien hâte qu'ils le relâchent, celui-là. À quoi ça peut bien servir, toute cette agitation…

— C'est un salaud qui tue des milliers de personnes à l'autre bout du monde, par moteurs interposés.

— Ce n'est pas une raison. Ce n'est même pas un argument, Armand !

Même elle, qui ne s'intéressait jamais à rien, elle s'y mettait. Je suis reparti la mort dans l'âme vers le collège, en grimpant la côte à pied, comme je le fais toujours, pour ne pas éveiller les soupçons qui auraient pu se trouver dans le coin.

Il faisait anormalement beau pour le milieu de novembre et tout avait l'air si ordinaire dans les rues que j'avais du mal à croire que je séquestrais un PDG dans mon sous-sol et que j'avais toutes les polices du Québec et du Canada aux fesses. Peut-être même des États-Unis, et la CIA aussi, qui sait.

J'ai filé directement au Catalpa parce que j'avais encore une bonne vingtaine de minutes à tuer avant le début de mon premier cours de l'avant-midi, et que c'était, avec le bureau de Tess, le seul endroit dans ce collège de merde où on pouvait seulement ne rien faire et cuver tranquillement sa mescaline.

J'ai tout de suite vu, en entrant, qu'il se passait quelque chose. Une dizaine de bestiaux s'étaient attroupés comme pour regarder passer un train et je me suis approché parce que je savais bien que ça ne pouvait pas être un train. C'était Oscar Naval qui se trouvait là, dans un état d'insurrection avancée, et qui gueulait comme ce n'est pas possible après Rémi Ami pour une raison que j'ignorais encore mais que je n'allais pas tarder à connaître, parce qu'à force de gueuler il allait bien finir par dire quelque chose de compréhensible.

— T'es vraiment une ordure de première classe, sale fils de juge, et je vais te casser ta grosse gueule de cromagnon, espèce de chiure de limace…

Il lui disait beaucoup d'autres choses encore à Rémi Ami, mais il parlait tellement vite qu'il grugeait la moitié de ses mots et que j'avais du mal à tout saisir. Il a fallu que Le Rachitique, qui était dans un coin à observer paisiblement la scène, s'approche pour m'expliquer ce qui se passait.

Rémi Ami était si anxieux de sauver la patrie de l'anarchie et de prouver le bien-fondé de son stupide comité de vigilance, qu'il avait dénoncé Oscar aux flics en le présentant comme un dangereux agitateur qui passait son temps à promouvoir des idées extrémistes et en ajoutant qu'avec un discours pareil il serait étonnant qu'il ne soit pas passé aux actes.

Puisqu'il y avait eu dénonciation formelle et que tout le monde était pas mal sur les dents à cause des bombes, des manifs et de l'enlèvement du PDG, les flics s'étaient dit qu'ils n'avaient d'autre choix que de vérifier, au moins pour la forme, à quel genre de grande gueule ils avaient affaire.

Oscar était attablé avec sa famille autour du souper de Mme Naval, quand deux flics en uniforme de flics en civil se sont pointés. Ils ont demandé à lui parler. Évidemment, ça s'est fait en présence du père Naval, qui ne l'a pas trouvé drôle d'avoir la police chez lui pour vérifier si par hasard son fils n'était pas un peu terroriste sur les bords.

Même si c'étaient de vrais flics, ils ont vu tout de suite qu'il n'y avait pas de quoi faire un plat avec le petit Oscar Naval parce qu'il n'avait même pas de quoi fouetter un chat, et ils sont partis sans demander leur reste, mais en prenant bien soin de préciser qu'ils étaient venus à la suite d'une dénonciation du Comité de vigilance du séminaire du Saint-Suplice.

— Faites quand même un peu attention à ce que vous dites, jeune homme, qu'ils ont ajouté. Nous, on est venus pour la forme, parce qu'on ne sait jamais, mais avec ce qui se passe en ce moment, ça ne prend pas grand-chose pour échauffer les esprits et éveiller les vocations.

N'empêche que M. Naval père était dans tous ses états et qu'il y a entraîné son fils, parce qu'on partage tout dans cette famille, et que Mme Naval n'en a pas dormi de la nuit, pas plus qu'Oscar d'ailleurs, qui n'a fait que rêver bien éveillé qu'il découpait Rémi Ami en petits morceaux. Il n'était pas sept heures du matin qu'Oscar attendait déjà que le concierge ouvre la grande porte du collège. Il s'est pris un café aux distributrices et s'est installé au Catalpa, près d'une des fenêtres qui donnent sur l'allée que doivent nécessairement emprunter ceux qui arrivent en bagnole.

Le Catalpa a eu le temps de se remplir et Oscar de nourrir son désir de vengeance, parce que Rémi Ami n'est arrivé qu'à huit heures trente.

Dès qu'il a mis le pied dans le salon, il a aperçu Oscar qui lui fonçait dessus avec ses grands chevaux et il a compris tout de suite que les flics ne sont pas doués pour la discrétion. D'abord, il a essayé de nier, mais comme Oscar tenait la vérité des flics eux-mêmes, ce n'était pas défendable. Alors, il a tout reconnu en précisant bien qu'il ne regrettait rien,

même qu'il continuerait à le garder à l'œil et que gare
à lui s'il s'entêtait à défendre des positions extrémistes
et à s'amuser à mettre le feu aux poudres, que si les
flics étaient trop lâches ou trop paresseux pour faire
le travail pour lequel on les payait grassement avec
les impôts de son père, qui en payait plus que tout le
monde, son comité et lui allaient s'occuper personnellement d'Oscar et de ses excès de langage.

Oscar lui donnait la réplique quand je suis arrivé.
Il gueulait d'abondance, la colère et l'indignation l'ins-
piraient.

— T'es vraiment une ordure de première classe,
sale fils de juge, et je vais te casser ta grosse gueule
de cromagnon, espèce de chiure de limace. Je vais te
réduire en bouillie, même si je dois me salir les
mains. Chaînon manquant merdophage...

C'en était trop pour Rémi Ami, qui ne pouvait pas
digérer les insultes qu'il ne comprenait pas, et c'est en
mugissant comme un bœuf qu'on émascule qu'il a
sauté à la gorge du pauvre Oscar. Malgré toute sa
fureur, celui-ci ne faisait vraiment pas le poids. Tout
le monde regardait en protestant pour la forme, parce
que personne, à part Le Rachitique et moi, n'aimait
suffisamment Oscar pour se porter à sa défense au
risque de se faire assommer par cette grosse brute de
Rémi Ami. Quant au Rachitique, il était beaucoup
trop chétif pour que ça soit utile et de toute façon il
était trop timide pour se faire massacrer. Alors, il ne
restait que moi et je devais prendre une décision en
vitesse, parce qu'Oscar virait au bleu et que les yeux
commençaient à lui jaillir des orbites. J'ai foncé droit
devant, les deux poings levés et j'ai frappé Rémi Ami
si violemment sur la tempe gauche qu'il s'est écroulé

raide, entraînant avec lui Oscar, étant donné qu'il n'avait pas eu le temps de penser à lui lâcher le cou avant de tomber dans les pommes.

Je m'apprêtais à finir le travail avec mes pieds, considérant que ça ne valait pas la peine de se pencher pour une charogne pareille, mais il avait son compte. Le Taureau me dit toujours que je ne connais pas ma force, et j'ai bien dû admettre, cette fois, qu'il avait raison, parce que, comme il est costaud comme un gorille et que sa cervelle a à peu près la même taille que celle de ce primate, Rémi Ami n'est pas du genre qu'on met aisément K.-O.

Il y eut des oh! et des ah! parmi le troupeau, qui n'en revenait pas qu'on puisse disposer aussi facilement de Rémi Ami, tandis qu'en toussant, Oscar se dégageait des mains du primate et se relevait péniblement. Rémi Ami, lui, ne bougeait pas.

Oscar s'est approché pour me remercier et les bovins qui avaient assisté au passage du train se dispersèrent avant que Pelvisius ne rapplique pour ramener l'ordre et faire ramasser la carcasse de Rémi Ami, qui ne manifestait toujours aucune envie de broncher.

Je tentais tant bien que mal de réconforter Oscar, quand Julie Corne s'est approchée pour nous dire qu'elle avait tout vu et que c'était dégueulasse ce qui s'était passé et qu'il y avait vraiment des gens sur cette terre qui mériteraient de ne pas y être. Je me suis dis «ça y est, c'est reparti» et je me préparais à riposter lorsqu'elle a ajouté qu'elle était prête à témoigner en jurant sur les deux Testaments, le Talmud et le Coran, que c'était Rémi Ami qui l'avait cherché et que si je n'étais pas intervenu, le pauvre Oscar serait probablement mort à l'heure qu'il est, lynché par cette espèce de fasciste en chef du Comité de vigilance du séminaire du Saint-Suplice. Elle a même précisé que, pour une fois, j'avais fait quelque chose de bien, et ça m'a touché de voir que je pouvais éveiller la sympathie d'une brebis pas du tout égarée comme Julie Corne et ça m'a fait espérer pour le sort de l'espèce humaine. Elle a même dit que je n'étais pas si méchant que ça, ce qui m'a fait un velours malgré tout, parce que ça semblait lui faire plaisir de le croire.

Au fond de moi-même, je savais que je n'étais pas vraiment méchant et que c'est mon impulsivité qui me joue parfois des tours, j'étais malheureusement bien placé pour le savoir comme en témoignait ce PDG qui n'en finissait pas de moisir dans mon'sous-sol avec sa gueule arc-en-ciel. J'ai fait la grimace en pensant à ce pauvre type que j'avais tabassé alors qu'il était inconscient, parce que maintenant que la mescaline commençait à quitter mon cerveau pour ma vessie, j'avais moins tendance à la prendre pour une lanterne et je me trouvais plutôt vache d'avoir ainsi abusé d'un homme sans défense, même si c'était un salaud qui en faisait autant avec des milliers et des milliers de Vietnamiens et que ça ne semblait même pas le gêner.

J'ai tenté de me consoler en me disant que Rémi Ami était bien vigoureux et on ne peut plus sur ses deux pattes quand je l'avais étendu, mais ça n'a fonctionné qu'à moitié parce que ça n'enlevait pas ce qui avait été fait et que, vraiment, plus j'y pensais, plus je m'enfermais dans la conviction que j'avais agi en parfait dégueulasse.

Rémi Ami reprenait ses esprits tranquillement, car il s'était mis à gémir en se demandant où il était. Je me suis rapproché, pour lui rappeler que j'étais prêt à le renvoyer dans le coma s'il s'avisait de grogner trop fort. Et c'est à ce moment précis que Pelvisius est entré dans Le Catalpa, accompagné de la petite sœur blanche qui servait d'infirmière lorsqu'on ne pouvait pas faire autrement et lorsqu'elle n'était pas occupée à des tâches plus nobles, comme de torcher ces messieurs du Saint-Suplice.

Lorsqu'il m'a vu, il a tout de suite reconnu mes pectoraux et il a figé, l'air de se dire « qu'est-ce que j'ai fait au bon Dieu pour le retrouver une fois de plus sur mon chemin celui-là ». La petite sœur avait déjà déballé sa trousse de premiers soins et s'était jetée, en poussant des petits cris d'indignation, sur le gros Rémi, qui râlait par terre. Il a râlé encore plus fort lorsqu'elle lui a craqué une capsule d'ammoniaque sous le nez et ça l'a si bien aidé à se secouer qu'il s'est imaginé encore en plein combat avec Oscar et qu'il a sauté à la gorge de sa bienfaitrice, tout à fait résolu à reprendre le travail là où il l'avait laissé avant mon intervention.

Pelvisius, qui ne s'attendait manifestement pas à ça, en a oublié sa gêne congénitale et m'a fixé droit dans les yeux, l'air complètement éberlué, comme pour me demander ce qu'il fallait faire. La sœur virait au bleu à son tour et il fallait faire quelque chose parce que personne ne faisait rien. Je m'apprêtais à me sacrifier de nouveau parce qu'il faut ce qu'il faut, mais je n'en ai pas eu le temps. Pelvisius était sorti de sa torpeur et s'était lancé dans la bagarre corps et âme. Mais il n'était pas plus de taille qu'Oscar contre Rémi Ami qui, fou de rage, ne savait plus du tout ce qu'il faisait, à tel point qu'il a lâché la nonne pour s'occuper de son nouvel agresseur, qu'il n'avait pas plus reconnu que le précédent. Il a appliqué un solide gauche en plein dans l'œil droit de Pelvisius et je me suis dit que c'était le moment où jamais. J'ai foncé droit devant et j'ai appliqué à mon tour un direct du tonnerre au menton du gorille, qui s'est écrasé pour le compte une deuxième fois.

Oscar s'était précipité sur Pelvisius pour l'aider à se relever, tandis que Julie Corne s'occupait de la petite sœur blanche et la soignait avec sa propre trousse de premiers soins. Tout ce tohu-bohu avait fini par faire rappliquer une bonne partie du troupeau, La Marquise en tête, qui s'était mise à caqueter pour illustrer sa profonde indignation devant tant de violence. Mais Pelvisius n'était pas du tout d'humeur :

— Ah, vous, fermez-la ! Si vous voulez vraiment faire œuvre utile, attachez-moi ce gros débile avant qu'il se réveille et se mette à tout saccager à nouveau.

Je trouvais ça plutôt marrant, la façon qu'il avait eue de la remettre à sa place, cette bécasse. Mais ça n'était vraiment pas le moment d'en rajouter, alors je l'ai fermée, moi aussi. La Marquise, qui n'était pas certaine d'avoir bien compris tellement elle n'en revenait pas, a voulu protester.

— Mais, monsieur, vous n'y pensez pas ?

Mal lui en prit.

— Non seulement j'y pense, mademoiselle, mais je l'exige ! Et vous avez tout intérêt à m'obéir si vous ne voulez pas que je porte plainte contre vous pour refus d'assistance à une personne en danger. Ça vous coûtera cher !

Il fallait bien comprendre que la personne en danger, c'était lui, pas Rémi Ami. La Marquise, toujours aussi outrée, a fini par s'exécuter, aidée par la sœur, qui récupérait tant bien que mal et qui avait déjà sorti de sa trousse le rouleau de ruban adhésif avec lequel elles ont entrepris de ligoter aux pieds et aux mains le fils du juge Ami.

Pelvisius s'était réfugié dans un coin pour se calmer et tâter son œil, qui n'était vraiment pas beau à voir. Le gros Rémi Ami gisait sur le plancher, enveloppé comme une momie, et personne n'osait bouger en attendant la suite des événements, moi pas plus que les autres.

Finalement, Julie Corne est sortie du rang, comme la première fois, et elle m'a envoyé un clin d'œil complice avant de se diriger vers Pelvisius. Elle lui a dit quelque chose à voix basse et Pelvisius a hoché la tête avant de se lever, de s'amener dans ma direction et de se planter devant moi, son œil valide posé directement sur ma clavicule gauche.

— Tremblay, je vous veux dans mon bureau. Maintenant.

Puis, se tournant vers Oscar qui fixait le plancher, un mètre derrière :

— Vous aussi, Naval. Je veux savoir ce qui s'est passé exactement.

Il sortait déjà de la salle quand il s'est rappelé Rémi Ami. Il est revenu sur ses pas.

— Ma sœur, appelez la police. Dites-leur qu'il y a eu une bagarre. Dites-leur aussi de faire venir une ambulance. Cet énergumène a besoin d'être traité.

Cette fois, il est sorti pour de bon, avec Oscar et moi sur les talons.

Le reste de l'épisode est à peine croyable. Pelvisius nous a écoutés patiemment raconter notre version des faits, l'un après l'autre. Quand je dis l'un après l'autre, je veux dire qu'il a procédé à l'exclusion des témoins, comme dans un procès. Il a d'abord entendu l'histoire d'Oscar, ce qui a quand même pris un bon bout de temps, parce qu'il en avait gros sur le cœur. Puis, lorsqu'Oscar est sorti, ça a été mon tour. Et comme je n'avais pas intérêt à dire autre chose que la vérité, rien que la vérité, je lui ai expliqué que je n'étais intervenu que parce que Rémi Ami semblait réellement dans un état second et qu'il aurait réellement étranglé ce pauvre Oscar si on l'avait laissé faire. Il m'a remercié avant de me dire qu'Oscar allait sans doute porter plainte pour voies de fait et que ce serait tant pis pour Rémi Ami, parce que lorsqu'on tente de se substituer à la justice légitime, on risque d'en prendre sur la gueule.

— Après tout, c'est son père, le juge. Pas lui. Ça le fera réfléchir un peu. Vous pouvez partir, monsieur Tremblay. Mais demeurez aux alentours. La police va certainement vouloir prendre votre déposition.

J'hésitais à sortir. Il l'a vu et m'a demandé s'il y avait autre chose.

— Sauf votre respect, monsieur, vous ne croyez pas que vous risquez de vous attirer des ennuis, et par voie de conséquence, à moi aussi, si vous faites traduire ce fils de pute en cour ?

Et là il m'a sorti une réponse qui m'a vraiment étonné et ne m'a pas réconforté du tout, dans le genre formule latine dont j'ai oublié la tournure mais qui voulait dire quelque chose comme « il faut ce qu'il faut et on vivra avec parce qu'on n'est pas maîtres de nos destins ». C'est lui qui a traduit.

Je suis sorti sans insister, parce qu'après avoir entendu ça il n'y avait rien d'autre à faire. Je n'étais pas du tout d'accord avec lui, parce que s'il est vrai que personne n'est maître de son destin, raison de plus pour pas lui tirer la queue et s'arranger pour qu'un juge revanchard et son taré de fils décident de le prendre en main à votre place. Surtout quand on a sur les bras et dans son sous-sol un PDG qui ne devrait pas y être.

Non, vraiment. Plus j'y pensais, moins je trouvais que c'était une bonne idée.

Chapitre neuf

Ke Sanh, 70-71
You only live once.
Inscription sur briquet Zippo,
G.I. inconnu

On dit n'importe quoi, on ne sait pas quoi faire de nos corps, de nos cœurs. On est mêlés, désordonnés, dyslexiques, arythmiques, découragés, blasés, paumés, écœurés à mort. On se dit tous qu'on n'a qu'une seule envie, celle de vomir sur toute la crasse et la mélasse qui nous enrobent, sur toute la charogne qui nous pollue l'existence, sur toute la substantifique moelle qu'on voudrait nous mettre de force à la place du cerveau.

Je suis écœuré, amputé du cœur, je restitue mon cœur à tour de bras. Je regarde Julie Corne avec mes yeux d'écœuré, Julie Corne me regarde la regarder avec mes yeux d'écœuré.

Julie Corne est sournoise et plus hypocrite qu'Hypocrate, parce qu'elle n'est pas vraiment écœurée. Elle joue les écœurées pour mieux se faufiler dans notre univers d'écœurés. Julie fait de beaux grands yeux d'écœurée à Oscar. Elle croit qu'il lui en doit une depuis qu'elle s'est rangée de son côté, depuis qu'elle l'a choisi plutôt que Rémi Ami. Oscar est flatté. Il ne voit pas plus loin que le bout de son orgueil. Tout ce que Julie veut, c'est semer la zizanie, le trouble, le doute dans notre bande d'écœurés. Tout ce qui inté-resse Julie Corne, c'est de bousiller notre beau grand écœurement collectif pour pouvoir mieux s'écœurer en privé avec Oscar. Julie Corne m'écœure.

Mais ça ne fonctionne pas. Malgré sa conversion soudaine à notre bel écœurement de groupe, elle n'a pas réussi à faire main basse sur Oscar, alors elle s'essaye avec moi. Elle prend ses plus beaux yeux d'écœurée pour me demander innocemment, un rien coquine pour camoufler ses grands chevaux :

— Et toi, Larry, qu'est-ce que tu penses de l'amour ? Tu dois bien avoir une opinion là-dessus ?

Ça y est, je le savais. On commence d'abord par n'importe quoi. Qu'est-ce que tu penses de ci, qu'est-ce que tu penses de ça ? Crois-tu que les moustiques sont des vampires ou que ce sont les grands incom-pris de notre société moderne ? Moi, j'aime surtout l'été, l'hiver c'est trop froid pour une femme chaude comme moi. Ha ha ha ! Au cours de mon dernier voyage à Moscou, j'ai failli être dévorée par des requins. Ce n'est pas drôle, les requins, c'est terrible ! Une fois, j'ai vu une mâchoire de requin, c'est large, c'est gros et tout plein de petites dents pointues et effilées comme des lames de rasoir. Pour tout dire, j'aime mieux les hommes. Dis-moi, comment trouves-tu ma robe ? Jolie, pas vrai ? Pourtant, je l'ai achetée aux puces. Et mon sac à main, il est beau, non ? Moi,

je n'aime pas les petits hommes. Forcément, avec ma
taille, ça serait un peu ridicule. J'imagine que tu
n'aimes pas les petites femmes. Tes cheveux sont
bien, mais ils seraient mieux un peu plus longs.
Qu'est-ce que tu penses de l'amour ? Ça m'intrigue de
savoir ce qu'un gars comme toi peut en penser, hon-
nêtement, pas de blagues, gnagnagnagnagnagnagna-
gnagna…

Voilà, c'est toujours pareil. Ça commence comme
ça et la première chose qu'on sait, on se retrouve dans
un lit sans s'en rendre compte à faire un fou de soi,
en pleine copulation extatique à dire des idioties
qu'on regrette déjà la seconde d'après. Je te vois venir,
Julie Corne, avec tes astuces de pachyderme. Espèce
de balanophage frustrée ! Julie Corne n'a pas réussi à
amener Oscar Naval dans son lit, alors elle tente sa
chance avec moi.

Mais elle n'est pas très originale, Julie Corne, parce
qu'elle ne fait rien de plus que toutes les femelles du
collège qui me courent après. Je lui dis :

— Laisse tomber ton baratin. Il y en a plein d'autres
de ton sale troupeau qui ont tenté le coup avant toi.
Et ça n'a rien donné.

Je dois avoir une senteur particulière qui les attire.
Je devrais me laver plus fort et plus souvent, parce
que je n'ai pas envie d'attirer les femmes. Elles doivent me trouver beau. Ça m'étonne, mais je ne vois
rien d'autre. À moins que ce ne soit mes allures de
rebelle mais, vraiment, je ne vois pas ce qu'il y a
d'attirant là-dedans.

Je n'ai pas envie d'être beau. Je ne veux pas être le
Dorian Gray de ces dames, je laisse ça à Beau Dallaire
qui, lui, est vraiment fait pour ça. Lui, il sait quoi faire

avec une femme. Alors, je me trouve des défaites, des prétextes. Je me dis que si je me laissais aller à être beau, je ne serais plus que la chose des autres et je ne pourrais plus être moi-même. Moi, les femmes que je trouve belles, elles n'existent que parce que je les trouve belles. C'est comme Anna Purna, qui n'existe que pour moi et que pour les autres parce que nous la trouvons si belle. Elle ne vit que pour ça. Elle n'a pas de vie propre, Anna Purna. Elle est belle et intelligente parce que ça fait plaisir à plein de monde.

Si j'avais le choix, je m'en passerais, des femmes. C'est d'ailleurs ce que je fais la plupart du temps, mais ça n'est pas comme si elles ne me manquaient pas. Au contraire, elles me manquent tout le temps. Elles passent leur temps à me manquer, les femmes. Je vous le jure. Ça ne prend pas grand-chose, un regard, même pas un regard au complet, il suffit de juste un morceau de regard, une chute de rein, un air, une allure, une démarche ou des cheveux, des jambes, ou un cul tout bêtement et vlan, voilà que je le ressens de partout, qu'elles me manquent. Ce serait déjà plus simple si je ne les attirais pas, les femmes. Quand il nous manque quelque chose qu'on est certains de ne jamais avoir, on se fait une raison et on oublie ça. C'est comme la résignation de la Mère Missel. Mais lorsqu'on sait qu'on pourrait avoir facilement ce qui nous manque tellement, mais qu'on ne peut en profiter parce qu'on est trop cons ou qu'on a peur de ne pas être à la hauteur, de passer pour un vulgaire mirage, ou un tas de vent – pire, pour un fraudeur –, c'est pire, car on ne peut pas oublier qu'on pourrait, et c'est pour ça que ça nous manque tout le temps. Voilà. Les femmes me manquent terriblement.

C'est dramatique. Je n'ai de pensées que pour cet emmerdeur qui croupit dans ma cave parce que je ne sais pas comment m'en débarrasser. Alors, il faut me comprendre. Je n'ai envie de rien, je veux qu'on me foute la paix. J'ai l'impression que je pourrais exploser d'une seconde à l'autre tellement ça bouillonne en dedans. Mon pédégé va finir par avoir ma peau à force de me faire cuire à pas si petit feu.

Ça n'est vraiment pas le moment de tomber dans le piège de l'amour. Je ne dois pas me laisser aller. Je dois continuer de m'appartenir, sinon je ne passerai pas à travers.

L'amour, c'est violent, ça fait mal, ça déchire. Je ne vois pas pourquoi on court après, pourquoi on lui accorde tant d'importance, pourquoi on est prêts, bêtement, à en faire un plat, à lui élever un autel. L'amour, c'est mauvais comme du vinaigre. Ça brûle et ça détruit tout et c'est comme une drogue. Une fois qu'on y a goûté, c'est trop tard, il vous en manque tout le temps ensuite. Quand tu n'as jamais connu l'amour, tu n'en as pas besoin. Aussitôt que tu y goûtes, ça ne te lâche plus, il t'en faut toujours de plus en plus, il t'en faut tout le temps.

Julie Corne est restée bouche bée. Elle avait des points d'exclamation plein le visage. Julie Corne ne croyait pas que j'étais vraiment un écœurant ; elle croyait que je jouais à ça, comme elle, pour le plaisir de faire skier le peuple.

— Je ne joue pas, Julie. Je ne joue jamais. C'est comme ça que je me défends. Crois-moi, il faut me fuir comme la peste. Je ne suis pas beau. Je ne suis qu'un vilain lépreux et je déteste sincèrement tout le monde. N'essaie pas de m'amadouer, de m'apprivoiser. Ne touche pas à mes galles, tu vas t'empoisonner.

Julie a avalé de travers et il s'est mis à pleuvoir dans ses yeux.

— Tu vois ? Je te l'avais bien dit, l'amour ça ne pardonne pas : ça ne rend jamais personne heureux.

Elle s'est levée, comme si elle avait eu une punaise au cul. Elle m'a regardé et a dit, la voix étranglée par les larmes qui lui coulaient en dedans :

— Mais je ne t'aime pas. Je ne sais pas où tu as pu aller chercher ça. Je commençais juste à t'apprécier un peu, c'est tout. Entre autres parce que je crois, comme toi, que le monde ne tourne pas rond, et parce que c'est dur à porter toute seule. Mais je vais oublier ça pour un bout de temps, parce que tu es vraiment un sale individu. Pas étonnant que tout le monde te déteste…

Et elle est sortie du Catalpa sans se retourner. Oscar et Rachi n'ont rien dit, mais je sentais bien qu'ils trouvaient que j'y étais allé un peu fort. Comme il n'y avait plus que du silence, et que le silence ça pèse, Oscar est parti lui aussi en disant qu'il avait soif et Rachi l'a suivi parce qu'il voulait discuter avec lui d'un problème de maths qui faisait soudainement problème.

Moi, je suis resté là parce que je ne fais pas de maths et qu'il n'y avait rien d'autre à faire que de faire comme j'ai toujours fait. Le monde ne m'aime pas, alors qu'il aille se faire mettre, le monde ! Le monde ne tourne pas rond, qu'il aille tourner ailleurs, le monde, je ne lui en tiendrai pas rigueur. Les violons, l'amitié, l'amour, les sentiments, le partage, qu'est-ce que j'en avais à branler après tout.

Il ne faut pas s'y tromper. Le monde, il peut tourner sans moi, je refuse de tourner avec lui. Après tout, je suis censé être libre de penser et de faire ce que je veux. Je suis doué du libre arbitre, à ce qu'il paraît. Nihil nous le répète tellement souvent, sans le penser. Et en plus, j'ai les droits de l'homme de mon côté.

Si je n'étais pas si lâche, j'aurais exécuté mon pédégé et ça lui aurait flanqué la frousse, au monde. Pendant un quart de seconde au moins. Mais je savais bien que je ne le ferais pas, parce que je suis un lâche et que je ne m'intéresse qu'à moi-même. Qu'il tourne, le monde, qu'il tourne, cet affreux carrousel en délire. Je n'ai pas besoin de lui pour apprendre à vivre, pour m'apprendre que je vis. Le monde est en course, le monde fait son sprint final et je le regarde faire. Qu'il tourne, le monde, de toute façon je ne serai pas là pour le voir arriver. Un jour, je serai mort, un jour, j'ai commencé à vivre. Entre ces deux jours, le monde aura tourné. Il tournait avant et il tournera après.

Je sais, je sais. Sans l'homme, le monde, ça ne serait que la terre, et je suis un homme. Pour mon plus grand malheur, je fais partie du monde. Je devrais en être fier, faire quelque chose pour qu'il tourne à mon goût. Mais je l'ai déjà dit, je suis lâche, et un lâche, ça se terre, ça se tait, ça s'écrase. Je suis lâche. Il n'y a pas de quoi en faire un drame. Et d'ailleurs, les drames, c'est pour le théâtre, pour occuper l'esprit du monde. C'est pour ça qu'on en fait tant, qu'on en fait avec tout.

Ce n'est pas sorcier. La terre tourne, le monde ne tourne pas rond. Quel drame ! Ça pourrait même faire rire, parce que c'est risible. Qu'il aille tourner ailleurs, le monde. C'est lui qui ne m'aime pas. Pas moi, car on ne peut pas dire que je n'aime pas le monde. Ça dépend des jours, ça dépend des fois. Normalement, j'aurais plutôt tendance à le détester...

Rémi Ami a passé la nuit en prison, parce qu'après avoir repris ses esprits à l'hôpital, les flics l'ont arrêté pour coups et blessures sur la foi des témoignages de tous ceux qui ont été mêlés à la bagarre. Ils l'avaient amené vers dix-sept heures et, comme les juges ne font pas de temps supplémentaire, il était bien placé pour le savoir, il n'a pu comparaître que le lendemain.

Ça s'est fait vite. L'avocat envoyé par son père l'attendait à la barre. Il a enregistré un plaidoyer de non-culpabilité à l'appel du nom de son client et celui-ci s'est retrouvé dehors, en liberté sur parole en attendant son enquête préliminaire qu'on avait fixée un mois plus tard. Avec un paquet de témoins tous unanimes à lui faire porter le chapeau, dont le directeur d'école qu'il avait aussi agressé, il n'avait aucune chance d'être acquitté, mais comme on connaît le tabac dans les familles de juge, il avait tout le temps, en un mois, de concocter quelque chose.

Il est revenu au collège dès l'après-midi et il s'est arrangé pour nous laisser savoir à tous qu'on n'allait pas l'avoir aussi facilement. Il nous cherchait, c'est évident. Chaque fois qu'on le croisait dans les corridors, dans les salles de cours ou ailleurs, il y allait d'un petit conseil en passant. À voix basse, bien sûr, pour qu'il n'y ait que nous à l'entendre.

— Moi, si j'étais à ta place, je me ferais greffer des rétroviseurs aux oreilles...

Ou encore :

— J'espère que tu as renouvelé ta police d'assurance vie…

Ou mieux :

— T'inquiète pas trop. T'auras pas le temps de voir d'où ça vient…

Même cette pauvre Julie Corne a eu droit à toute son attention. Elle risquait de payer cher sa crise de conscience, celle-là. D'ailleurs, on sentait que ça la travaillait. Elle avait le teint pâle et elle rasait les murs. Elle devait se demander ce qu'il lui avait pris de prendre parti pour Oscar et moi dans cette affaire. Ça ne l'avait guère servie. C'était tant pis pour elle, on ne lui avait rien demandé.

J'ai quand même eu des remords. Je l'ai abordée alors qu'elle sortait de la bibliothèque. Je lui ai fait remarquer qu'elle avait l'air d'une morue morte de peur depuis le retour de Rémi Ami et qu'il ne fallait pas, parce que si on se laissait avaler par la peur à cause d'un minable pareil, comment penser alors qu'on pourrait jamais résister aux vrais marchands de peur, aux professionnels de l'horreur comme Washington ou Israël, qui en connaissent beaucoup plus en la matière qu'une simple chiure de juge, tout puissant soit-il.

Elle m'a regardé comme si je débarquais de la planète Mars et elle a haussé les épaules avant de poursuivre son chemin. Je suis resté sur ses talons.

— Moi, ce que j'en disais, c'était pour te réconforter un peu, et parce que, il faut bien que je l'admette, ce que tu as fait l'autre jour, ça force le respect.

Elle s'est arrêtée tout net.

— Pauvre con ! C'est vrai que je ne suis pas dans mon assiette. Mais ça n'a rien à voir avec les menaces de ce gros débile de Rémi Ami. Je te croyais plus intelligent que ça. Tu me méprises, comme tu méprises tout le monde, et tu prends plaisir à blesser les gens. Et tu y réussis très bien.

J'avoue que ça m'a secoué. Je me demande bien pourquoi d'ailleurs. Elle est repartie et je l'ai resuivie, parce que je me sentais vraiment trop mal pour la laisser dans cet état. Je l'ai rattrapée et forcée à se retourner.

— Bon, que je lui ai dit. Oublie un peu tout ça. C'est plus fort que moi. Je préfère mordre que d'être mordu. On se protège comme on peut…

Je lui ai même souri. Ça l'a certainement aidée, parce qu'après quelques hésitations, elle m'a souri aussi. Je me sentais tout drôle. J'avais les jambes molles et la queue qui durcissait. Je n'ai pas attendu d'être encore plus mal en point et comme je venais justement de le lui expliquer, j'ai préféré mordre le premier, encore une fois. Je l'ai prise dans mes bras et je l'ai embrassée de toutes mes forces, parce qu'il fallait y aller au max pour transcender le président-directeur général qui m'habitait. Elle s'est raidie un peu au début, mais elle a fini par laisser passer ma langue. Ses livres et son sac sont tombés par terre et elle m'a serré à son tour. Elle s'est laissé pousser jusqu'à la fenêtre la plus proche et s'est appuyé les fesses sur le rebord parce qu'elle ne pouvait pas faire autrement. Je bouillais et elle se laissait ébouillanter. Mes mains ont relevé sa jupe et je l'ai tâtée comme ce n'est pas possible tandis que les siennes se glissaient entre mes jambes et m'empoignaient à qui mieux mieux. C'était très physique comme truc.

À force de chercher, j'ai dû finir par déclencher quelque chose parce qu'elle s'est mise à se cabrer et à geindre. Je voyais bien qu'elle aimait ça, parce qu'elle poussait son mont de Vénus entre mon pouce et mon index. J'ai continué et c'était comme si j'avais réveillé un volcan, car elle s'est mise à trembler et à grogner et c'était terrible parce que j'avais l'impression qu'elle allait éclater et ameuter tout le collège. Sa bouche a quitté la mienne, sa main a battu en retraite et elle a sursauté violemment à quelques reprises tandis qu'elle renversait la tête, ses yeux regardant le ciel à travers la vitre, ses cuisses se refermant sur ma main pour l'empêcher de travailler.

C'est alors que La Marquise est sortie de la bibliothèque. Elle a fait trois pas avant de nous apercevoir, deux autres avant de nous reconnaître, et un encore avant de réaliser l'état dans lequel se trouvait Julie Corne, qui s'affairait à rajuster sa jupe.

Là, elle s'est arrêtée, tout ce qu'il y a de plus tétanisée, parce qu'incapable d'en croire ses gros yeux. Je lui ai fait voir toutes les dents de mon sourire tout en me replaçant les couilles, et Julie a pouffé.

La Marquise a eu un mouvement de recul, a bégayé «j'horreur de ça» et encore autre chose d'incompréhensible avant de s'éloigner en trébuchant de son pas le plus rapide, sans desserrer les fesses, de peur d'on ne sait trop quoi.

Julie Corne s'était redressée. Elle me regardait et son regard était plein de vice et de profondeur. Elle m'a pris la main et l'a portée à ses lèvres sans quitter mon regard.

— Bon, que je lui ai dit, au bout d'un moment après avoir récupéré ma main et en l'aidant à ramasser ses affaires. On n'en fera pas une montagne, mais on peut quand même s'aider, comme ça, quand ça nous prend, non?

Elle a souri. C'était la deuxième fois qu'elle me souriait en moins de quelques minutes et, cette fois encore, il a failli reproduire le même effet, son sourire.

— Il faut que j'y aille, parce qu'il ne faudrait tout de même pas exagérer.

Je lui ai fait un petit salut de la main et je me suis dirigé vers les toilettes les plus proches, parce que c'était à mon tour d'éclater et que j'étais trop timide pour demander à Julie de finir le travail qu'elle avait commencé étant donné qu'elle et moi, c'était la première fois, et qu'en plus, pour la discrétion, on avait déjà fait mieux que ce corridor.

Je me suis assis sur le trône et j'ai fait ma petite affaire en deux temps trois mouvements, peut-être quatre, mais pas plus. Puis, j'ai réfléchi. Il paraît qu'il en va de même pour la réflexion que pour le sport, que dans les deux cas ça va toujours mieux après la baise. Alors, j'ai réfléchi. Pas à Julie Corne parce que je ne voulais pas y penser. Bien sûr, elle me plaisait, cette grande fille au corps athlétique et dur comme la pierre, il m'était difficile à présent de le nier. Mais j'avais déjà Anna Purna pour les fantasmes et les petits jeux de mains et de culs, même si je jouais beaucoup plus souvent dans ma tête que dans la réalité avec son corps de déesse. Enfin, on verrait bien. Pour l'instant, c'était secondaire.

Ce qui me tracassait, c'était ce sale pourri de Rémi Ami. Je n'en avais pas peur, mais j'étais mort d'inquiétude à cause de mon pédégé qui dormait au sous-sol. Il aurait suffi que Rémi Ami m'envoie les flics comme il l'avait fait pour Oscar et ça aurait été ma fête.

Je suis reparti chez moi parce que les cours étaient finis et que j'avais besoin de me retrouver seul pour continuer à réfléchir. Je suis sorti par la petite porte qui donne sur la cour pour filer en douce, et j'ai descendu la côte à pied. Il faisait déjà noir parce que plus l'hiver approche plus le soleil se fatigue vite. J'ai marché jusqu'à la rue Sainte-Catherine. J'avais faim et, comme mon pédégé, je commençais à en avoir marre des sandwichs. Je cherchais un restaurant quand je me suis souvenu de ce petit italien pas cher un peu plus bas dans une rue transversale. J'avais déjà la poignée de la porte dans la main lorsque j'ai senti qu'on me saisissait fermement pas les bras.

— Tu gueules et t'es mort !

Ils étaient au moins deux, et baraqués par-dessus le marché, parce que je ne touchais pas au sol quand ils m'ont entraîné dans la ruelle qui s'ouvre un peu plus loin. Je n'ai pas eu le temps de poser de questions qu'ils me tapaient dessus allègrement. Ils n'étaient pas deux, ils étaient trois et ils bûchaient sans dire un mot, juste en râlant un peu pour l'effort, avec force et méthode. Des pros, quoi. C'est le troisième qui a frappé le premier tandis que ses deux copains me tenaient. J'ai essayé de me débattre, mais pas moyen de m'en défaire. Après trois coups de poing sur la gueule, j'ai quand même réussi à lui expédier mon pied dans les couilles. Ça l'a calmé pendant un certain temps, mais ses deux copains l'ont pris à titre personnel et ils se sont déchaînés. J'ai eu droit à une belle raclée en bonne et due forme, à coups de toutes sortes de trucs, de poing, de pied et de chaîne.

Quand j'ai cru que c'était terminé, parce que les coups avaient cessé et que je gisais par terre sans demander la suite, celui dont j'avais mis les boules à l'envers est revenu m'offrir trois ou quatre coups de pied magistraux dans les côtes avant de rejoindre ses acolytes pour admirer le travail.

– C'est de la part du juge Ami et de son fils. Avec leurs compliments.

Et ils ont tourné les talons. Je suis resté par terre pendant un bout de temps, je ne pouvais pas faire autrement. Je saignais, c'est sûr, parce que du sang, il y en avait partout sur la petite neige encore blanche, la première de la saison, qui était tombée le matin. J'ai bien dû admettre qu'il avait le sens de la parole donnée, Rémi Ami, et qu'il n'avait pas perdu de temps pour travailler à son acquittement. Il faut dire qu'ils ont les moyens d'embaucher du personnel dans la famille Ami.

C'est étonnant comme l'humeur peut jouer sur le physique, car je n'avais plus faim du tout. En fait, j'avais plutôt mal au cœur à force d'avaler tout ce sang qui me coulait dans la gorge de mes lèvres et de mes joues éclatées. J'ai finalement ramassé un petit tas de neige et je me suis mis le visage dedans pour arrêter tout ça de saigner. J'avais horriblement mal aux côtes, encore plus qu'ailleurs. Au bout de quelques minutes, je me suis relevé et me suis couvert la figure jusqu'aux yeux avec mon écharpe. J'avais du mal à respirer à cause des coups de pied dans les flancs et je marchais péniblement pour la même raison. Je suis sorti de la ruelle, la tête basse et le col de mon manteau relevé, et je suis revenu à pas lents, forcément, rue Sainte-Catherine, où j'ai pris un taxi pour rentrer.

Le chauffeur m'a jeté un drôle d'air dans son rétroviseur parce qu'il ne faisait pas froid au point qu'on ait à se couvrir autant. Je lui ai donné un billet de dix dollars en même temps que l'adresse et il a embrayé, rassuré sur mes intentions.

Je suis arrivé à la maison aux environs de dix-neuf heures et je me suis dirigé tout de suite vers la salle de bains pour voir un peu dans quel état j'étais. J'ai vu tout de suite de mon seul œil qui y voyait encore que je me trouvais dans un état de décomposition avancée. Vraiment, ils avaient fait du beau travail. J'avais l'œil gauche complètement fermé, le nez comme une patate et les deux lèvres fendues et grosses comme des saucisses. Je me suis lavé, changé et j'ai cuisiné pour mon pédégé. Je lui ai fait une double ration de sandwichs et de lait saupoudré auquel j'ai mélangé trois fois plus d'Halcions que d'habitude, ce qui devait bien faire une dizaine de comprimés. Il paraît que ces trucs-là, plus on en prend, moins ils font effet, et ce soir-là j'avais vraiment besoin qu'il dorme profondément, le patron de la United Motors, pour ne pas qu'il se rende compte de ce que j'allais lui faire. J'ai mis ma cagoule de laine et j'ai descendu tout ça. Il était bien éveillé et occupé à se curer les ongles du mieux qu'il pouvait. Ça m'a fait réaliser que je ne lui avais pas donné les moyens de se laver depuis l'enlèvement, cinq jours plus tôt, et qu'il commençait à polluer l'atmosphère. Il m'a à peine regardé lorsque j'ai déposé l'assiette et le verre devant sa cage.

Il n'était pas très en verve et ça n'était certainement pas avec ce moral-là qu'il avait réussi à se hisser à son poste de PDG. La bouffe restait là, devant lui, sans qu'il y touche.

— Qu'est-ce qu'il y a ? Vous n'avez pas faim ?

Il a regardé dédaigneusement son repas et j'ai cru qu'il allait encore me faire le coup de la pizza. Mais il a dit :

— Je ne sais pas ce que vous mettez là-dedans, mais vous me droguez. Je n'ai jamais tant dormi de ma vie, moi qui ai plutôt tendance à l'insomnie...

Bon, je n'allais pas nier, mais il fallait quand même que je lui dise quelque chose.

— De quoi vous vous plaignez alors ? Le temps passe plus vite comme ça, vous ne trouvez pas ? Oui, c'est vrai, il nous est déjà arrivé de vous mettre un peu de somnifère dans le jambon — j'ai dit le jambon pour la tactique — mais ça n'est pas si grave. Si c'est ça qui vous embête, je peux vous dire que ce soir nous n'avons rien mis. Il faut qu'on vous garde la tête froide, parce qu'il risque d'y avoir des développements. Je crois que vos vacances tirent à leur fin. Je vous en ai déjà dit plus que je ne devrais.

Ça l'a regonflé un peu, parce qu'il a pris le verre de lait et en a avalé la moitié d'une seule gorgée, et moi j'étais bien content, parce que, pour le genre de développements que je lui réservais, il fallait qu'il soit le plus inconscient possible, contrairement à ce que je lui avais dit, ce qui n'allait pas tarder avec la dose que je lui servais.

— Vous allez m'excuser, mais j'ai à faire. On se reverra plus tard. Ne vous inquiétez pas, tout va bien se passer.

Il n'était pas obligé de me croire, mais je crois qu'il préférait. J'avais souvent remarqué que beaucoup de gens préfèrent gober ce qu'on leur dit, même si ça ne tient pas debout, plutôt que de s'en faire outre mesure. Ceux-là, ils vivent heureux en général, mais

ils crèvent du cancer ou d'un autre truc du genre qui
les fait souffrir à mort et les gruge lentement mais
sûrement, à petit feu, durant une bonne partie de leur
vie, plutôt que d'une attaque cardiaque ou cérébrale
comme c'est le cas pour ceux qui ont passé leur existence à se ronger les sangs pour trois fois rien à cause
du stress d'être là et du malheur généralisé. Il y a au
moins ça comme justice.

Dès que je suis remonté, j'ai pris tout ce que j'ai pu
trouver de glace et je m'en suis mis sur les côtes et
sur la gueule pour endormir la douleur et pour faire
désenfler un peu. J'ai pris aussi pas mal de mescaline
parce que la glace, c'est bon pour les enflures de
l'enveloppe, mais totalement inefficace pour les
enflures du dedans. Comme j'avais le nez en compote, j'ai dû la respirer par la bouche ce qui fait que je
me suis étouffé et que ça m'a déchiré la cage thora-
cique de douleur à cause de mes côtes fêlées.

Je m'étais étendu dans ma chambre, les écouteurs
sur les oreilles avec Gemis Hendrix ! et les Dorz pour
me réconforter. On se réconforte comme on peut.
Moi, c'est la détresse des autres qui me fait le plus de
bien, parce qu'alors je me sens moins con de vouloir
rester seul dans la vie. La glace me faisait du bien, la
mescaline aussi et j'en étais bien heureux parce que
des cauchemars, j'en avais eu suffisamment pour la
journée. Je pensais à Anna Purna, qui devait me
montrer des trucs côté cul, mais qui avait disparu
depuis des jours sans prendre de mes nouvelles, ni
me donner des siennes, et c'était bien comme ça,
parce que lorsqu'on veut garder sa liberté, il ne faut
surtout pas la partager avec qui que ce soit. Et je pensais aussi à Julie Corne et à son mont de Vénus qui

ruait comme au rodéo, et j'en avais des enflures dans
la queue, même si je trempais dans la glace et la mescaline.

Je réfléchissais aussi au meilleur moyen de me
venger de Rémi Ami et de son salaud de géniteur.
J'échafaudais les plans les plus tordus pour lui faire
son affaire, mais je n'arrivais pas à arrêter mon choix.
Puis, je me suis rendu compte que j'avais oublié mon
pédégé. C'était bien la première fois qu'il me sortait
de l'esprit plus de trente secondes, celui-là, depuis
qu'on avait fait connaissance. Il devait dormir à
l'heure qu'il était. À force de me vautrer dans la glace,
le temps avait fini par passer et il était minuit.

Je suis descendu au sous-sol. Le verre d'Halcions
au lait était bien vide et mon pensionnaire dormait à
n'en pas douter. J'ai ouvert la cage et je l'ai tiré de là.
Par les pieds, c'était plus facile. Je lui ai remis son
manteau et ses gants et je l'ai traîné comme j'ai pu
jusque dans le vestibule. J'ai ouvert la porte. La rue
était déserte. Je me le suis mis sur l'épaule. Il n'était
pas bien lourd, mon petit pédégé, mais j'avais si mal
aux côtes que j'ai cru ne jamais me rendre, surtout
que je marchais le plus vite possible pour éviter d'être
surpris. J'avais tout au plus une quinzaine de mètres
à parcourir avant de franchir l'entrée de la maison
voisine. Le terrain était entouré d'une haie de chèvre-
feuilles qu'on avait enveloppée de jute pour l'hiver,
de sorte que, de la rue, on ne voyait guère de l'autre
côté.

Mon pédégé était mou comme un sac et ronflait
comme une locomotive. Je l'ai déposé sur le perron,
le dos appuyé contre la porte et j'ai sonné avec insistance. Je suis parti en courant. Une fois sur le trottoir,

j'ai vu qu'on allumait dans la maison et j'ai foncé jusque chez moi en me tenant les côtes. Je me suis engouffré dans le vestibule, mais j'ai observé par la porte entrebâillée.

La voisine a ouvert la porte et son amant lui est tombé sur les pieds, étendu de tout son long. J'ai entendu de petits cris de surprise, puis j'ai vu les jambes de mon pédégé disparaître à l'intérieur de la maison.

J'avais pris un risque, mais j'étais certain qu'elle n'appellerait pas les flics. Elle attendrait qu'il se réveille. Sans doute qu'elle l'aiderait un peu. Lorsqu'il aurait retrouvé ses esprits, ils jugeraient certainement préférable qu'il refasse surface ailleurs. Il attendrait probablement au lendemain matin, le temps d'inventer une histoire plausible. Il dirait que ses ravisseurs l'avaient trimballé en ville dans une voiture avant de l'éjecter au coin d'une rue quelconque. Comme ça, il éviterait les ennuis avec sa femme et tout pourrait recommencer comme avant, les visites bihebdomadaires à madame sa maîtresse, et les discours édifiants devant les chambres de commerce et dans les facultés d'administration sur l'application des nouveaux concepts harvardiens de management dans la production des moteurs de guerre.

Je suis descendu au sous-sol et j'ai tout rangé, la cage et le reste, malgré mes douleurs. Maintenant, Rémi Ami n'avait qu'à bien se tenir. J'allais pouvoir lui consacrer tout mon temps.

Chapitre dix

My Lai, 68-69
I was young, now I'm dead.
Inscription sur briquet Zippo,
G.I. inconnu

Ça a a fait son effet. J'ai semé l'horreur sur mon passage. J'ai une gueule terrible, terrifiante. D'autant plus que j'en ai remis. Je me suis badigeonné le visage avec du mercurochrome pour avoir l'air encore plus massacré que je ne le suis vraiment. On dirait qu'on m'a traîné la face sur le trottoir pendant deux kilomètres. Même la Mère Missel a sursauté ne me voyant, elle que rien ne détourne de son bienheureux flegme.

— Dieu du ciel ! T'as couché avec un carcajou !

— Non, j'ai dansé avec deux gorilles. Rien de spécial dans vos journaux ?

— Pas de quoi fouetter un chat, p'tit gars…

Grosse Torche me regarde avec un air de pitié mêlée de répugnance. Elle veut toucher. Bas les pattes, espèce de métazoaire éléphantiforme ! Même La

Marquise se fait toute pleine de commisération pour moi en exprimant toute l'horreur que je lui inspire. Délicate attention !

J'entre au Catalpa en me traînant de peine et de misère, à cause de mes côtes qui protestent à chaque pas. Ils m'entourent. Ils me collent après comme des tiques. Ça les excite, une gueule pleine des stigmates de la violence. Ils n'en ont pas vu souvent de pareilles, sauf au cinéma. Ils veulent savoir comment, pourquoi, si je me suis défendu au moins. Je leur dis qu'ils étaient au moins six, qu'ils en voulaient à l'argent que je n'avais pas. Je leur montre mes plaies, mon œil de boxeur disparu au combat. Je m'exhibe en cherchant Rémi Ami du coin de mon œil valide. Juste pour qu'il me voie, pour qu'il puisse admirer sans retenue le travail de ses sbires. Je m'installe à côté de lui pour lui faire voir toutes les facettes de son œuvre. Il admire, l'air satisfait. Il se permet même un commentaire, estime à haute voix qu'on ne devrait pas se promener en public avec une gueule pareille, que ça risque de faire peur aux petits enfants, de provoquer des évanouissements, des traumatismes collectifs.

Je me fais voir le plus possible pour lui montrer que je m'en rase, qu'il ne m'aura pas, que personne ne peut m'empêcher d'exister, même pas un rat puant de fils de juge.

— Alors Rémi, il paraît que tu as plaidé non coupable ? C'est quoi ton système de défense ? Tu vas invoquer la folie passagère ou l'idiotie congénitale ?

Le gros rat s'empourpre. Il dit que je ne suis pas drôle, qu'il se défendra, qu'il a été provoqué, que c'est moi qui devrais être traîné en justice. Il me conseille de ne pas le chercher parce que je risque de le trouver et de perdre l'usage de l'œil qui me reste.

Je fais l'étonné, l'incrédule.

— Quoi! Tu frapperais un type qui n'est pas en mesure de se défendre? Je suis pourtant certain qu'on inculque les bonnes manières et le sens de l'honneur dès le berceau dans les familles de magistrats. En tout cas, ça ne te ressemble pas, ça ne ressemble pas à cet homme si brave qui a dénoncé aux forces de l'ordre ce dangereux terroriste d'Oscar Naval et qui n'a même pas hésité à lui sauter à la gorge lorsqu'il s'est rendu compte que la police n'était pas foutue de faire son travail comme il faut…

Il avale de travers et rouspète un peu, mais finit par battre en retraite. Son père lui a certainement conseillé de résister aux provocations, de ne pas aggraver son cas. Il m'a vu et il a compris que je ne me défilais pas. Ça va l'énerver un peu, c'est ce qui compte. Maintenant, il feint de m'ignorer et tente d'attirer l'attention de tous ceux qui m'entourent pour les détourner de moi. Je le laisse faire. Il ne croyait pas me rendre aussi populaire en me faisant massacrer. Il expose sa nouvelle acquisition, une super montre qu'il passe sous le nez de tout le monde pour qu'on arrête de parler de moi et de ma gueule en bouillie.

C'est une belle montre en acier trempé dans l'or et qui donne la date, le jour, l'année et le mois, une montre chronomètre qui calcule tout en terme de tics et de tacs, étanche qui ne laisse passer ni l'eau, ni l'air, ni le houblon, une montre phosphorescente, antichocs, antimagnétique, antistatique capable de supporter toutes les atmosphères, même les plus lourdes,

un machin saccadé et nerveux dont les aiguilles, au
lieu de couler sur les secondes, sautent par-dessus à
pieds joints, une montre à piles, bien entendu, avec
un tachymètre pour calculer les révolutions de ton
moteur, une montre quasi sur coussins d'air à la fine
pointe de toutes les technologies, capable d'émettre et
de recevoir des messages radio à plus de cinq mille
kilomètres à la ronde, une montre galactique, magnifique, mirifique, qui lui a coûté une terrible fortune,
ça va de soi.

Certains la regardent en s'extasiant, parce qu'il faut
ce qu'il faut, mais sans plus. Les brebis et les moutons
du troupeau commencent à se fatiguer des gadgets de
Rémi Ami. Il y en a même eu un pour lui demander
si sa petite merveille du monde donnait l'heure, et ils
ont tous rigolé, sauf Rémi Ami, qui s'étonne toujours
qu'on puisse ne pas s'émerveiller devant une merveille, surtout lorsqu'elle lui appartient.

Ça n'est pas sa faute, il est né myope, presbyte,
astigmate et daltonien. Il ne faut pas se surprendre
qu'avec de pareils handicaps il ait développé une
vision du monde floue, sans nuance, en noir et blanc.
C'est pour ça qu'il est si bien dedans, le monde. C'est
pour ça qu'il lui va si bien. Rémi Ami ne voit rien, ne
s'aperçoit de rien, ne se rend compte de rien. C'est
l'argent qui fait ça. Quand tu nais dedans et qu'on te
nourrit avec, tu en viens très vite à ne voir que ce
que tu possèdes grâce à lui. Et comme l'argent peut
tout acheter, le reste importe peu. Plus tu as d'argent,
plus ta vue baisse, et Rémi Ami est bourré de fric.
Parce qu'en plus d'être juge, son père a hérité d'une
petite fortune, comme son propre père avant lui.
Alors, chaque jour, Rémi Ami découvre de nouvelles

façons de dépenser le fric, d'en faire l'étalage. L'argent fait son bonheur. Autour de lui, ça pue le bonheur à plein nez.

Rémi Ami se rend compte que ça va prendre plus qu'une montre, si extraordinaire soit-elle, pour retrouver la confiance et l'admiration du troupeau. Alors, il raconte que son père lui fait construire un voilier de douze mètres derrière sa maison de Westmount, que sa construction est fort avancée, qu'il sera prêt au printemps et qu'il pourra se promener dans les mers du Sud, qu'il se cherche un équipage pour lui tenir compagnie et accomplir les basses manœuvres. Tous les soirs, en rentrant, il monte sur le pont et en fait le tour, pénètre dans la cabine, rêve aux effluves des Antilles. C'est vraiment touchant. Je me bidonne en l'imaginant en capitaine magistral et rêveur à la barre de son navire tout blanc, le nez dans le vent du large, respirant les embruns… Ça ne colle vraiment pas.

Rémi Ami me jette un coup d'œil en coin, parce que je ris fort et que ça lui fait rater ses effets. Il sait bien que je le déteste et que je ferais n'importe quoi pour l'emmerder. Il croit que je suis jaloux de son tigre à moteur, de son Big Ben miniaturisé, du bateau qu'il est en train de nous monter et de tout son fric. Il a tort, mais ça, il ne peut pas le comprendre, à cause de ses problèmes de vision congénitaux. Il dit que je suis un tout-nu, un va-nu-pieds. C'est possible. Chose certaine, je n'ai pas les moyens de me faire construire un trois-mâts. Je suis un tout-nu ? Et puis après ? Mieux vaut être en caleçons qu'en cale sèche. J'en suis certain.

— Peu importe où tu iras, avec ton bateau ou pas, tu resteras éternellement au quai. Tu fais partie de cette sorte de gens qui se déplacent toujours sans se mouiller parce que l'argent leur donne le même pouvoir partout, celui de se faire lécher les bottes par le premier nègre venu. Ça changera peut-être un jour, et alors tes semblables et toi vous retrouverez cul par-dessus tête, et vos dollars pourront toujours vous servir à vous torcher. À force de lever le nez sur tout le monde, on finit par ne plus voir où on met les pieds et on trébuche. C'est inéluctable. L'argent, c'est dégueulasse parce que ça ne fait pas grand-chose de bien. C'est comme le napalm, ça brûle et ça tue. Quand tu joues avec le napalm, tu risques de te brûler. Qui trop embrase, mal éteint. On ne peut pas passer sa vie avec sur la tête la couronne de l'argent sans risquer d'y laisser chapeau. C'est logique, non ? Même si elle ne l'a pas encore fait, l'histoire le prouvera. Dieu que la vie est pénible…

Je me suis levé et j'ai battu en retraite, parce que c'est la meilleure chose à faire lorsque la colère commence à vous faire déconner. Rémi Ami affichait un sourire niais, ne sachant pas trop s'il devait rugir ou triompher devant le discours que je venais de lui servir et qu'il avait encore moins compris que sa cour d'abrutis. Je suis sorti du Catalpa aussi vite que me le permettait l'état de mes côtes et je suis monté directement au bureau de Pelvisius.

Sur le chemin, j'ai croisé Oscar Naval, qui a failli avoir une attaque en me voyant. Je lui ai tout expliqué, et j'ai dû le retenir à deux mains d'aller s'en prendre à Rémi Ami.

— Laisse tomber, que je lui ai dit. Il serait trop content. On l'aura bien autrement. Pour l'instant, contente-toi de prévenir Julie Corne. Restez quand même sur vos gardes. On en reparlera. On a tout notre temps. En attendant, je vais payer une petite visite à Pelvisius, histoire de lui montrer où ça mène, le légalisme.

Sa secrétaire a sursauté en m'apercevant, à cause de ma gueule d'outre-tombe. Je lui ai demandé si son patron était là, elle m'a dit «oui, mais...» mais n'a pas eu le temps de s'opposer plus avant, parce qu'elle avait à peine décollé ses fesses de pisseuse de sa chaise que j'étais déjà dans le bureau de Pelvisius. Celui-ci a levé les yeux suffisamment pour entrevoir l'état de ma configuration et le menton lui en est tombé sur le cul tellement j'étais horrible à voir.

— Grand Dieu, monsieur Tremblay! Mais que vous est-il donc arrivé? s'est-il exclamé.

C'était la deuxième fois que j'avais l'occasion de remarquer que la surprise lui faisait perdre sa timidité, car il me regardait franchement dans les yeux. À moins qu'il n'y ait eu chez lui un petit côté sadique que je venais de réveiller.

Je me suis tout à coup demandé pourquoi j'étais là et, comme je ne trouvais pas la réponse, je me suis dit que je devais profiter de l'occasion pour lui en vouloir de ce qui m'était arrivé et pour l'engueuler. Ça défoule vraiment d'engueuler quelqu'un qui peut vous nuire parce qu'il est plus puissant que vous et que c'est son métier de vous nuire, surtout quand on peut présumer qu'il se laissera engueuler étant donné qu'il se sent coupable.

— Qu'est-ce que vous croyez? Il m'est arrivé exactement ce que j'avais prévu qu'il m'arriverait. Je vous avais prévenu que Rémi Ami ne se laisserait pas faire comme ça. Depuis quand un fils de pute qui a pour

lui le pouvoir de l'argent en plus du pouvoir judiciaire se laisse-t-il manger la laine sur le dos? Vous
n'allez tout de même pas me dire que vous ignoriez
ça et que vous faites confiance à la justice des
hommes, vous qui êtes un homme de Dieu?

Ma colère l'affolait.

— Calmez-vous, monsieur Tremblay. Calmez-vous,
je vous en prie, et racontez-moi plutôt ce qui s'est
passé.

Il ne me regardait déjà plus qu'en bas des épaules.
Sa timidité avait repris le dessus, ou alors j'étais vraiment très horrible à voir. Je lui ai décrit par le menu
l'agression dont j'avais été victime et je n'ai pas eu
besoin d'en remettre, parce qu'à bien y penser la réalité suffisait. Pelvisius roulait de grands yeux dans
toutes les directions et se tortillait sur sa chaise
comme s'il avait été assis sur une main. Il n'en revenait pas de se trouver mêlé à une histoire pareille,
c'était évident. Et ça le dépassait tout à fait.

— Et vous êtes bien certain d'avoir entendu cet
homme vous dire que c'était de la part de Rémi Ami?!

— Certain comme j'y étais! Il a même dit que
c'était aussi de la part de son père. «De la part du juge
Ami et de son fils», qu'il a dit. Je vous l'avais pourtant
expliqué, qu'on ne joue pas avec les tenanciers de
l'ordre, et que nous aurions des ennuis. Mais vous
vous en balanciez, parce que vous saviez qu'ils n'ose-
raient pas s'en prendre à vous. Seulement, moi je ne
suis protégé ni par un col romain ni par des fonc-
tions de directeur de collège. Qui sait si demain ça ne
sera pas au tour d'Oscar Naval ou de Julie Corne? Je
me demande comment vous vous sentirez lorsqu'on
la retrouvera, celle-là, dans un fond de ruelle, battue

et violée, morte peut-être? Ou alors c'est moi qui y goûterai encore une fois, pourquoi pas? Je tenais à vous prévenir, parce que dorénavant je vais m'arranger pour me protéger. Je ferai les choses à ma façon. Ne vous attendez surtout pas à ce que je lui tende l'autre joue. Ce n'est pas mon genre. Je vais me débrouiller autrement.

Il s'affolait de plus en plus et j'avoue que ça me faisait plaisir.

— Monsieur Tremblay, monsieur Tremblay! N'allez surtout pas faire une bêtise. Il faut briser cet engrenage, ne pas lui donner le prétexte de recommencer. Il s'est vengé, mais c'est nous qui aurons le dernier mot lorsqu'il se retrouvera en cour.

Il n'avait rien compris, cet abruti.

— Vous ne comprenez vraiment pas, ou vous faites semblant? Il n'a pas fait ça pour se venger. C'est de l'intimidation de témoins, ça, monsieur. Et bien réussie avec ça. Je n'ai pas l'intention de me tenir debout jusque dans la tombe pour faire payer ce salaud. Je veux que vous retiriez votre plainte. Je me charge d'Oscar. Il n'est certainement pas plus brave que moi. Il comprendra. Vous savez, je gueule très fort, mais ça ne va guère plus loin.

Pelvisius était secoué. Il avait l'air de réfléchir, parce qu'il ne disait plus rien.

— Alors? ai-je fini par faire.

Il a hésité encore avant de dire, accablé, mais tout de même sentencieux:

— *Torrentes iniquitatis conturbaverunt me*[1]. Je vais réfléchir.

---

1. Les torrents de l'iniquité m'ont rempli de trouble. (Ps. XVII: 5)

Je n'en revenais pas. Je me faisais démolir la gueule en grande pompe par sa très grande faute, et il ne trouvait rien de mieux que de me débiter ses plates formules latines prédigérées et de me faire l'honneur de réfléchir à la question.

Je lui ai montré qu'il n'avait pas le monopole des études classiques et de l'éducation religieuse.

— Vous n'êtes pas le seul à baigner dans le trouble, si vous voyez ce que je veux dire. *Improperium expectavit, cor meum et miseriam. Et sustinui qui simul contristaretur et non fuit; et qui consolaretur et non inveni* [2]. Réfléchissez tant que vous voudrez, mais je vous le dis tout de suite, s'il y a procès, je ne me souviendrai de rien, ou alors ça sera tellement confus et rempli de contradictions qu'ils m'éjecteront du tribunal.

Pelvisius a bondi sur ses pieds.

— Vous ne pouvez pas faire ça! Ce serait un parjure!

Non, mais! Il aurait parfois intérêt à descendre de sa montagne, celui-là.

— Si vous croyez que je me gênerais, vous vous trompez. Du parjure, il y en a plein les rues et il s'en fait tous les jours et ça n'empêche pas la Terre de tourner, les juges pourris de condamner des innocents, et les cons de mon espèce de se faire tabasser par les petits copains de la justice. Ça n'empêche rien du tout, et je vais vous dire, ça ne m'empêchera pas non plus de régler son compte à cette rognure de

---

2. Mon cœur s'attend à l'insulte et à la misère ; et j'ai attendu que quelqu'un s'attristât avec moi, mais nul ne l'a fait ; et que quelqu'un me consolât, mais je n'ai trouvé personne. (Ps. LXVIII : 21)

Rémi Ami. Vous pouvez réfléchir et méditez vos psaumes _ad nauseam_, monsieur, mais ne comptez pas sur moi. Je suis assez grand pour me faire justice moi-même. Ma justice vaut bien celle du système, vous ne trouvez pas ?

Je l'ai salué bien poliment avant de tourner les talons, le laissant dans un état d'agitation totale, le doute plein la tête et des tremblements plein les doigts. La secrétaire m'a regardé passer en retenant ses haut-le-cœur et je suis descendu en retenant les miens à l'étage du dessous, où je me suis réfugié sur le rebord d'une des grandes fenêtres pour regarder la ville s'agiter dans le soleil et la neige qui fondait sur les maisons de riches et les tours d'habitation de luxe. Plus bas, on devinait les quartiers pauvres et le ghetto noir plus qu'on ne les voyait. Il ne faut pas s'étonner qu'on les voie si mal d'ici, les mauvais quartiers. Quand on se trouve au sommet, on ne regarde pas en bas, par crainte du vertige, sans doute.

Je n'avais plus le moral, que j'avais retrouvé en me débarrassant du PDG. Je l'avais perdu chez Pelvisius parce que ma sortie théâtrale et outrée n'avait pas réussi à me vider. Je ferais le mort pendant quelques heures, ça me calmerait certainement. C'est un truc que j'avais déjà essayé et qui marche parfois. Une sorte de mise entre parenthèses, comme si je devenais indifférent, insensible, imbécile, invisible. Mort, je ne m'intéresse plus à personne et personne ne s'intéresse plus à moi. Mort, rien ne me touche plus, rien ne vient plus troubler ma quiétude, surtout pas la vie, cette indéfinissable merde.

J'allais donc faire le mort jusqu'à ce que la vie vaille à nouveau la peine que je m'occupe d'elle.

Quand je fais le mort, j'essaie de ne pas penser, ou plutôt j'essaie de faire en sorte que mes pensées se perdent dans les méandres de l'indifférence, parce qu'on ne peut réellement s'arrêter de penser que si on est mort pour de vrai, ce que je n'avais encore jamais essayé. Même quand je parviens à me tuer l'esprit à coup d'alcool et de mescaline, mon corps demeure vivant. Même qu'il réussit à me foutre dans la merde sans que je le sache, comme avec mon pédégé.

Quand je fais le mort, je bouge le moins possible, tout en faisant ce que j'ai à faire parce qu'il faut ce qu'il faut. Je n'entends rien et je ne parle pas. Je ne vois pas non plus. Les morts ne voient pas. Ils sont aveugles, sourds, muets. Mort, je ne peux pas dire ce qui se passe autour de moi. Je ne peux même pas dire comment les gens qui me voient réagissent à la vue d'un mort ambulant. Les morts ne livrent leurs impressions à personne.

J'ai fait ce que j'avais à faire, les cours et tout le reste, et ma gueule dévastée a continué de tourner les sangs aux âmes sensibles. Seulement, je n'étais plus là pour raconter et commenter.

– Monsieur Tremblay, que pensez-vous de la crise politique au Moyen-Orient ?

Je n'ai pas entendu lorsque le prof de sciences politiques m'a posé sa question à développement. Les morts n'entendent pas, développent encore moins. Pour mieux faire passer mes silences de mort occasionnels, j'avais confié à quelques grandes langues, au début de l'année scolaire, que j'étais atteint d'une maladie rare et récurrente qui me rend sourd à l'occasion, et que ça pouvait m'arriver à n'importe quel moment. Maintenant, bien sûr, tout le monde connaissait mon secret. C'est utile. Quand je ne réponds pas aux interpellations et aux questions, on n'insiste pas.

Comme je n'entends rien de ce que le prof raconte devant son tableau noir à propos du conflit permanent entre Arabes et Israéliens, j'observe le soir qui tombe doucement dans les arbres dénudés et la pénombre qui s'accroche aux branches. J'aime ça, la pénombre, beaucoup plus que le soleil et la nuit. J'aime les entre-deux, les choses mal définies. La pénombre, c'est comme la mort, ça te cache les gens, et c'est heureux, parce qu'on les voit trop, les gens, on les voit toujours, on les voit même la nuit en plein sommeil.

J'ai quitté la classe de sciences politiques aussi mort que je l'étais en entrant, et je suis retourné me réfugier dans mon coin de fenêtre. Ils sont tous venus me saluer, ceux qui s'inquiétaient pour moi, Oscar Naval, Le Rachitique et même Julie Corne. Ils n'ont pas réussi à me décoller de ma vitre, à me ressusciter, alors ils ont veillé au corps pendant quelques instants avant de partir, sans s'accrocher. N'eût été Anna Purna, qui était rentrée après une longue absence, j'aurais passé la nuit là, dans les limbes de la mort. Mais on ne renonce pas à Anna. Elle m'a touché le visage, comme pour panser mes plaies, et je suis revenu d'entre les morts, de l'eau plein les yeux, et j'ai retrouvé la parole pour lui dire comment elle m'avait manqué et à quel point sa beauté m'éblouissait. J'ai bien vu que je l'avais touchée, mais je sentais que ça l'embêtait, à cause de cette liberté à laquelle elle tenait tant, sans doute. Parfois, c'est bien encombrant, la liberté, surtout pour ceux qui aimeraient vous en priver. J'ai voulu la réconforter.

– Les hommes sont aveugles, Anna. Tout le monde devrait se promener avec une canne blanche.

Ils ne voient jamais les choses comme elles sont réellement, ils ont plein de filtres devant les yeux. Tu n'es
pas obligée de me croire lorsque je te dis que tu es
magnifique. Fais comme si tu n'avais rien entendu. Il
ne faut pas se fier au jugement d'un aveugle en
matière de beauté. Mes yeux ne sont pas des yeux, ce
sont des cataractes. Je te vois à travers le voile des
chutes du Niagara. Il ne faut pas se fier au jugement
de quelqu'un qui a tellement d'eau dans les yeux.

Elle m'a tendu la main, et son beau visage était si
sérieux que j'ai cru qu'elle allait pleurer, elle aussi.
Mais j'ai vite compris à la manière dont elle me
regardait que c'était ma gueule qui lui faisait cet effet-
là. Elle m'a offert de me raccompagner chez moi ; je
n'allais pas dire non.

Dans sa voiture, la radio donnait un bulletin spécial. Enfin ! Ils disaient que le PDG de la United
Motors avait été relâché par ses ravisseurs, qui
l'avaient déposé en plein midi sur le bord d'un trottoir
du centre-ville, sans demander leur reste. Ils disaient
aussi que les observateurs s'interrogeaient sur les
motifs réels de cet enlèvement spectaculaire qui tournait en queue de poisson. On supputait l'hypothèse
d'une mésentente sérieuse entre les terroristes qui
avaient procédé au rapt, d'autant plus qu'ils s'étaient
tus complètement depuis l'élargissement de leur otage.
On ne manquait pas de louer la fermeté des autorités,
qui avaient refusé de se plier aux exigences de ce
MSPV issu de nulle part. Quant au PDG, il n'avait pu
fournir quelque indication que ce soit sur son lieu de
détention. Il avait toutefois précisé avoir été maintenu
en cage de façon permanente, et drogué de façon
régulière. Il avait ajouté qu'avant sa libération il n'avait

jamais été en contact qu'avec un seul de ses ravisseurs, celui qui lui apportait régulièrement à manger, et qu'il n'aurait su l'identifier parce qu'il portait un masque. Ce n'est que lorsqu'on l'avait sorti de sa cage qu'il avait vu deux autres membres du groupe, armés et masqués. Après lui avoir bandé les yeux, on l'avait conduit dans une voiture et couché sur le plancher. La balade avait duré environ une trentaine de minutes avant qu'on l'éjecte en plein centre-ville. Quant au rapt lui-même, il ne se souvenait que d'une chose, c'est qu'on l'avait assommé alors qu'il sortait du St. Stephens Club vers vingt et une heures, neuf jours plus tôt.

Voilà. C'était simple et propre. Je me retenais de crier de joie. Ça s'était déroulé comme je l'avais prévu. J'étais même prêt à parier qu'il s'arrangerait pour en dire le moins possible sur son ange gardien des derniers jours afin de l'inciter à ne pas révéler qu'il avait plutôt été enlevé chez sa maîtresse et relâché au même endroit. Une sorte de pacte tacite, quoi. Comme ça, l'enquête ne mènerait nulle part et son honneur comme son mariage seraient saufs.

Anna Purna avait écouté distraitement, comme si ça ne l'intéressait pas du tout. J'ai pris mon air innocent et j'ai dit :

— Pourquoi avoir enlevé ce type si c'était pour le relâcher ensuite sans rien obtenir en retour? C'est étrange, tu ne trouves pas?

Elle a haussé les épaules.

— De toute manière, on se demande bien ce qu'ils comptaient obtenir. Ça n'était même pas un Américain, ce type…

Évidemment, je n'allais pas la contredire. On arrivait chez moi et je ne savais trop si je devais lui offrir d'entrer. Je me sentais tout petit avec Anna, pas brave du tout. C'est finalement elle qui me l'a demandé.

    — Je n'ai rien à faire. Je viens avec toi ?

    — Bien sûr !

Je m'en voulais d'avoir accepté avec tant d'empressement. Je m'en suis mordu les lèvres et j'en ai hurlé de douleur. Anna riait et je me suis trouvé encore plus petit devant cette Vénus dont le sourire et la beauté me castraient aussi sûrement que les mains du plus expérimenté des maquignons.

En franchissant la courte allée qui menait chez moi, je n'ai pu m'empêcher de reluquer la façade de la maison d'à côté. Rien. Aucune activité apparente. Le calme total. Nous sommes entrés et j'ai mis de la musique pour détruire le silence avant qu'il ne me pèse trop. Elle s'est assise sur le divan pendant que je réglais l'ampli. Quand je me suis retourné vers elle, elle me fixait par en dessous, ce qui rendait ses yeux extraordinairement pervers. Elle m'a fait signe de m'installer à ses côtés en tapotant le fauteuil de la main. Elle m'a embrassé et c'était génial malgré la douleur qui me déchirait la bouche comme le cœur. Elle s'est écartée pour reprendre son souffle et elle m'a dit :

    — Maintenant, je vais te montrer un truc. Avec ça, tu feras tomber toutes les filles dans le coma en moins de deux. Ça sera terrible, une fois qu'elles y auront goûté, elles ne te lâcheront plus et elles ramperont toutes à tes pieds. Ça te plaît comme programme ? Allez, dis-le que ça te plaît ! Approche, et contente-toi d'ouvrir la bouche. Et ne bouge pas.

Elle m'a embrassé encore, très doucement, et je me disais « bon, c'est bon, je veux bien, mais il n'y a pas

de quoi écrire à sa mère ✳ lorsqu'elle s'est mise à appli-
quer de petits coups rapides avec la pointe de sa
langue sur la pointe de la mienne. C'était particulier
mais, là encore, pas spécialement extatique.

— Alors, tu as compris ?

Comme j'étais plutôt perplexe sous mes ecchymo-
ses, elle a bien vu que je n'avais rien compris du tout.

Elle a levé les sourcils au plafond.

— Ce que vous pouvez être bêtes, vous, les hommes !

Ça m'a quand même rassuré de savoir qu'elle me
considérait comme un exemplaire typique du mâle
de l'espèce et j'ai repris confiance. Elle s'est levée et
s'est plantée devant moi en se déshabillant, sans se
préoccuper de l'état dans lequel ça me mettait. J'ava-
lais difficilement, parce qu'Anna Purna nue, c'est très
difficile à avaler. Elle n'avait pas besoin de faire des
simagrées de salope pour susciter l'enthousiasme
délirant des masses, Anna Purna. Une fois à poil, elle
a écarté les jambes légèrement, et les lèvres de sa
vulve avec ses deux mains, me donnant à voir la
chair luisante de son clitoris. Elle n'avait décidément
aucune inhibition, cette femelle-là.

— Et ça, tu sais ce que c'est ?

— Bien, oui… que j'ai répondu en retenant mon
souffle, malgré tout inquiet de ce que je pouvais
peut-être ignorer quelque chose d'important, mon œil
lubrique et gourmand fixé sur ce qu'elle me montrait
avec tant d'emphase.

— Alors, tu lui fais ce que je t'ai fait avec ma langue.
Tu comprends, gros bêta ?

Pour comprendre, je comprenais. Elle s'est étendue
sur le divan, jambes écartées pour me mettre tout de
suite à l'aise. Moi, j'ai pris mon temps, à cause de l'état

de mes côtes, mais je suis finalement parvenu à m'installer, parce que, comme dit le Taureau, qui a quand même fait son chemin dans la vie, pour apprendre, il faut… Enfin, vous connaissez la suite. Mon corps me faisait souffrir le martyre, mais ma langue était dans une forme splendide, ou alors j'étais doué pour les cours pratiques, parce qu'Anna n'a pas arrêté de se tordre de plaisir. J'ai trouvé ça très bien comme truc, comme tous les autres machins fumants qu'elle m'a appris ce soir-là. Cette fille jouissait comme on tire de la mitraillette. Jamais revu ça depuis, dix fois à l'heure au moins. Pour moi, ça a été comme un cours intensif et accéléré. Et tout se déroulait dans le calme et l'économie de mouvements, rien à voir avec la gymnastique que je m'étais senti obligé de servir à toutes mes petites amies depuis le jour de ma première fois. Il n'y a pas à dire, elle savait diriger l'orchestre.

Elle n'est pas restée pour la nuit. Elle était bien trop libre pour ça, c'est elle qui me l'a dit. Lorsqu'elle en a eu assez de m'enseigner, elle m'a fait étendre à sa place et s'est occupée de moi. Elle était extra, cette fille. Elle connaissait même des trucs pour prévenir les débordements précoces. Je n'ai pas insisté pour qu'elle reste. Ça n'aurait servi à rien. J'ai préféré me convaincre moi aussi qu'il ne fallait pas tenter le diable et qu'on n'est pas plus heureux à deux qu'à un, que le bonheur ça n'est pas une question de nombre, que ça n'est pas une question du tout, ni une réponse d'ailleurs, parce que je n'y avais jamais cru de toute façon, et qu'il n'y avait vraiment aucune raison pour que je me mette à y croire dorénavant. Le bonheur, l'amour et tout ce cirque, je n'en avais rien à branler, si je puis dire…

Chapitre onze

Phu Bai, 69-70
Death and love!
Inscription sur briquet Zippo,
G.I. inconnu

J'étais plutôt anxieux de mettre à profit les enseignements d'Anna Purna en matière de cunnilin-
gus, alors j'ai profité de l'absence pour cause de
grippe de la poétesse en chef pour entraîner dans son
bureau Julie Corne, qui semblait entretenir ce matin-
là des dispositions tout à fait libidineuses à mon
endroit.

Je dois bien admettre que cette bonne femme-là
réussissait à me tendre comme une arbalète. Rien à
voir avec Anna, qui, elle, faisait ça comme si elle
lavait la vaisselle, avec un détachement pas possible.
Avec Anna, je bandais simplement en l'évoquant en
esprit et j'avais le désir terrifié dès que je me trouvais
en sa présence. Tandis qu'avec Julie, alors qu'il ne me
venait même pas à l'idée de l'appeler mentalement
pour m'activer les glandes, je sentais monter en moi

l'appel du mâle dès qu'on se trouvait ensemble. C'est qu'elle a l'excitation fébrile et communicatrice, Julie. Il me suffit de voir ce petit voile, pour tout comprendre, ce léger strabisme qui lui trouble ses beaux grands yeux marron et si profonds qu'on y perdrait des galaxies.

Je l'ai croisée le matin après le cours d'anglais, où j'avais finalement été réadmis contre une amende honorable assez respectable. Je crois que l'Anglaiseuse avait eu un peu pitié de l'état dans lequel je me trouvais. Comme quoi tout massacre peut avoir son utilité.

Je n'ai pas échangé deux mots avec Julie. En fait, j'ai été le seul à parler et je n'ai dit qu'un mot. Nos regards se sont trouvés sur le même chemin et le sien s'est tout de suite brouillé. Je l'ai prise par le bras et je lui ai dit :

— Viens !

Elle m'a suivi de très bon gré et je sentais que sa fièvre montait à mesure que nous avancions. Elle n'a même pas demandé où je l'amenais et ça m'a fait quand même quelque chose de voir qu'elle me faisait confiance à ce point, parce qu'après tout, j'étais plutôt du genre par qui les problèmes arrivent.

Nous sommes entrés dans le bureau et, dès que j'ai fermé la porte, elle a planté ses yeux affolés en plein dans les miens avec une telle force que j'en ai presque eu mal. Elle respirait fort et moi aussi, de plus en plus, c'est l'instinct qui fait ça. Nous nous sommes laissés tomber sur le petit divan-lit en nous arrachant mutuellement nos boutons de chemise. C'était très électrique, et pas du tout statique. On s'est embrassés et donné du genou à qui mieux mieux pour se calmer un peu, et je suis passé aux choses sérieuses.

Seulement, il faut croire que toutes les femmes n'ont pas la même notion du sérieux, parce que les petits coups de langue agaçants sur le clito de Julie, ça n'a rien donné. Pas plus, d'ailleurs, que les autres trucs éclectiques que m'avait appris Anna avec tant d'application. Je dis éclectiques, parce que ça fait joli dans une histoire de cul.

Il a bien fallu que je me rende à l'évidence. La baise, c'est pas comme la mécanique ou la dialectique, on a beau connaître le mode d'emploi par cœur, une femme ça ne se démarre pas comme une bagnole, ni comme une révolution. Alors, j'ai arrêté les simagrées et j'ai fait bêtement ce qu'on devrait toujours faire plutôt que de jouer aux grands génies de la science infuse. J'ai surmonté mon orgueil et ma timidité et j'ai demandé :

— Qu'est-ce je dois faire ?

Ça l'a plutôt gelée et moi aussi, par la même occasion, qui croyais bien faire en lui demandant son avis. Elle m'a servi une drôle de gueule, un rien éberluée.

— J'aurais cru que tu le savais. Pourquoi tu ne me sautes pas ?

Son étonnement refroidissait la sueur qui bouillait sur sa peau. Moi, je voulais bien la sauter. Mais j'étais très loin d'être convaincu qu'elle y trouverait son compte avant que j'y trouve le mien. Alors, j'ai dit :

— Je veux bien te sauter. Mais combien de temps il te faut pour parvenir à tes fins orgasmiques ?

Ça l'a interloquée encore plus.

— Je ne sais pas, moi. Le temps qu'il faut.

Je croyais entendre le Taureau avec son « il faut ce qu'il faut » et ça me l'a coupée raide, l'envie. Je me suis assis sur le bord du divan.

— Ce n'est pas si simple. Si je te saute, je ne suis pas du tout certain que ça durera le temps qu'il faut pour toi. C'est parce que ça m'excite trop comme truc. Je t'arroserai probablement en moins de temps qu'il n'en faut pour dire « il faut ce qu'il faut » et tu vas m'en vouloir pour le restant de tes jours. Il paraît que c'est fort complexe la sexualité féminine, c'est la Vierge qui me l'a dit en me répétant cent fois plutôt qu'une que les femmes, il faut prendre des tas de pincettes avec elles si on veut les bien considérer. Et, pour une fois, je commence à penser qu'elle avait raison. Moi, je ne demande pas mieux que de les bien considérer, les femmes, mais je ne sais pas trop comment m'y prendre, parce que d'une femme à une autre ça change tout le temps. Je suis tout plein de considération pour toi, Julie. Le problème, c'est que j'ignore comment te la servir et que…

— Ferme-là et saute-moi ! On verra bien ce qui arrivera. On corrigera le tir la prochaine fois, s'il y en a une.

La méthode empirique, quoi. Et pourquoi pas ? que je me suis dit. Elle m'a saisi par le cou et m'a rabattu sur elle en me cherchant la queue de l'autre main pour lui redonner la forme que mes disgressions discursives lui avaient fait perdre. Elle s'est bien rendu compte que j'avais du ressort, parce qu'elle a retrouvé sa plus grande forme en un tournemain, ma queue. Alors, puisqu'il fallait ce qu'il fallait, j'ai fait mon entrée dans le grand monde en essayant de penser à autre chose, parce qu'il paraît que c'est une bonne façon de chasser le trac les soirs de première. Ça me vient d'un de mes anciens professeurs de théâtre. J'avoue avoir toujours eu des doutes sur sa méthode étant donné que lorsque je l'avais essayée, le premier soir où on jouait *Le Cid* devant les parents de l'école, j'ai tellement bien pensé au match de hockey de la veille que j'ai enchevêtré les remarques du commentateur qui s'en prenait au jeu du Canadiens de Montréal avec les stances de Rodrigue.

J'avais dû faire des progrès, parce que seulement de me rappeler cet incident m'a fait gagner suffisamment de temps pour que Julie commence à prendre son pied. Un peu trop, d'ailleurs. Les murs des bureaux de professeurs ne sont pas ce qu'il y a de mieux insonorisé et je me suis mis à craindre qu'elle n'ameute tout l'étage avec ses hoquets et ses grognements. Je voyais déjà Nihil et ses semblables, l'oreille collée à la porte, frappant de moins en moins discrètement pour s'enquérir de l'état de santé de Tess. C'est quand même étrange, la peur, parce que là encore j'ai dû gagner un bon trois minutes de répit. Puis, comme j'avais vraiment peur qu'on nous découvre, je me suis dit qu'il était temps de penser à ce pourquoi j'étais là et à ce nirvana dans lequel je m'amusais et qui me promettait de me faire grimper au septième ciel des bouddhistes à condition que je m'occupe un peu de lui.

Julie Corne ruait dans les brancards et moi je ruais tout court. Je me suis mis à fantasmer sur Anna, et c'est arrivé, parce qu'il faut bien arriver quand il faut ce qu'il faut. On s'est éteints en se serrant très fort, et c'était parfait comme ça parce que je recommençais à craindre que des cohortes de messieurs du Saint-Suplice, par l'odeur alléchés, ne rappliquent à bouche que veux-tu pour nous mettre aux arrêts de rigueur dans les circonstances.

On a fini de se calmer en s'essuyant du mieux qu'on pouvait avec tout ce qui nous tombait sur la main et on s'est rhabillés en se souriant, parce que nous étions passablement contents de nous. J'ai ouvert la fenêtre pour aérer la pièce et Julie est sortie après s'être assurée qu'il n'y avait personne dans les parages, souriante et ravie, mais certainement pas autant que moi, qui avais le sentiment d'avoir fait ce qu'il fallait, pour une fois.

J'ai attendu un peu, j'ai refermé la fenêtre, et je suis sorti à mon tour. Puis, je suis descendu au Catalpa. J'ai bien vu que le troupeau était en émoi. Toutes les brebis criaient au loup, au fou, au feu, au pyromane autour de Rémi Ami – encore lui – tout essoufflé à force de s'horrifier, de se scandaliser. Je me suis approché pour écouter.

Rémi Ami s'amusait avec les craintes ataviques des moutons et des brebis. Il les ameutait en jouant sciemment avec le feu. C'est facile, les moutons ont peur du méchoui, craignent d'être embrasés par les feux de prairie. Rémi Ami disait qu'il avait surpris Le Rachitique qui jouait avec des allumettes et du papier cul dans un des escaliers peu fréquentés du collège. Il ajoutait que Le Rachitique bourrait de papier les écarts entre les vieilles marches de bois tordu et qu'il y mettait le feu. Rémi Ami s'était mis à crier au meurtre, puis, à court d'exclamations et d'onomatopées, il était tombé sur Le Rachitique à grand renfort de cris et de coups. Rachi avait tout de même réussi à s'enfuir. On l'avait vu déboucher dans le corridor, ses jambes à son cou, et on ne l'avait pas revu.

Rémi Ami, triomphant, est revenu faire son petit tour parmi le troupeau qui en redemandait, et s'est fait un devoir d'expliquer à nouveau à tous les ovins aux yeux agrandis par l'incrédulité de quelle manière et en quelles circonstances, en long et en large, il avait surpris Le Rachitique, ce dangereux pyromane, en train d'allumer un incendie. Rémi Ami sautait, trépignait, faisait le tour de la salle, très excité de capter l'attention de tous sans avoir à exhiber quelque gadget, surexcité par sa découverte, très fier de dire et de redire à tous et à toutes ce qu'il avait vu et fait. Son complexe du justicier refaisait surface. C'était Bogrocop avant son temps.

– J'allais pisser quand... Je descendais l'escalier lorsque... Comme une odeur de brûlé et de la fumée... Le Rachitique avec des allumettes, accroupi dans les marches... Oui, oui, tout juste à côté de la bibliothèque, entre le sous-sol et le rez-de-chaussée... Doit être fou, complètement... Je lui ai sauté dessus pour l'empêcher... Je ne pouvais tout de même pas le laisser faire... Il a réussi à se sauver... Peut-être qu'il a toujours été pyromane... Vous vous rappelez, l'automne dernier, le feu de broussaille dans la cour...

Les autres s'excitaient eux aussi et se mêlaient de donner leur opinion. C'était du théâtre de participation que faisait Rémi Ami, de la dynamite de groupe. Pauvre Rachi. Il en prenait pour sa tuberculose. On lui collait tous les crimes non résolus du séminaire du Saint-Suplice. S'il ne s'était pas sauvé, on l'aurait lynché, on l'aurait décapité, on lui aurait donné la bastonnade, on l'aurait lapidé. Pauvre Rachitique. Désormais, il était classé. Il n'y avait plus aucun doute à son sujet dans leur esprit. Leur idée était faite.

On devrait l'enfermer, le mettre à l'asile. Un danger public. On devrait soigner les malades comme lui. Ne reviens pas, Rachi, que je me disais, ils te couperaient en morceaux avant de te faire cuire sur le bûcher aux sorcières !

J'ai vite cherché une façon de le tirer de là. Rémi Ami l'avait déjà dénoncé au pion de Pelvisius. En temps normal, celui-ci aurait conclu *illico* à la folie du Rachitique, mais il était devenu méfiant à l'égard de cette ordure de Rémi et des méthodes de pégreux qu'il employait pour préparer son procès. Je me suis précipité à son bureau et je l'ai attrapé au moment où il en sortait. Je l'ai prévenu de ce qui s'était passé et lui ai dit qu'il serait préférable de se méfier, qu'à part Rémi Ami personne n'avait vu ce qui s'était réellement produit. Peut-être bien qu'il n'était rien arrivé du tout, que ce sale fils de juge avait tout inventé pour se débarrasser d'un autre témoin, que des salauds pareils, ça ne devrait pas être accepté dans une maison d'enseignement aussi digne que le séminaire du Saint-Suplice pour la seule raison que c'est bourré de fric et que ça sort de la cuisse de quelqu'un qui fait la loi, que Rachi était un bon garçon qui valait certainement qu'on lui accorde le bénéfice du doute auquel on est en droit de s'attendre dans notre système de droit, qu'il avait pris la poudre d'escampette parce qu'il est chétif et craintif et qu'il avait eu peur de ce gros épouvantail de Rémi Ami qui lui était tombé dessus comme la misère sur le pauvre monde, comme un chimpanzé affamé sur un régime de bananes.

Pelvisius a souri vaguement. Je devais éviter d'en mettre trop, parce qu'il allait se fatiguer de me voir et de m'entendre sur tous les tons et sur tous les sujets. On s'était vus un peu trop régulièrement, ces derniers temps. Je ne devais pas pousser ma chance.

— Vous feriez un bon avocat, monsieur Tremblay, a-t-il fait, non sans ironie. Mais ce n'est pas votre plaidoyer qui me convainc de ne pas ajouter foi à ce que M. Ami raconte. Je vais tenter de rejoindre M. Rachi chez lui. Si par hasard, vous le rencontrez avant, dites-lui qu'il n'a rien à craindre. Je vous demanderais cependant de garder un œil sur votre ami, au cas où il aurait vraiment des tendances à la pyromanie. On ne peut courir le risque qu'il fasse flamber le collège. Soyez discret, vous me comprenez.

Celui-là, il était plus dangereux qu'il n'y paraissait sous ses petits airs effacés. J'étais certain de m'être fait baiser tout rond. Il s'était servi de mes élans de donquichottisme pour m'enrôler dans sa petite police à lui. Voilà que je me retrouvais agent double et gardien de mon frère. Ils sont bien habiles, ces gens d'Église.

Je pouvais toutefois me consoler. Rachi était blanchi et j'allais me faire un plaisir fou d'en informer tout le monde en précisant bien que c'était parce que les autorités du collège estimaient que le témoin principal n'avait aucune crédibilité, et qu'il était soupçonné d'avoir inventé toute l'affaire pour inciter Le Rachitique à n'avoir rien vu, rétroactivement, de l'agression de la semaine précédente sur Oscar Naval et Pelvisius.

C'est La Marquise, toujours bien intentionnée et prête à servir, qui a rapporté mes propos à Rémi. Il n'a pas apprécié, on s'en serait douté, et il est allé tout de suite demander des comptes à Pelvisius, qui lui a fait remarquer bien poliment que c'était sa parole contre celle de Rachi, qu'il devrait pourtant savoir ça, lui qui venait d'une famille de juristes et qui se destinait lui-même au droit ; il avait eu suffisamment d'emmerdements avec lui depuis quelque temps et il n'avait qu'un conseil à lui donner, c'était de se tenir tranquille et de lui foutre la paix, que ça valait mieux pour lui, tout fils de juge qu'il était. Ce que Rémi Ami, dépité, a confié à La Marquise qui, toujours aussi bien disposée, est venue me le répéter.

C'était une très grande journée pour moi. J'avais de quoi être satisfait. J'avais dompté le dragon des coïts et terrassé mon ennemi juré. Je me sentais soudainement dans une forme superbe, au point de me permettre de briller par ma verve et mon esprit d'analyse pendant le cours de sociologie, c'est le prof qui l'a dit. Il devait se foutre de moi, je ne m'en aperçois pas toujours.

J'ai attrapé Oscar Naval à la sortie et je lui ai expliqué qu'on devait absolument retrouver Le Rachitique avant que la déprime ne le précipite sous une rame de métro ou quelque chose du genre. Il hésitait, ne savait pas trop, ne se sentait pas dans son assiette depuis l'incident du Catalpa avec Rémi Ami. J'ai insisté. Ce serait bien, que je lui disais, ça nous ferait des petites vacances en milieu de semaine, on pourrait même se saouler un peu en traînant nos carcasses dans tous les bars où on risquait de trouver Rachi. Il a fini par se laisser convaincre, et nous sommes partis vers le bas de la côte en hurlant comme des loups, pour lui remonter le moral et pour se faire remarquer. Ça lui donnait du courage, qu'il disait, ça réveillait ses instincts de carnassier.

On a emprunté le circuit habituel, rue Sainte-Catherine, et on n'a pas trouvé trace du Rachitique dans les trois premiers bars visités. Au quatrième, on a décidé de faire une petite pause parce que la marche, ça creuse l'appétit et la soif. Ce bar-là s'appelait le Cow Girl et il y avait des serveuses en petite tenue et chapeau de cow-boy qui se relayaient sur la piste de danse pour inciter les clients à rester plus longtemps en leur montrant leur cul au son d'une musique country. J'y étais déjà venu avec Le Rachitique, qui aime bien voir de jolis culs se trémousser sans pudeur, et la musique country. J'avais même déjà noté dans mon petit calepin que l'endroit était surtout fréquenté par des hommes d'affaires anglophones et que ce serait bien d'y faire péter une bombe. C'était au début de l'année scolaire, quand je me sentais naître une vocation de terroriste chaque fois que les attentats du Front populaire de libération du Québec semaient la consternation dans les chaumières, la désolation et parfois la mort chez les Anglais, et une joie discrète dans mon jeune cœur revanchard. Ça m'a passé un peu, mais j'ai continué quand même à prendre des notes. On ne sait jamais. Et puis, ça me donnait un peu l'impression de participer au complot qui allait peut-être mener au grand soir. Mais les bombes qui pètent la gueule des Anglais, ça aussi ça finit par devenir routinier. Et il y a eu ce PDG qui est entré dans ma vie et dans mon sous-sol sans crier gare, et ça m'a fait réfléchir à la fragilité de l'existence et des destins. Un jour tu poses des bombes, le lendemain c'est toi qui sautes. Un jour tu es PDG, le lendemain prisonnier. Je n'étais plus très certain que toute cette agitation puisse servir à quelque chose, plus certain non plus que j'avais envie de me fabriquer un passé héroïque. Plus certain, quoi...

On a commandé chacun trois bières avec des chips. La bière nous a saisis à la gorge. Oscar a dit qu'il en avait assez, qu'il voulait tout abandonner, ses études et tout le reste, qu'il avait le sentiment de perdre son temps, de gâcher sa vie. Il disait qu'il se ferait bien cryogéniser pendant quelques années ou quelques siècles, ça dépendrait.

Je le comprenais. J'essayais de remonter son moral qui traînait drôlement par terre. Il voulait partir, aller faire un tour ailleurs, de l'autre bord du monde. Il aurait voulu que je l'accompagne. Je lui ai demandé à quoi ça servait de partir.

– À quoi ça peut bien servir de partir? À voir du pays? Le mien me suffit, même si ça n'en est pas un vrai. À me changer les idées? Mes idées, je les ai, je les garde, et quand je trouve qu'il est temps d'en changer, je les éjecte. Pas besoin de voyager pour ça.

Oscar n'en démordait pas. C'était une idée fixe et arrêtée qu'il ne voulait pas se laisser enlever de l'idée. Il disait que ça ne peut pas faire de tort de changer d'air. Je n'ai pas insisté. On avait encore soif. J'ai fait signe à la serveuse d'apporter d'autre bière. Elle avait un joli cul bandant, tout ferme et rond, la serveuse. De beaux petits seins aussi qui montaient la garde avec enthousiasme au-dessus de son plateau rempli de bouteilles. Elle nous a servis en se laissant regarder, vu que c'est pour ça qu'elle travaille à poil. On a bu encore, comme des assoiffés. Oscar avait les yeux qui rapetissaient. Moi aussi, mais ça ne paraissait pas à cause de la raclée de l'avant-veille.

On a bu de plus belle en observant notre serveuse se tordre dans des pauses cochonnes, sur la petite scène. Elle nous regardait parfois avec insistance, comme pour nous narguer, en se caressant des mains et en nous flattant de ses yeux lubriques de fausse tigresse en chaleur. On a continué de boire, pour se calmer.

Il paraît qu'il faut savoir quand s'arrêter, mais il faut aussi vouloir. Oscar et moi, on ne voulait pas s'arrêter tout de suite. Tout de suite, ça aurait été trop tôt. Oscar a dit qu'il avait besoin de boire pour s'éclaircir les cordes vocales et pour pouvoir me dire qu'il aimerait devenir régicide. À son avis, c'est le plus beau métier du monde. Seulement, a-t-il expliqué, des rois, il n'y en a plus beaucoup et ceux qui restent sont bien loin d'ici. C'est pour ça qu'il voulait voyager. Il souhaitait se faire son roi avant de crever, le plus tôt serait le mieux. Il a ajouté qu'il était né deux siècles trop tard, que dans ces temps-là on n'avait pas besoin de courir le monde pour abattre son roi, parce qu'il y en avait à tous les coins de rue, et qu'il y en avait même de relève pour remplacer ceux qui se faisaient occire.

J'ai répondu à Oscar que ça ne m'intéressait pas, que de toute façon, ce qui m'intéressait ou pas ne m'intéressait pas. C'était un peu obscur, mais c'était comme ça. Oscar a remis quand même son histoire de régicide sur la table. Il disait avoir un profond respect pour les régicides de l'histoire, que les régicides avaient trouvé la seule véritable manière de nier l'autorité, *autoritas autoritatis*, le pouvoir suprême. Oscar croyait dur comme fer que tuer un roi, c'était faire preuve de maturité, que c'était comme le sevrage et que tout homme qui n'avait pas tué son roi n'était rien d'autre qu'un enfant qui pendait au sein de sa mère. Il soutenait même qu'un roi n'existe qu'en fonction de celui qui le tuera, qu'il faut en avoir décapité un au moins une fois dans sa vie.

Oscar expliquait que son seul but véritable dans la vie, c'était de découvrir un roi, un vrai, pour pouvoir le tuer. Il disait qu'il en avait assez de ne pas être un homme. Je lui ai demandé de m'expliquer ce que c'était qu'un homme.

— Un homme, c'est quelqu'un qui a tué son roi.

On n'en sortait pas. En désespoir de cause, je lui ai rappelé que nous étions censés chercher Le Rachitique et non pas se laisser aller à nos obsessions. Alors, on en est finalement sortis.

On a laissé à regret les rois et les culs nuls et nous étions à nouveau dehors à tanguer de bar en bar. Mais nos recherches ne nous ont menés nulle part et Oscar, la bouche et les jambes ramollies par la bière, a suggéré qu'on mette un terme à notre expédition à la Casa Mexicana, un drôle de bouge tenu par un Mexicain, ça va de soi, et qui servait de rendez-vous à tous les poètes incompris de Montréal, parce qu'entre deux séances de flamenco le patron les autorisait à grimper sur une table et à laisser libre cours à leurs délires éthyliques, à condition qu'ils consomment, comme de raison.

C'est un tout petit trou, qui occupe le premier et le deuxième étage d'un immeuble à l'abandon dont le rez-de-chaussée abrite les locaux de l'Association latino-américaine de Montréal. Raphaël, le patron, a parqué les poètes au deuxième pour ne pas qu'ils fassent peur à sa clientèle plus distinguée et plus payante. À mesure que nous montions les marches, on percevait de plus en plus clairement l'écho de la guitare et les coups de sabots de la danseuse. Puis, tout s'est arrêté pour laisser place à des applaudissements timides, alors qu'essoufflés par notre ascension, Oscar et moi faisions une pause sur le seuil pour trouver, sous la lumière tamisée, une table qui soit libre. Dans le fond de la salle, là où c'était encore plus noir, quelqu'un nous faisait de grands signes de la main. On s'est approchés un peu, pour mieux voir. C'était Tess Lapoé, très excitée par notre arrivée, qui profitait de son congé de maladie. À sa gauche, couché sur la table, Le Rachitique semblait dormir.

Voilà, c'est toujours comme ça, à ce qu'il paraît, les gens comme les choses, on les trouve quand on ne les cherche plus.

À la droite de Tess, L'Exquis venait tout juste de se lever et se dirigeait vers le centre de la pièce, sérieux comme un pape qui s'apprête à excommunier un évêque. Tout autour, je reconnaissais trois ou quatre incompris chroniques, rendus poètes par l'itinérance, l'alcoolisme et la force des choses. L'Exquis a grimpé sur une chaise pour tenter d'imposer sa parole et le silence à l'assemblée. Oscar et moi, on a pris place aux côtés de Tess, qui nous semblait dans un état plutôt guilleret. Soucieuse de contribuer à la carrière de son élève, elle y allait de grands chuts sonores qui ont eu comme effet principal de réveiller en sursaut Le Rachitique, qui a failli renverser le pot de sangria trônant au milieu de notre table. Il a levé la tête et nous a aperçus sans nous voir, parce qu'il avait de la difficulté à se placer les yeux en face des orbites.

L'Exquis avait renoncé au silence de ses pairs et déclamait du haut de sa chaise, le regard ostensiblement fixé sur le plafond, d'un ton monocorde, des mots qui s'imbriquaient pour le plaisir et surtout pas pour le sens qu'on aurait bien voulu y trouver. C'était bien tricoté, mais plutôt barbant, et ses pairs dans l'assistance ne se gênaient pas pour lui faire savoir qu'il les empêchait de discuter le coup avec leurs voisins et de trinquer entre poètes. Mais L'Exquis persistait, parce qu'il avait la foi qui transporte les vers. Oscar a écouté et il avait même l'air de comprendre quelque chose, car il approuvait du chef de temps à autre, à moins qu'il n'ait lutté contre le sommeil en cognant des clous avec son menton, ça n'était pas clair. C'est qu'on avait bu passablement. Moi, je ne m'endormais pas, mais j'avais la tête comme un carrousel et le cerveau qui baignait dans le calme du houblon, comme une langue dans le vinaigre. J'avais tout plein de couleurs dans ma tête, et des oiseaux, des geais bleus et des alcyons qui flottaient dedans. J'ai toujours aimé regarder les oiseaux. Derrière les oiseaux, un arbre se détachait, noir et crochu, chauve sur le blanc du ciel en nuages, et comme cela se produit souvent quand il fait nuageux, le soleil ressemblait à la lune qui se serait égarée du côté du jour. Comme une vision de la nuit au milieu du jour. J'étais un héliotrope et je tournais sans bouger, sans même respirer, sans frémir dans la pièce envahie par les mots inaudibles de L'Exquis et le murmure assourdissant des conversations de son mauvais public.

C'était comme ça, je tournais et je n'y pouvais rien. Personne n'y pouvait rien. Dans l'arbre, les alcyons et les geais bleus s'étaient posés. Ça piaillait par-dessus le reste, et c'était bruyant comme du silence, un silence si lancinant qu'on n'entendait que lui. Pourquoi ai-je fermé les yeux ? On aurait dit que je n'allais plus jamais pouvoir les ouvrir. Je voyais tout à l'envers. Le soleil était noir, l'arbre était blanc. Je n'ai pas ouvert les yeux. Au contraire, je les ai serrés très fort. Au pied de l'arbre noir, il y avait Anna Purna. Chère Anna, chair Anna. Je l'aurais emmenée dans ma cabane et elle aurait divagué avec moi, dans ma cabane au bord de l'océan du temps, et elle aurait prêté l'oreille aux ruades des marées, ses yeux auraient pétillé, éblouis par la lumière sur l'eau agitée. Nous nous serions fait des nuits noires à délirer, des panathénées à délier les robes des asparas belles comme des hémérocalles.

Je ne pouvais m'empêcher de penser, en filigrane, que j'avais des délires cultivés, mais la culture, il faut bien l'étaler quelque part, sinon à quoi ça sert. Elle était lampyre, Anna, et j'étais vampire et nous crevions la nuit sans qu'elle puisse se venger, sans qu'elle puisse quoi que ce soit contre mes yeux aveugles. Anna était l'empire d'Occident et tous les autres aussi, j'étais vent pire que tous les fléaux, que toutes les hécatombes, nous étions des cabires et c'était terrible pour qui osait nous regarder de travers !

J'ai eu chaud tout à coup. Quelqu'un me tapait sur l'épaule. J'ai ouvert les yeux. Anna m'avait quitté. C'était Oscar. Il disait que je dormais. L'Exquis a conclu son ode magique dans l'indifférence totale. Moi, je l'ai applaudi à tout rompre, parce que ça ne coûte rien d'encourager et de faire croire à quelqu'un qu'il a raison de vouloir être poète. Tess a applaudi aussi, parce que c'était son élève.

Alerté par le bruit, Le Rachitique s'est réveillé à nouveau et j'ai profité de son retour à la conscience pour lui expliquer qu'Oscar et moi, on avait passé notre soirée à se saouler dans l'espoir de le retrouver, qu'il n'avait plus rien à craindre, que j'avais court-circuité Rémi Ami auprès de Pelvisius et qu'il pouvait revenir au collège, que tout ce qu'il avait à faire, c'était de nier avoir jamais joué avec des allumettes dans les escaliers et de prétendre que Rémi Ami avait tout inventé pour l'intimider.

Il m'a regardé d'un œil visqueux et tout à fait inexpressif.

— Mais c'est faux. J'ai vraiment essayé de foutre le feu à la baraque…

— Oui, bon, peut-être, que j'ai dit, un peu soufflé. Mais on s'en palpe le radius. Essaie seulement de retenir tes élans de pyromane quand tu viens au collège. Je ne sais pas, moi. Passe tes envies en faisant brûler des lampions à la chapelle. Si ça se trouve, ça risque même de t'attirer les indulgences des Messieurs…

Il a hoché la tête, pas du tout convaincu. Il a dit qu'il avait toujours été fasciné par le feu, par son pouvoir purificateur, qu'au printemps, lorsqu'on met le feu aux champs, tout devient noir, mais qu'à la première pluie le pré verdit, que l'herbe reprend plus forte que jamais d'un beau vert irlandais uniforme et pur. Il a ajouté qu'il se sentait parfois l'âme d'un purificateur, qu'il lui arrivait d'avoir une irrépressible envie de tout nettoyer, de tout rendre parfait.

C'était peut-être à cause de la bière ou d'Anna qui me manquait, ou alors parce que j'en avais par-dessus la tête des conneries de tout le monde, en plus d'avoir à me débattre avec les miennes, mais j'ai senti soudain la moutarde me monter dans la gorge jusqu'au nez et j'ai saisi Le Rachitique par son col de chemise et je l'ai engueulé du mieux que j'ai pu.

– Écoute-moi un peu, espèce de débile ! Tu mettras le feu où tu voudras, mais ça ne sera pas au collège, parce que je me suis mouillé pour toi et que si on se rend compte que tu es vraiment un taré de l'incendie, c'est encore moi qui vais écoper et qu'il n'en est pas question, vu qu'il y a des limites au poids de la croix que je peux porter. Si je te reprends à jouer avec le feu, c'est moi qui te flambe ! Compris ?

Tess a tenté de s'interposer en criant « pas de violence, pas de violence ». Comme elle était notre professeure, elle se sentait plutôt responsable de nous tous, même en dehors des heures de cours. On pouvait bien se trouver, même si on était tous mineurs ou presque, fin saouls aux petites heures du matin dans un bouge infect, à trinquer avec une bande de marginaux et de révolutionnaires alcooliques et verbo-moteurs, ça n'était pas une raison pour en oublier nos bonnes manières. L'Exquis, lui, s'était mis à plaider pour la liberté d'expression, même par la violence. C'était pour prouver aux autres incompris de la parole qui nous regardaient du coin de leurs yeux de vache qu'il était aussi anarchiste qu'eux, ce qui fait bien pour un poète. Quant à Oscar, il n'a pas bronché, absorbé par la dissection d'une peau d'orange repêchée dans la sangria.

J'ai finalement lâché Rachi quand je me suis rendu compte que je lui serrais la gorge si fort qu'il en était dans l'incapacité totale de répondre à mes injonctions. Il a pris le temps de respirer un bon coup avant de me dire de ne pas m'en faire, qu'il se tiendrait tranquille. Moi, je lui ai baragouiné quelques excuses en me disant que tout ça, c'était de la faute de cette grosse merde de fils de juge et qu'il fallait absolument faire quelque chose pour l'arrêter de nuire. J'étais certain que la mise en garde de Pelvisius n'allait pas l'empêcher de nous emmerder. S'il n'y avait eu que son honneur en cause, peut-être bien qu'il se serait fait une raison. Mais il y avait beaucoup plus en jeu pour lui. C'est La Marquise qui me l'avait fait remarquer sur un ton aussi condescendant que possible :

— Tu sais, c'est très sérieux pour Rémi. Il y va de son avenir. Le Barreau n'accepte pas dans ses rangs quelqu'un qui possède un casier judiciaire. S'il est condamné pour voies de fait, Rémi Ami ne sera jamais maître Rémi Ami.

Il m'apparaissait dorénavant évident que le juge Ami et son fils n'allaient pas lésiner sur les moyens pour tous nous empêcher de témoigner, Rachi, Oscar, Julie et moi. Pelvisius lui-même avait tout intérêt à protéger son saint cul.

Je ruminais tout ça à travers les brumes de l'alcool, en écoutant distraitement le guitariste et la danseuse y aller d'un dernier flamenco tapageur, et je me disais que Rémi Ami ferait bonne figure dans la cage qui avait hébergé mon pédégé. Mais ça n'était pas une solution, car je ne voyais pas trop ce que j'aurais pu en faire. J'ai pensé à plein d'autres trucs plus inutiles les uns que les autres. Je m'apprêtais à laisser tomber quand l'idée m'est venue.

C'est tout de même étonnant de constater qu'il peut nous venir d'excellentes idées alors qu'on a le cerveau dans un état tel qu'il peut à peine vous permettre de poser correctement un pied devant l'autre. Mais plus j'y pensais, plus les choses devenaient claires et plus mon plan s'échafaudait.

Chapitre douze

Saigon, 70-71

When this sailor dies, he will go to heaven, because he has spent his time in hell.

Inscription sur briquet Zippo,
G.I. inconnu

Je n'avais plus le choix. Comme s'il arrivait qu'on l'ait. Je devais me rendre à l'évidence, même si je ne savais pas très bien où c'était. J'avais horriblement mal. Comme des morceaux de verre dans mes veines. Comme de l'acide à la place de mon sang. J'avais mal, et les murs de ma cabane n'étaient plus assez forts pour résister à cette douleur. Quelque chose avait réussi à déjouer ma cotte de mailles, un virus insinuant avait percé mes défenses.

C'était tragique. Ne riez pas. C'était tragique à cause de la mort que ça me foutait dans le cœur. Aucun remède, aucun basilic et aucun safran ne pouvaient plus rien pour moi. J'étais atteint d'un mal incurable. Il fallait que j'apprenne à vivre avec une carapace fêlée.

Quand on a toujours vécu seul, c'est dur de partager sa maison, ne serait-ce qu'avec un microbe, même quand le microbe prend les allures d'un bel oiseau. Une perdrix avait réussi à faire son nid dans un coin secret de ma hutte. Elle y serait entrée quand j'entrouvrais ma porte. On ne devrait jamais sortir de chez soi. Pourvu que ce ne soit pas un oiseau de malheur. Pourvu que le bruissement de ses ailes ne trouble pas trop mon sommeil léger, pourvu que son ramage, pourvu que son plumage...

— Pourvu que ton père n'ait pas décidé de rester là-bas une semaine de plus. J'en ai assez de l'attendre ! J'en ai assez de rester seule à regarder passer la vie...

C'était une rengaine à laquelle m'avait habitué la Vierge durant mon enfance, quand mon père patrouillait le pays à la recherche de contrats, de ces si précieux contrats qui allaient faire de lui un homme qui a réussi. Chaque fois qu'il partait, il en profitait pour prendre l'air, pour mettre un peu de piquant dans son existence de prospecteur. Et chaque fois, ma pauvre mère se noyait dans les larmes et s'effondrait un peu plus. Et elle s'est affaissée ainsi jusqu'à ce qu'elle ne puisse plus tomber plus bas. Alors, elle s'est rendue à l'évidence, elle aussi, et elle n'en est jamais revenue. Elle s'est rendue tout court, elle a baissé pavillon et s'est réfugiée dans la poudre et les Halcions. Petit, déjà, je m'étais bien juré qu'on ne m'y prendrait jamais, que j'irais mon chemin tout seul et que personne n'allait me picorer le cœur qu'au risque de s'y casser le bec.

Pourtant, maintenant, tous mes remparts s'écroulaient. Ce halo de solitude au milieu de la foule, cet ermitage ambulant, se pouvait-il que ça ne me serve plus à rien, que toutes ces heures passées à creuser un chenal à ma vie soient perdues? Car il y arrivait bien, cet oiseau de malheur, à me becqueter les entrailles...

Perdrix, reste sur tes gardes, car à la première occasion je te chasserai et tu te retrouveras dehors au vent et à la pluie, au pain sec et à l'eau et salut et à la revoyure. Tu as été la première, perdrix, et tu seras la dernière. Je me boucherai les oreilles pour ne pas t'entendre, je me crèverai les yeux pour ne plus te voir, je me brûlerai la peau pour ne plus sentir le sublime frôlement de tes ailes, je cesserai de respirer pour ne plus humer ton parfum.

❑

Je savais où trouver ce qu'il me fallait. Le Taureau gardait les doubles de ses clés dans sa chambre. Je les ai empruntées, un soir, et me suis rendu à son chantier de Rivières-des-Prairies, qui n'était pas gardé en permanence. J'ai attendu minuit, parce que ça fait plus sérieux pour un crime. Je suis entré dans la petite cabane de bois qui sert de dépôt d'explosifs et je me suis servi. J'ai pris juste ce qu'il me fallait, et comme c'était bien peu sur le lot, je savais que mon prélèvement passerait inaperçu. J'ai mis le tout dans mon sac et je suis rentré, ni vu ni connu.

Le lendemain matin, j'ai suivi à la lettre les instructions détaillées du *Guide de la guérilla urbaine* publié par un philanthrope *underground* américain, et j'ai fabriqué mon petit bouquet que j'ai rangé dans un sac de papier. Puis, sur la vieille dactylo du Taureau, j'ai rédigé deux ou trois faux brouillons des communiqués que j'avais émis dans le temps que je me prenais pour le MSPV, et encore un autre pour revendiquer l'attentat que je préparais au nom d'un certain Mouvement révolutionnaire pour la libération du Québec (MRLQ), que personne ne connaissait ni d'Ève ni d'Adam, ce qui rendrait plus plausible qu'il existe des liens avec cet autre groupe né de la dernière pluie qui avait kidnappé le PDG de la United Motors. Je les ai mis en vrac dans un vieux sac de toile avec la machine à écrire et les gants chirurgicaux que je portais pour éviter les empreintes, la cagoule de laine qu'avait si bien connue mon pédégé, le bâton de dynamite que je n'avais pas utilisé, des piles et quelques bouts de fil.

Je suis sorti vers neuf heures et j'ai filé tout droit à la Gare centrale avec mon colis suspect que j'ai installé dans un casier situé dans un coin très passant, pour rendre l'attentat encore plus odieux parce que ce sont ceux qu'on pardonne le moins. Ce n'était pas une bombe atomique, mon engin. Mais, quand même, quatre bâtons de dynamite au milieu d'une foule, ça peut faire de sacrés dégâts. Je l'ai réglé pour dix heures trente, mais je ne l'ai pas activé. Et je suis reparti, la clé en poche.

Je devais maintenant m'occuper de la deuxième phase de mon plan. Je suis arrivé au collège vers onze heures et j'ai vaqué à mes occupations habituelles après avoir rangé le sac de toile contenant la machine à écrire et les autres pièces à conviction dans ma case, au vestiaire. Je me suis fabriqué un air de flibustier pour éviter les conversations, ce qui n'a pas été très difficile avec les bleus que j'avais encore un peu partout. Mes familiers n'ont pas insisté, les autres m'ont évité. Vers la fin de l'après-midi, je me suis enfermé à la bibliothèque et j'en ai profité pour avancer mes travaux d'étape. Je suis parti vers vingt et une heures après avoir récupéré le sac dans mon vestiaire et glissé, dans celui de Rémi Ami, une petite enveloppe contenant la clé du casier de la Gare centrale. J'ai descendu la côte jusqu'au centre commercial, et j'ai mangé en prenant mon temps dans un restaurant en lisant le Ginsberg que Tess m'avait prêté pour que je m'émerveille. Et ça m'a fait beaucoup de bien de constater, moi qui entretenais l'ambition inavouée de devenir écrivain, que des fous furieux, même pas encore décédés, pouvaient être tirés à des centaines de milliers d'exemplaires.

Il devait être pas loin de minuit lorsque je suis arrivé devant la résidence du juge Ami. C'était une grosse maison victorienne, comme on n'en trouve qu'à Westmount, parce qu'il faut bien que l'élite se distingue, et qu'en matière de distinction il paraît qu'on ne fait pas mieux que le victorien, qui est un style royal, comme chacun sait, du sur mesure pour les grosses chiures, quoi. J'en ai fait le tour le plus discrètement possible, tout à fait conscient que je jouais avec le feu dans ce quartier où les flics n'avaient rien de mieux à faire que de surveiller la propriété privée. Avec ce que j'avais dans mon sac, j'aurais eu l'air très con si je m'étais fait prendre. La cour arrière était entourée d'une haute haie de cèdres. J'ai vérifié qu'il n'y avait personne dans les rues et j'ai longé en courant la maison voisine avant de passer de peine et de misère à travers les arbres. Les Ami dormaient certainement, car il n'y avait pas de lumière à l'intérieur. Dans la cour, reposant sur un échafaudage, le voilier de Rémi attendait le printemps pour que les ouvriers terminent sa finition et lui posent ses gréements. Je suis monté en vitesse sur le pont et me suis glissé dans la cabine en écartant le panneau de contreplaqué qui faisait office de porte. L'intérieur était presque terminé. Il n'y manquait que la peinture et les boiseries. J'ai posé mon sac sur une couchette et j'en ai disposé le contenu du mieux que j'ai pu : la machine à écrire sur la petite table avec des feuilles blanches et les communiqués éparpillés autour, les gants chirurgicaux dans un tiroir avec la dynamite, les fils, les détonateurs et les piles, et, dans un autre, la cagoule.

Je suis ressorti avec mon sac vide en replaçant soigneusement le panneau de contreplaqué, et j'ai filé comme j'étais venu. Cette nuit-là, j'ai à peine dormi tellement je craignais de ne pas me réveiller à temps et de rater la suite. Finalement, je me suis levé vers six heures et j'ai mangé pour passer le temps, en écoutant l'émission du matin à Radio-Canada. Je savais que Rémi Ami avait une ligne privée dans sa chambre — c'était une des premières choses dont il s'était vanté auprès des agnelles en début d'année —, aussi, je ne craignais pas de tomber sur un autre membre de sa famille. Il était sept heures quand je l'ai appelé, en prenant bien soin de déguiser ma voix et d'enrouler un mouchoir autour du récepteur de mon appareil, comme je l'avais vu faire à plusieurs occasions dans des films de série noire. J'avais répété mentalement plus d'un millier de fois durant la nuit ce que j'allais lui dire. Il fallait que ce soit bref, mais en même temps que ce soit clair. Le téléphone a sonné au moins dix coups, et je commençais à craindre que Rémi Ami ne soit déjà sorti de sa chambre lorsqu'il a finalement répondu, d'une voix que le sommeil rendait encore plus débile qu'au naturel.

— Allô…

— Rémi Ami?

— Oui…

— Ouvrez bien vos deux oreilles, parce que je ne répéterai pas. Et surtout, ne m'interrompez pas.

— Mais qui est-ce?

— Peu importe. Écoutez, et surtout retenez bien ce que je vais vous dire. Je ne peux pas m'identifier, mais les renseignements que je vais vous donner vous permettront de faire jeter en prison ces deux bolcheviks d'Oscar Naval et de Larry Volt. Rendez-vous au collège. Vous trouverez dans votre vestiaire une enveloppe. Elle contient la clé d'un casier de la Gare centrale. Ce casier renferme des preuves reliant Naval et Volt aux attentats terroristes des derniers mois. Mais il vous faut faire vite. Elles n'y sont pas pour longtemps. Quelqu'un est censé venir les prendre vers dix heures. Il faut vous dépêcher. Vous avez bien compris?

— Oui, oui!

J'ai raccroché. Il allait mordre comme une bonne grosse carpe, j'en étais certain, parce que les carpes ne peuvent pas s'empêcher de mordre.

J'ai repris le téléphone, cette fois pour composer le numéro de la police. C'était le standard, mais je savais qu'on enregistrait tous les appels.

— Écoutez-moi bien, c'est extrêmement important. Il y a une bombe dans un casier de la Gare centrale, mais elle n'est pas activée. Un certain Rémi Ami doit s'en charger dans l'heure qui suit. Il est plutôt

grassouillet, il a une vingtaine d'années, il porte toujours des lunettes de soleil, et il se déplace en voiture
sport de luxe.

Et j'ai coupé. Il ne restait plus qu'à attendre. Je me
suis habillé et j'ai filé au collège où j'ai assisté à mes
cours en essayant de faire skier le plus de monde possible. Comme d'habitude, quoi. Parce qu'on aurait
trouvé bizarre que je sois calme et effacé deux jours
de suite. À midi, Rémi Ami ne s'était pas encore
manifesté, ce qui était bon signe. J'ai mangé au réfectoire avec Oscar, Le Rachitique et Anna. On a fait les
cons, pour se détendre et se rendre intéressants, et moi
plus que les autres parce que je voulais à tout prix
qu'Anna remarque à quel point j'étais doué quand je
voulais déconner. Julie est venue nous rejoindre. Elle
nous trouvait plus intéressants et moins cons, malgré
nos conneries, que ses habituels du troupeau. Je ne
sais pas pourquoi, mais Anna a passé son temps à
nous regarder curieusement, Julie et moi. C'était probablement à cause de l'attitude de Julie. C'est qu'elle
avait l'œil pour ces choses-là, Anna, étant donné
qu'elle avait fait le tour du monde comme hôtesse de
l'air, et qu'elle avait eu le loisir d'observer les compor-
tements entre les sexes de toutes les espèces dans les
coins les plus reculés de la Terre. Pourtant, moi, je
m'occupais très peu de Julie, parce que c'est Anna qui
me bousillait les neurones, et que je ne voulais surtout pas qu'elle arrête avant que j'aie eu le temps d'en
profiter pour la peine. Tant qu'à souffrir, aussi bien en
profiter. Il y a des choses dans la vie qui valent qu'on
souffre un peu. Et Anna, avec son corps de déesse et
sa grande expérience, elle valait le coup qu'on souffre
beaucoup. Je n'aurais pas dit ça quelques jours plus

tôt, je pensais tout le contraire. Mais c'était avant que je la voie sans ses vêtements et qu'elle me laisse jouer avec son corps qui rend fou.

À bien y regarder, je me suis aperçu que Julie aussi lançait des regards de travers du côté d'Anna. Elle avait compris qu'Anna m'agitait, ça se voyait à l'œil nu. J'avoue que je m'amusais de sentir le conflit qui naissait entre ces deux femelles à cause de ma petite personne. Ça fait toujours un petit velours de constater que deux jolies filles s'intéressent à vous pour autre chose que votre collection de timbres. J'étais quand même troublé. Ça n'est pas parce qu'on réussit à bien baiser deux superbes créatures en parallèle qu'on devient Casanova pour autant. Je ne l'ai pas connu personnellement, mais il me semblait que Casanova n'avait pas dû souffrir beaucoup, sauf de la queue. Avant Anna, j'imaginais qu'il suffisait de réfréner ses élans passionnels et de cuver sa douleur en silence, comme si de rien n'était, pour éviter que l'amour nous emporte et nous fasse souffrir encore plus, et qu'on pouvait bien se permettre de baiser, parce que ça n'est pas côté cul que naissent les grands sentiments, même que c'est probablement par là qu'ils s'éteignent. C'était une erreur, parce qu'Anna me hantait encore plus depuis qu'elle m'avait baisé, et que Julie trouvait grâce à mes yeux depuis qu'elle avait réglé son compte à mon impatience orgasmique. Une grande leçon de vie pour moi. J'avais appris qu'il faut se méfier du cul autant que du cœur, et qu'on pouvait se faire baiser indifféremment par l'un ou par l'autre.

J'en étais là dans mes ruminations, quand Pelvisius a fait son apparition dans la cafétéria, flanqué de deux armoires à glace en imperméable et chapeau de feutre. Le cœur a voulu me sortir par les oreilles, et j'ai dû les boucher pour ne pas que ça se produise. J'allais bientôt savoir. Pelvisius a fait une pause sur le pas de la grande porte vitrée, et a embrassé la salle du regard. C'était sans doute sa seule manière d'embrasser, alors, il en profitait en prenant bien son temps. Finalement, il s'est dirigé vers la table de La Marquise et de son cheptel d'abrutis. Il s'est arrêté devant elle, et s'est tourné vers les deux bonshommes, qu'il lui a présentés comme s'ils avaient été de la famille. L'un d'eux lui a dit quelque chose et elle s'est levée, toute rouge, pour les accompagner vers la sortie.

Julie est allée aux nouvelles. Nous, on se regardait sans comprendre, forcément, et personne n'a compris à quel point j'avais du mal à maîtriser ma respiration. Elle est revenue quelques instants plus tard, pour nous informer que les deux gorilles à chapeau étaient des flics qui voulaient interroger La Marquise à propos d'un de ses amis. J'avais des nœuds dans le sternum à force d'espérer que tout avait marché comme prévu.

Tout le monde supputait, s'interrogeait, mais personne ne s'inquiétait vraiment, il n'y avait pas de raison. Sauf moi, qui en avais, mais qui n'en laissais rien paraître, parce que ça aurait vraiment été trop con. C'est alors que Tess est entrée à son tour. Elle nous a vus tout de suite et s'est amenée directement à notre table, essoufflée, le visage cramoisi tellement il était congestionné. Elle a à peine pris le temps de poser son cul sur une chaise et son sac sur la table d'un geste qui n'en revenait pas.

— Vous ne devinerez jamais ce que je viens d'apprendre. C'est in-cro-ya-ble !

Elle nous a laissé le temps de mijoter, pour reprendre son souffle et pour le plaisir de nous faire languir. Moi, je jubilais déjà, mine de rien, de plus en plus certain du succès de mon arnaque. Je m'imaginais le fils de juge derrière les barreaux, en train d'essayer d'expliquer qu'on lui avait tendu un piège, et j'en souriais par anticipation. En réalité, j'étais crispé à m'en péter les tendons.

— Parle, lui ai-je dit, avec un peu trop d'impatience.

— C'est Rémi Ami. Il est mort !

— Hein ?

Ma surprise et mon désarroi sont passés inaperçus dans l'extraordinaire étonnement qui a secoué la tablée, mais je ployais déjà sous le poids du remords, convaincu que j'avais mal interprété le manuel, et que la bombe avait pété en plein dans sa sale gueule. Les autres pressaient Tess d'en dire plus.

— Un accident de voiture. Ce matin, en plein centre-ville. Il roulait comme un fou. Il a dérapé sur un coin de rue. Sa Jaguar a grimpé dans un poteau. Mort sur le coup. Mais ça n'est pas tout ! Tenez-vous bien, parce que vous n'en reviendrez pas !

J'ai voulu attendre la suite avant de me sentir soulagé et en essayant de me convaincre qu'il serait mort quand même, que son heure avait sonné, et qu'il aurait eu cet accident de toute manière, mais c'était difficile parce que le karma, je n'y croyais plutôt pas. Mais, après tout, ai-je fini par me dire, quand on est con, on meurt comme un con et ça lui serait certainement arrivé un jour ou l'autre, parce que, de la connerie, on n'en guérit pas.

On était tous suspendus aux lèvres de Tess, moi encore plus que les autres, parce qu'il faut bien

s'accrocher à quelque chose en pareilles circonstances.

— C'est un terroriste! Vous vous rendez compte?
Rémi Ami était un terroriste! Il s'est tué en allant
faire sauter une bombe dans un casier de la Gare
centrale. Les flics avaient été prévenus par un infor-
mateur anonyme. La bombe était déjà en place, mais
c'est lui qui devait l'actionner. Ils l'attendaient quand
il a eu son accident. Ça s'est d'ailleurs produit tout
juste à côté de la gare. Ils ont retrouvé la clé du casier
sur lui. J'étais dans le bureau de Pelvisius quand deux
détectives de l'escouade anti-terroristes se sont présentés. Je suis sortie dans l'antichambre, mais j'ai tout
entendu. Ils ont demandé à fouiller ses affaires et à
interroger ses amis les plus proches. C'est pour ça que
Pelvisius est venu chercher La Marquise. En ce moment même, il y en a d'autres qui perquisitionnent
chez lui. Vous imaginez un peu la tête du juge?

Du coup, je respirais mieux. Les autres s'excla-
maient. Personne ne voulait y croire. Oscar et Rachi
encore moins. J'ai fait l'étonné, moi aussi, parce qu'il y
avait de quoi. Julie se demandait comment il avait si
bien pu cacher son jeu. Quant à Anna, elle était complètement figée et ne disait rien.

Très vite, un cercle s'est formé autour de notre
table. Attirés par nos éclats de voix, ils voulaient tous
savoir ce qui se passait. La nouvelle a fait le tour du
collège en moins de deux, laissant la consternation
sur les visages. Rémi Ami mort, passait toujours. Mais
Rémi Ami terroriste, ça dépassait tout ce qu'on pouvait imaginer!

Tout le troupeau attendait avec impatience dans le
corridor que La Marquise sorte du confessionnal pour

confirmer ou infirmer. Elle s'est finalement pointée au bout d'une demi-heure. La stupéfaction a atteint son comble lorsqu'elle a révélé que les détectives l'avait aussi interrogée sur les attitudes et les allers et venues de Rémi Ami à l'époque de l'enlèvement du PDG de la United Motors. Toute cette affaire était tellement in-vrai-sem-bla-ble !

— Ça ne tient pas debout. Cette histoire me fait horreur ! a clamé la Marquise, qui ne pouvait contenir ses larmes.

Inutile de dire que les cours de l'après-midi ont été perturbés. À tel point qu'on a donné congé à tout le monde jusqu'au lendemain après-midi. J'aurais voulu voir Anna, mais elle s'était éclipsée. J'étais dans mes petits souliers. Je pouvais toujours tenter de me convaincre du contraire, la grosse chiure était morte par ma faute et le juge Ami allait soulever des montagnes pour laver la mémoire de son taré de fils. J'étais certain qu'il ne pouvait pas remonter jusqu'à moi. Mais on a beau être certain, on n'est jamais sûr de rien.

Je ne me souviens plus très bien comment, mais je me suis retrouvé dans un bar de la rue Bishop en compagnie de Tess, d'Oscar, de Rachi et de Julie, à boire la bière par tonneaux entiers et à échanger sur les bizarreries de la vie. Mon secret était très lourd à porter. Je devais faire gaffe de ne pas m'échapper. Les copains me trouvaient l'air plutôt défait, et ils ont mis ça sur le compte de ma grande sensibilité et de ma compassion. Julie a même dit que c'était tout à mon honneur après ce que Rémi Ami m'avait fait, et j'en ai été encore plus confus. Oscar disait qu'on ne devait pas céder à la tentation de l'ériger en héros, que si toute cette histoire était vraie, elle ne démontrait qu'une seule chose, c'est que Rémi Ami était encore plus taré qu'on pouvait l'imaginer, qu'il avait probablement fait ça pour jeter de l'huile sur le feu et pour mieux pouvoir tenir ses grands discours d'extrémiste de droite, ce que Tess a vigoureusement approuvé, ajoutant même qu'elle avait relevé des signes évidents de schizophrénie dans ses travaux de littérature, ce qui, bien sûr, expliquait tout.

Vers dix-sept heures, on a demandé au barman de mettre la radio pour prendre le grand bulletin d'infos de l'après-midi. La mort du fils Ami et l'attentat raté de la Gare centrale y figuraient en tête de liste. On expliquait les circonstances de l'accident, que les armuriers de la police avaient trouvé la bombe dans le casier, comme prévu, et qu'elle aurait dû exploser à dix heures trente. On ajoutait qu'une perquisition au domicile du juge Ami avait permis de retrouver un communiqué revendiquant l'attentat au nom d'un groupe inconnu, le MRLQ, des ébauches des communiqués émis par le MSPV dans l'affaire du PDG de la United Motors, ainsi que la machine à écrire sur laquelle ils avaient été écrits. On avait aussi saisi un bâton de dynamite et d'autres composants avec lesquels on avait fabriqué la bombe. Le commentateur précisait qu'une cagoule, celle dont s'étaient servis les ravisseurs du PDG, avait également été trouvée, et que celui-ci l'avait identifiée formellement. Il avait même ajouté que, selon les photos de Rémi Ami qu'on lui avait montrées, celui-ci correspondait parfaitement au ravisseur avec lequel il avait été le plus souvent en contact. Celui-là, me suis-je dit, il a dû sauter sur l'occasion de mettre ça sur le dos d'un type qui ne pourrait jamais donner de détails sur son enlèvement et sa libération. Enfin, les enquêteurs estimaient qu'il ne faisait aucun doute que l'attentat raté du matin et l'enlèvement de Robert Gagnon avaient été perpétrés par les mêmes personnes, et que Rémi Ami était l'une d'elles. Quant au juge Ami, il s'était barricadé dans sa maison, et n'avait émis aucun commentaire, sinon pour dire qu'il était convaincu de l'innocence de son fils.

On a passé le reste de la soirée à ne pas en revenir et à finir de se saouler, moi compris, mais pas pour les mêmes raisons. Finalement, nous sommes tous rentrés chacun chez soi, sauf Julie qui avait trouvé une bonne excuse pour m'accompagner.

— J'ai trop bu. Si mes parents me voient dans cet état, ils vont en faire une dépression. Ça ne correspond pas du tout à l'image qu'ils se font de leur fille aînée. Sauve-moi. J'appellerai de chez toi pour leur dire que je dors chez une amie. Ils n'en demanderont pas plus. Ils préfèrent avoir confiance…

Je pensais salement à Anna, et je me suis dit que de pratiquer mes coïts avec Julie me changerait les idées. Alors, j'ai accepté de la ramener avec moi. On n'a pas beaucoup parlé durant le trajet en métro, mais j'ai pris quand même soin de lui dire qu'il était dangereux de s'attacher à moi, que je n'étais pas un type fiable, et que si elle entretenait des ambitions autres que sexuelles à mon endroit, il serait préférable qu'elle trouve quelqu'un de bien, parce que moi, je n'étais qu'un malotru qui ne voulait pas d'une petite amie, j'étais bien trop égoïste pour ça, je ne voulais de mal à personne, surtout pas à elle à qui je devais beaucoup et encore moins à moi à qui je ne devais rien.

— Je sais. Tu me l'as déjà dit, qu'elle s'est contentée de répondre. Je prends ce qui passe. Je suis responsable de mes actes et de mes choix.

Je n'ai pas osé lui dire que j'en doutais, que je considérais que personne n'est vraiment responsable de quoi que ce soit, et que c'est pour cette raison qu'il y a tant d'horreurs partout, que l'univers est bien trop lourd à porter et ses lois beaucoup trop compliquées pour que les pauvres insectes que nous sommes puissent y changer quelque chose. Il suffit d'y regarder à deux fois pour s'apercevoir que les choix qu'on a cru faire nous ont en réalité été commandés par les événements, par la force des choses — qu'il ne faut pas confondre avec la force de la fatalité qui, elle, implique une certaine notion de déterminisme. Ça n'est pas moi qui le dis, c'est Nihil qui l'a pris quelque part et qui l'a retenu parce que ça l'a marqué. Et pour une fois, je suis d'accord avec lui, ce qui prouve que je ne suis pas sectaire, et que même des abrutis peuvent prononcer des paroles sensées.

J'ai passé le reste du trajet à me battre contre Anna Purna qui me sortait par tous les pores de la peau et, pour m'en guérir, j'ai peloté un peu Julie sous le manteau. Elle s'est laissé faire, en souriant vaguement aux murs du tunnel qui défilaient de l'autre côté des vitres, indifférente aux coups d'œil furtifs des autres voyageurs qui faisaient semblant de ne pas deviner mes manipulations discrètes mais néanmoins impertinentes. Je sentais ses cuisses se serrer sur ma main pour l'enjoindre à contenir ce désir qui menaçait de jaillir.

C'est plus tard qu'il a jailli, le désir, alors que nous étions nus et couchés dans le silence de ma chambre.

Nous avons joué l'un de l'autre, pratiqué tout ce que nous savions et cherché ce que nous ne savions pas jusqu'à ce que nous tombions de fatigue. Et alors, dans un dernier sursaut, nous nous sommes enfoncés dans l'extase, une bien petite extase, à vrai dire, diluée dans l'alcool et le sommeil qui nous avaient rattrapés.

Le lendemain matin, j'ai préparé le petit déjeuner que nous avons mangé en silence. Julie affichait pas mal de tristesse — en tout cas, ça y ressemblait —, parce qu'elle avalait sans conviction et que ses yeux fuyaient pour rien. Je n'ai pas osé la déranger. Finalement, c'est elle qui a parlé.

— Tu crois vraiment que nous deux, ça ne pourrait pas marcher? Enfin, tu comprends ce que je veux dire?

Je comprenais surtout que même quand on croit les questions réglées, elles ne le sont jamais tout à fait. Je n'étais pas particulièrement étonné. Troublé un peu, quand même. J'ai tout fait pour oublier que j'étais un salaud congénital et pour réagir correctement. Je lui devais au moins ça.

— Ne le prends pas à titre personnel. Tu me plais, je pourrais facilement devenir amoureux fou de toi si je me laissais aller. Mais ces choses-là me font peur. Dès que je sens que c'est en train d'arriver, je me sauve en courant. Avec toi, jusqu'à présent, j'ai réussi à éviter que ça arrive. Je vais te faire une confidence, même si tu risques de ne pas l'apprécier. J'ai baisé avec Anna. Et je crois qu'avec elle, je l'ai perdu, le contrôle, et que c'est arrivé. Elle est toujours dans ma tête. Elle n'arrête pas d'y être. Elle me fend le crâne. Je ne sais pas quoi faire. Quelquefois, il m'arrive de penser que je devrais changer de monde, m'isoler quelque part, disparaître...

— Bon, restons-en là, a-t-elle dit, les yeux rivés sur le plancher.

J'étais bien d'accord, parce que je ne voyais pas où ça nous menait. Alors, c'est ce qu'on a fait, et on a parlé de la pluie et du mauvais temps, parce que dehors il neigeait, et que c'était presque la première fois de la saison qu'il neigeait pour la peine. Nous sommes arrivés au collège ensemble, ce qui n'est pas passé inaperçu. On n'avait pas fait deux pas dans le corridor, que La Marquise se précipitait sur nous pour nous informer que ces Messieurs avaient accepté, à sa suggestion, il va sans dire, de célébrer un service funèbre pour le repos de l'âme de Rémi Ami, malgré les circonstances de sa mort et toutes ces choses infâmes dont on l'accusait. Elle avait insisté auprès de Pelvisius, qui s'était laissé convaincre que, dans notre système de droit, même un mort était présumé innocent jusqu'à preuve du contraire. Le service aurait lieu à l'heure du midi, et tout le monde y serait certainement, puisque La Marquise avait attaché le troupeau à une chaîne téléphonique pour le faire rappliquer, le monde.

J'ai dit :

— Pas tout le monde, parce que moi, tu vois, je n'y serai pas.

Je n'ai pas attendu que La Marquise se vexe et se lance dans des « j'horreur de ça » à n'en plus finir avant de tourner les talons. Je l'ai entendue rager dans mon dos, parler de la compassion qui me manque et de cette grandeur d'âme que je n'ai pas. Moi, mon âme, elle est toute petite et elle me suffit amplement pour l'usage que j'en fais. Tout le monde savait ça, comme tout le monde savait que je n'aimais pas Rémi Ami. Ça ne me faisait rien qu'il soit mort. Ça ne ferait toujours qu'une Jaguar de moins sur les routes. Ou plutôt si, ça me faisait quelque chose. J'aurais préféré l'avoir vivant, pour qu'il subisse les affres de la justice et du déshonneur, pour le voir se décomposer lentement mais sûrement. Mais sa mort ne m'inspirait aucune pitié, à peine un peu de remords. Ce n'est pas tous les jours qu'on a la peau d'un fils de juge.

Le troupeau m'a fait une tête d'enterrement parce que je n'avais pas assisté à la messe de requiem. Je n'aurais pas plus assisté à leurs simagrées quand bien même ça aurait été Oscar, Rachi ou Anna qui seraient morts. Je n'y serais pas allé non plus pour mon propre décès. Plutôt me porter disparu que de subir ce cirque. Ils m'ont engueulé, m'ont traité de sale asocial. J'étais habitué.

J'étais seul au Catalpa. Même ses autres ennemis jurés assistaient à la cérémonie. «Pour la forme», m'a dit Oscar, en haussant les épaules et en fuyant mon regard. «Ça n'engage à rien», m'a dit Julie, en baissant les yeux. Rachi s'est excusé de sa lâcheté, a dit qu'il voulait tout simplement éviter les problèmes. Il avait peur de son ombre, celui-là. Quant à Anna, elle n'était pas arrivée, comme bien d'autres, étant donné que les cours du matin avaient été annulés. J'entendais l'orgue attaquer le *Dies irae*. Je les voyais d'ici suer de chagrin et d'émotion. Ce n'était pas Rémi Ami qu'ils pleuraient. C'était leur propre mort, qui surviendrait un jour. Et ça n'était pas parce que je prétendais n'avoir rien à faire au service funèbre de Rémi Ami qu'ils m'en voulaient. C'est plutôt parce qu'ils me trouvaient méprisant envers la mort, peu respectueux de la trouille qu'elle leur foutait, que je refusais tout compromis avec elle. Moi, la mort, je l'encule, et ça me fait plaisir. Eux, s'ils

ont peur de la mort, c'est qu'ils pensent aimer la vie. Je
ne crains pas la mort, parce que la vie ne m'apporte
rien qui vaille. Même ce qu'il y a d'agréable dans la vie
réussit à me rester de travers dans l'œsophage. Je ne
dis pas que la vie ne m'apporte rien. La vie m'apprend
qu'il ne faut pas l'aimer. Je ne dois rien à la vie et la vie
ne me doit rien. C'est comme ça qu'il faut voir les
choses, sinon on a toujours peur. S'attacher à la vie,
c'est y prendre goût, et y prendre goût, c'est craindre
qu'elle ne finisse. Et chacun sait que la vie se termine
un jour ou l'autre, faute de carburant. Je n'aime pas la
vie, je ne crains pas la mort. Je marche seul dans la vie,
comme ça je ne crains pas l'abandon. Et pas question
que ça change, Anna ou pas Anna.

Rémi Ami n'était qu'un gros porc. C'est le seul souvenir que j'en garderai. Rémi Ami aimait probablement la vie, parce qu'il croyait qu'il pouvait l'acheter,
comme tout le reste. Il s'en est trouvé plusieurs du
troupeau pour lui servir un bel éloge serti de dia-
mants et d'émeraudes. Ils ont chanté pour lui au son
de l'orgue, ils ont eu des serrements de gorge durant
toute la messe, certains ont pleuré. Les filles qui
s'étaient laissé séduire par son pouvoir et son fric se
sont serrées les unes contre les autres dans la pénombre de la chapelle pendant le sermon du prêtre,
émaillé de formules plates et latines. Elles se sont
souvenues de leurs nuits de vitesse sur les routes, et
de détresse dans son lit. Et elles ont eu quelques frissons et quelques haut-le-cœur en réalisant qu'elles
avaient couché avec un mort en puissance.

Ils sont tous revenus s'asseoir dans les fauteuils du
Catalpa après le *Ite missa est*, et ils n'ont pas osé poser
sur moi leurs regards mouillés, gênés, surpris par la

mort. Ils broyaient du vide. Mais ils s'en remettront, parce qu'il faut ce qu'il faut, et qu'ils savent mieux que personne que la vie n'arrête pas de couler parce qu'un fils de juge a cassé sa pipe, Philippe.

Anna Purna s'est finalement pointée pour le cours de littérature de quatorze heures. Je l'ai observée le plus possible pendant que Tess nous entretenait de la sensibilité morbide et exacerbée de Baudelaire telle qu'observée dans *Les fleurs du mal*. Après le cours, je l'ai rejointe tandis qu'elle descendait au réfectoire, et nous avons bu un café pour faire quelque chose de notre corps. Elle était peu loquace, plutôt préoccupée. Finalement, elle m'a demandé :

— C'est bizarre, l'affaire Rémi Ami, tu ne trouves pas ? Il n'était pas suffisamment intelligent pour cacher si bien son jeu.

— Ça n'a pas d'importance. Il n'emmerdera plus personne. C'est ce qu'on souhaitait, non ?

Elle m'a jeté un drôle de coup d'œil.

— Oui, a-t-elle dit. C'est comme si un génie nous avait exaucés…

— Je ne crois pas aux fées, ni aux génies, pas plus qu'au destin. Ce gros con ne méritait pas de finir autrement. C'est seulement dommage qu'il soit mort. J'aurais bien aimé assister à sa descente aux enfers. Je trouve qu'il y est descendu un peu trop vite. Mais enfin, il y a des choses qu'on ne contrôle pas.

Elle paraissait pour le moins perplexe. J'avais conscience de m'être trop avancé. Mais je voulais de toutes mes forces avoir confiance en Anna Purna, je voulais croire à tout prix que je pouvais compter sur sa complicité tacite, sur sa discrétion, sur son appui. Je m'accrochais tout entier à ce désir que je ressentais pour la première fois avec une telle intensité, malgré toutes les barrières que j'avais érigées pour l'empêcher de m'envahir.

— Qu'est-ce que tu veux dire? qu'elle m'a demandé sur la pointe des lèvres.

— Rien. Je t'avais bien dit que je l'aurais, ce salaud. Voilà. Je ne te dirai rien de plus. Comme ça, si ça tourne mal, je serai le seul à ramer.

Je me suis levé et je l'ai laissée là, bouche bée. J'ai ramassé mon manteau au vestiaire et je suis parti. J'ai descendu la côte. La Mère Missel m'a salué sans lever les yeux de ses sacro-saintes Écritures. J'ai attendu le métro. Quand la rame est arrivée, il y a eu un vent terrible. Mes cheveux se sont dressés dans la bourrasque. Ce vent dans le métro, c'est comme une tempête emprisonnée. Le vent arrive, violent, agressif et il crie à tout le monde de s'écarter, de faire place au dieu qui hante les entrailles de la ville. Le vent dit : « Arrière! Faites place à Ascaris le tout-puissant, écartez-vous ou je vous souffle dans son antre. » Alors Ascaris arrive et s'immobilise, haletant, ouvre ses portes pour avaler les sacrifiés qui chancellent sur le quai, avant de repartir les digérer dans le ventre de la Terre.

Mon voisin de droite lisait *Voyage au centre de la Terre*. Ma voisine de gauche lisait *Voyage au bout de la nuit*. Moi, je lisais par-dessus son épaule : « Alors les rêves montent dans la nuit pour aller s'embraser au mirage de la lumière qui bouge… »

La lumière qui bouge…

Le métro, c'est les catacombes, c'est la mort, il n'y a pas à sortir de là. On n'en sort jamais, d'ailleurs, parce que la vie c'est la vie et qu'il faut bien la vivre jusqu'à ce que mort s'ensuive.

Chapitre treize

Cam Ranh, 67-68
Kill, and let kill…

Inscription sur briquet Zippo,
G.I. inconnu

Je ne me sentais pas dans mon assiette et j'avais peur de me mettre les pieds dans les plats. Je ne cherchais qu'à me terrer et à me faire oublier. C'était jeudi, jour de la réunion du cercle, durant la pause de midi, comme d'habitude. Je n'avais rien préparé et c'était à mon tour de les éblouir. Ou de me faire empaler, c'est selon : la poésie ne pardonne pas à ceux qui la maltraitent, les poètes n'acceptent pas que la poésie naisse ailleurs qu'en eux-mêmes. J'ai pris mes sandwichs et je suis monté bien avant l'heure à l'étage des professeurs. La poétesse n'était pas là. Je me suis réfugié dans son bureau pour fabriquer quelque chose que je pourrais lire aux copains.

J'ai tenté de puiser un peu d'inspiration dans la petite réserve de mescaline que j'avais traînée dans mon portefeuille, et je m'en suis jeté deux ou trois lignes dans les sinus. Dehors, il faisait un soleil superbe, alors j'ai ouvert la fenêtre pour mieux en profiter, malgré la fraîcheur de décembre. La drogue m'a engourdi le vague à l'âme, mais elle a surtout endormi ma peur. Voilà donc que je me sentais attiré par ce cadre ensoleillé qui perçait le mur du bureau, au point que je devais me retenir à deux mains de ne pas m'y élancer. J'ai bouffé mes sandwichs avec frénésie et ça m'a calmé un peu, mais je ne pouvais détacher mon regard de la fenêtre et du vide qui s'étendait au delà. À cent reprises au moins, je me suis imaginé flottant dans l'espace et descendant irrémédiablement vers le sol, sans espoir de retour. J'en avais les jambes qui tremblaient, je cherchais mon souffle, et mon cœur jouait du tam-tam sur mes tempes où perlait la sueur.

J'avais déjà lu quelque part qu'il ne faut pas hésiter à combattre le mal par le mal, le feu par le feu, que c'étaient même des théories suffisamment répandues pour qu'on les utilise dans des sphères d'activités aussi différentes que la médecine, la guerre ou la lutte contre les feux de forêts. Je me suis dit, comme ça, en approchant de la fenêtre, qu'il n'y avait pas de raison pour qu'elles ne servent qu'aux homéopathes et aux psychiatres, qui vous soignent avec ce qui vous tue, qu'aux généraux, qui brûlent vos terres pour affamer leurs ennemis, ou aux pompiers, qui brûlent la forêt devant l'incendie, pour le priver de combustible.

Je me suis assis d'abord sur l'appui de la fenêtre, le dos au vide, puis je me suis tourné lentement, et j'ai laissé pendre mes jambes l'une après l'autre. C'était vraiment facile. Je n'avais même pas le vertige. Le soleil de midi me frappait de plein fouet, et c'était bon sur ma peau. J'ai ramené mes jambes sous moi, et je me suis levé en m'appuyant des mains le long des parois du dormant. Le monde s'étendait à mes pieds, et je n'avais qu'à sauter pour qu'il cesse d'exister. Je me sentais si puissant ! J'ai fermé les yeux et je suis resté là, de longues minutes, à jongler avec l'univers. Puis, je me suis souvenu de ce poème qu'il fallait que j'écrive. J'ai rouvert les yeux à regret, et je suis revenu à l'intérieur.

Je ne me sentais pas particulièrement inspiré et je n'avais guère envie d'étaler mes tripes qui, comme j'avais déjà eu le loisir de m'en apercevoir, avaient de toute façon peu d'effet sur celles des autres. Pour couronner le tout, je n'avais que des alexandrins dans la tête, des vers courtois par-dessus le marché, ce qui ne faisait pas très sérieux pour un poète contemporain et engagé. Ça, c'était la faute de Tess, qui nous avait donné à étudier un tas de poètes du XVIᵉ siècle et d'avant qui s'étaient exprimés en vers de douze pieds toute leur vie durant, parce qu'en ces temps-là plus c'était difficile et plus c'était beau, et plus les sentiments exprimés étaient nobles. J'ai arrêté de m'en faire, et j'ai mis les pieds sur le papier, comme ils venaient. Après, je me suis arrangé pour qu'il y ait douze pieds par ligne, puis quatre lignes par strophe, ou à peu près. Puis j'ai organisé les rimes, et la porte s'est ouverte devant Tess, accompagnée de Grosse Torche et de Beau Dallaire.

La poétesse n'a pas paru surprise de me trouver là, mais elle m'a fait un air de bœuf qui m'a inquiété un peu, parce qu'elle ne m'avait pas habitué à ça. J'ai salué à la ronde pendant que la prof fermait la fenêtre avec, il me semblait, une ardeur un rien ostentatoire. L'Exquis s'est pointé sur ces entrefaites, le sourcil relevé sur un air de parfait ténébreux, suivi du Rachitique et de son air de rien habituel.

— Allez! On est en retard. Larry, c'est toi qui commences. Il faut faire vite, je suis pressée aujourd'hui. J'espère que tu es prêt…

— Prêt? Bien sûr que je suis prêt. Il faut ce qu'il faut, non?

Elle n'a pas sourcillé devant mon enthousiasme, et je n'ai pas insisté.

— Voilà, ça s'appelle «Hymne à Grosse».

Personne n'a bronché, mais un air dubitatif passait d'une face à l'autre. Remarquez que je dis «dubitatif», parce que le Taureau m'a toujours appris qu'il faut être poli avec soi-même. En fait, ils avaient tous l'air remplis d'appréhension, comme si j'allais leur faire avaler de force du verre concassé.

— «Hymnagross»… C'est de l'allemand? a hasardé Le Rachitique.

— Mais non, farceur! ai-je rétorqué, comme si je croyais vraiment à son sens de l'humour. C'est du français tout à fait international et correct. En trois mots. Hymne à Grosse, quoi… C'est pour toi, Grosse, ai-je dit en me tournant vers elle. Et crois-moi, je me suis forcé. C'est un poème courtois très bien poli, tout plein de vers galants.

Ça n'était pas vraiment au point, parce qu'entre autres il y avait parfois trop de pieds, et parfois pas assez, mais je n'avais pas le choix. J'ai distribué mes copies carbo, je me suis raclé la gorge et j'ai entonné:

— Hymne à Grosse

L'arôme embaumant de vos parfums familiers
Me pâme, me gave et m'assomme, madame.
Et peu ne s'en faut qu'en admirant vos beautés,
Même Dieu ne chavire et n'en perde son âme.

S'il eût fallu que le saint apôtre Thomas
Par quelque miracle doutât de vos charmes,
Point n'eût été utile de dévoiler vos appâts,
Il eût suffi qu'il tâtât pour calmer ses alarmes.

Si du vaillant Roland eussiez été l'amie,
Nul doute qu'à la mort il vous eût préférée
Et dans son grand cor, cadeau du roi fleuri,
Il eût soufflé plus vite pour aux Maures échapper.

Vos seins, madame, et votre croupe adulée
Sont connus et fameux jusqu'à la cour d'Espagne.
Nul ne peut plus jamais la vérité trouver
Tant courent de légendes sur ces célèbres
                                        montagnes.

Socrate et Platon eussent chanté votre corps
S'ils n'eussent été, par un hasard étrange,
Tous deux philosophes et malheureusement morts
La première fois que l'on vous couvrit de langes.

Que Dieu te préserve, ô souveraine amante,
Afin que par le monde on puisse encore longtemps
Glorifier ta beauté et ta voix chevrotante
Que rien n'abîme, ni chagrin, ni amour, ni temps.

Il y a eu comme un silence, assez prolongé. Grosse
me regardait, le souffle coupé, mais les autres

examinaient les détails du mobilier, ou faisaient semblant de réfléchir.

— Intéressant, a finalement risqué L'Exquis, affichant un sourcil en accent circonflexe et une moue
de circonstance.

— Ouais, a ajouté Le Rachitique. Renversant.

Grosse, elle, ne savait plus où se mettre, oscillant
entre la timidité qui sied à l'objet d'un désir proclamé
à haute voix, et la colère de ceux qui sentent confusé-
ment qu'on se paie leur gueule.

Quant à Beau Dallaire, il cherchait de toutes ses
forces quelque chose à dire. Mais Tess l'a pris de
vitesse.

— Com-plè-te-ment épais ! a-t-elle aboyé, si violemment qu'elle a failli provoquer un infarctus collectif.

Elle a pris une grande bouffée d'air.

— Pas de temps à perdre à commenter pareille
ineptie. Au suivant ! a-t-elle crié.

Personne ne l'avait jamais vue dans cet état. Aussi,
chacun s'est-il empressé de proposer son voisin pour
la performance suivante. On a unanimement nommé
L'Exquis, qui a exécuté de bonne grâce un tissu complexe de longues platitudes, distribuant sa ponctua-
tion au hasard de ses syncopes éthérées. Il avait un
don pour les mots, mais eux n'avaient guère de considération pour lui, car ils lui faisaient dire n'importe
quoi. Il avait de l'assurance, et comme il était évident
qu'il avait bûché comme un âne, personne n'a pensé
à crier haro sur le baudet.

Enfin, personne n'y avait pensé avant ce jour-là. Et
la vérité a enfin éclaté.

— Espèce de sale petit con prétentieux ! Tu utilises
des mots que tu as trouvés sur la reliure de tes

dictionnaires et dont tu ne connais même pas le sens, juste parce qu'ils font joli dans ta bouche, et qu'ils sonnent bien sous la cloche qui te sert de cervelle. Du blanc d'œuf! C'est ce que t'as dans le crâne et c'est c'qui t'sort d'la gorge!

Le Rachitique, plus anémique que jamais, avait déjà amorcé une timide retraite vers la porte. Grosse Torche s'était mise debout, comme mue par un ressort, et restait figée là, sa grosse bouche ouverte fixée par l'horreur. Beau Dallaire s'accrochait de toutes ses forces à son personnage et à sa cigarette, soufflant quelques cercles de fumée dans l'atmosphère turbulente de la pièce.

Notre hôte n'arrêtait plus de vomir sa bile sur notre petit aréopage. Pas un seul n'a échappé à ses injures, et c'est sur un grandiloquent «foutez-moi le camp, bande de p'tits cons» qu'elle nous a donné notre congé.

J'ai à peine eu le temps de songer à suivre son conseil, qu'elle me retenait déjà par le bras.

— Toi, tu restes! a-t-elle gueulé.

Je suis donc resté, seul avec elle, une fois qu'elle a eu claqué la porte. De l'autre côté, on entendait les pas de mes collègues poètes en déroute.

Tess Lapoé m'a fait face avec hargne. Elle m'a appliqué une solide poussée sur le devant des épaules et j'ai trébuché sur le matelas qui avait accueilli mes ébats avec Julie Corne.

— Tu es complètement irresponsable, ou alors tu le fais exprès de me chercher des ennuis! Tu faisais quoi exactement sur le bord de cette fenêtre? Oh, et puis, ne réponds surtout pas, je ne veux pas le savoir! Passe encore que tu t'envoies en l'air dans mon bureau pendant les cours de Nihil, mais que tu joues les suicidaires exhibitionnistes sur le bord de ma fenêtre sous les yeux du conseil de direction du collège, ça, pas question! Tu m'as mise dans la merde, espèce d'imbécile!

Je comprenais son émoi. J'imaginais aisément la scène.

— Mon Dieu! Mais qu'est-ce qu'il fait…

Sans doute qu'ils s'étaient tous précipités vers les grandes fenêtres, atterrés à l'idée des hausses de primes que leur imposerait sûrement leur assureur, sans parler de la réputation du collège, qui allait en prendre pour son rhumatisme, ce qui n'était pas indiqué après l'affaire Rémi Ami.

— Mais, n'est-ce pas votre bureau, madame Lapoé?

L'inquiétude a fait place à la consternation, et une douzaine d'yeux de supliciens se sont posés lourdement sur la brebis laïque. Elle a retenu son souffle, ses yeux écarquillés sautant d'une chasuble à l'autre. Elle n'a rien trouvé de mieux que de feindre l'innocence.

— Vraiment? Vous croyez? Je ne sais pas… Vraiment… Oh! C'est la réunion du club!

— Votre club?

— Oui, mon club de poésie! Je leur avais laissé la porte ouverte. C'est prévu pour maintenant…

Un calme relatif est revenu, alors que je rentrais à l'intérieur, et Tess s'est ramenée ventre à terre sur ordre exprès de Pelvisius :

— Allez diriger vos poètes, madame Lapoé! a-t-il fait sèchement.

Après qu'elle m'eut dirigé tout son saoul, j'ai pris la porte sans rouspéter, parce que ça n'aurait servi qu'à la pomper encore plus et parce que je n'avais pas vraiment de raison de faire ça, pas plus que j'avais

envie de me faire tomber dessus davantage. Malheureusement, j'avais à peine fait deux pas que je me
suis cogné dans Pelvisius, qui semblait faire exprès de
ne pas regarder où il allait.

— Monsieur Tremblay! Vous devriez calmer vos
excès... a-t-il dit, faisant évidemment allusion à la
scène de la fenêtre.

J'ai fait amende honorable et inventé quelque
chose vite fait pour tirer Tess du mauvais pas où je
l'avais mise.

— N'en jetez plus, Pelvisius! ai-je fait avec une
impudence toute calculée. Mme Lapoé a très bien su
se charger du sermon sur la montagne.

— Mais qu'est-ce que vous foutiez sur ce rebord!
Vous voulez vous tuer ou quoi! a-t-il rétorqué, en
osant lever les yeux.

— Rien, bon Dieu! Trois fois rien, Pelvisius. C'est à
cause du vertige. Je ne peux pas vivre avec le vertige,
vous comprenez? Alors, j'essaie de le combattre, de le
dompter. Parce qu'il le faut, vous comprenez? Lorsqu'on est capable de chevaucher ses monstres, on est
plus fort. On a les déserts qu'on peut et je n'ai pas
encore la patience d'y passer quarante jours ou quarante ans. C'est comme ça pour tout, mon vieux. Pour
la baise, la conscience, la réalité et le football. Vous
devriez comprendre ça un peu, non, vous qui avez
l'intelligence des apôtres!

Il m'a regardé franchement, et j'ai eu la désagréable
impression qu'il aurait souhaité pouvoir me répondre. Il a soudain réalisé qu'il me fixait le front. Il en a
été confus et a aussitôt baissé les yeux, comme pour
s'échapper. Il n'a plus rien dit pendant un bon bout
de temps.

— Bon, ben je pense que je vais y aller… ai-je dit, en tentant de m'esquiver, pour lui rendre service.

Mais il m'a retenu, toujours aussi déterminé à examiner les lames du parquet.

— *Majores charitatem nemo habet, ut animam suam ponat quis pro, amicis suis*[1]. Le problème avec vous, Tremblay, c'est que vous ne vous aimez pas. Ne vous occupez pas tant des autres. Occupez-vous de vous-même…

— Merde, Pelvisius, laissez tomber. Pas envie de jouer. *Qui se existimat stare, videat ne cadiat*[2]. Tenez, là, vous êtes content ? Je ne fais que ça, m'occuper de moi-même. Mais je suis mon propre ennemi, et il n'y a que moi pour me faire trébucher.

Ce qu'il y a de bien avec le latin, c'est qu'il n'en reste que des bouts tout digérés avec lesquels on a confectionné un paquet de formules préfabriquées qu'on peut apprêter à toutes les sauces pour l'édification des végétaux qui ne sont pas capables de réfléchir tout seuls. À la longue, ce sont des incantations, ces trucs-là, des phrases de sorcier, de la magie passe-partout.

Pelvisius a hoché la tête, le regard par terre, en s'appliquant à méditer ma dernière divagation, et j'ai filé avant qu'il ne mijote une autre de ses maximes à la con. Parce qu'il y a des jours, vraiment, où on se sentirait mieux si on était fin seuls sur cette foutue planète. Seuls sans rien ni personne pour vous enfarger à chaque faux pas, pour vous renvoyer à votre bêtise.

---

1. Il n'y a pas de plus grand amour que de donner sa vie pour ses amis. (Jn XV : 13)
2. Que celui qui est debout prenne garde de ne pas tomber. (I Cor. X : 12)

Je suis allé me réfugier au grenier, parce que là, il n'y a que des vieux livres et de la poussière et que personne n'y va jamais, même pas les supliciens qui ont oublié cet endroit. Des tonnes de vieux livres au purgatoire de l'Index, qu'on avait laissés s'ensevelir sous des tonnes de poussière. Des livres en latin et en grec aussi, écrits à une époque où on ne pouvait encore bien penser qu'en ces langues pourtant mortes depuis longtemps. Il y en avait même en sanskrit. Comme vieux stock de concepts, on ne fait pas mieux.

Prenez « *isika* », c'est évident que ça veut dire « âme ». On ne pourrait pas lui faire dire autre chose, à ce mot-là. En sanskrit, le sens crie, à tue-tête. C'est parce que, dans le fond, c'est une langue qui est tellement vieille qu'on peut donner à ses mots le sens qu'on veut bien, étant donné que personne ne se souvient de ce qu'ils voulaient dire vraiment il y a huit cents millions d'années, juste avant les dinosaures. On l'a retrouvée congelé dans l'âge de pierre et c'est ce qui la rend si jeune malgré les affres du *tempus qui fugit*.

Des livres. Des centaines de milliers de livres qu'il y a dans cette caverne d'Ali d'Allah, de Dali Dada, du Dalaï-Lama, et de tout ce qu'on peut imaginer comme bricole de l'esprit, de Platon à Plotin et de tous les gourous que la terre a portés. C'est dans cette pièce que ces Messieurs remisent leur ouverture d'esprit et leurs doutes.

Même le plancher avait l'air intelligent dans la caverne de bois, même moi, à vrai dire. C'était une impression, quoi. Mais j'ai quand même fini par m'endormir à force d'y réfléchir.

Chapitre quatorze

Dong Ha, 69-70
Please, forgive me.
Inscription sur briquet Zippo,
G.I. inconnu

On me regarde comme si je n'étais pas regardable, comme si c'était un crime de se promener avec une gueule comme la mienne, comme un taré rare, un cas d'espèce, une horreur sur deux pattes. La Marquise a retrouvé ses plus beaux airs de dinde en me regardant, Julie Corne ses beaux yeux si durs, ses yeux de torture, et les Messieurs leur ton d'ordure supérieure qu'ils gardaient dans leur manche pour les grandes leçons.

C'est à cause de la fenêtre qu'ils me prennent tous pour un fou. Ils ont peur que je bouffe les cendriers juste pour voir si ça donne le cancer, comme les cigarettes, ou que je me tranche les poignets pour les écœurer en plein midi à la cafétéria, entre le potage de légumes et le pâté chinois rebaptisé hachis parmentier par les petites sœurs blanches pour faire plaisir à La Marquise et à son troupeau d'ultramontains collets montés de moutons tordus. Pour peu, ils les placarderaient toutes, les fenêtres. Et tant pis pour la lumière. De toute façon, il n'y a rien à voir par les fenêtres que le monde qui s'étale platement et sans raison au pied du séminaire. Un monde sans sens, sans l'enseignement de ces Messieurs, un monde sans fin, fin comme dans «finalité», un monde distrayant.

Parce qu'évidemment, vous comprenez, quelqu'un qui est assez débile pour faire des galipettes sur le rebord d'une fenêtre au 122e étage, c'est on ne peut plus clair, il y a des suicidaires plus discrets que ça. Alors, voilà. Je suis un dangereux suicidaire qui peut exploser à tout moment et tout saloper sans prévenir. Ça leur fait une raison de plus de me regarder de travers et de faire des détours, d'y aller par quatre chemins.

J'ai séché presque tous mes cours depuis deux jours, à cause de mon escapade sur le bord de cette maudite fenêtre. Je ne me sens pas très bien. C'est à cause de tous ces sandwichs au jambon et de toute cette mescaline qui m'empoisonnent la vie jour après jour. À cause d'Anna Purna aussi, que je ne vois jamais ailleurs que dans ma tête.

Je passe le plus clair de mon temps au Catalpa à faire semblant d'écouter la musique, et à la bibliothèque où je m'applique très fort à faire semblant d'étudier. C'est pour leur montrer à tous que je m'intéresse à quelque chose, que je suis capable de fonctionner, qu'ils n'ont pas à s'en faire et qu'ils peuvent bien arrêter de penser que je suis suicidaire au point où je pourrais leur gâcher leur journée un de ces jours.

Anna Purna se fait de plus en plus rare, aussi rare que sa beauté. Les beautés rares font ce qu'elles veulent. C'est une grande fille, très indépendante à part ça. Pas de comptes à rendre. Une fille super. Je me disais justement qu'elle me manquait comme ça ne se peut pas, et qu'il faudrait bien que je lui en veuille un peu de ne pas me donner de ses nouvelles, lorsqu'elle a fait son entrée au Catalpa. Elle a hésité un instant, parce qu'il fait toujours très noir dans cette foutue étable. Puis, elle m'a aperçu et j'en été tout retourné, parce que là, cette fille super qui fait toujours ce qu'elle veut comme elle l'entend, avait décidé d'elle-même de me saluer de la main et du sourire, puis de se diriger tout droit sur moi, comme si elle était venue exprès pour moi et pour personne d'autre, je veux dire. Il y a de quoi se gonfler, quoi… La vie vous réserve parfois de ces surprises.

Moi, je ne l'ai pas saluée. Juste un petit sourire en coin, parce que moi aussi je suis un grand garçon très indépendant, et puis je voulais faire skier le public, qu'il se rende compte un peu qu'il y a des suicidaires qui réussissent tout de même à plaire à des merveilles de la nature comme Anna Purna.

Elle a observé mon sourire en coin avec une petite moue déçue à faire craquer un bloc de granite, et elle s'est assise sur mes genoux, pour continuer son œuvre. Elle avait certainement une idée derrière la tête, ce n'était pas possible autrement. En tout cas, elle en avait une entre les deux fesses et de la suite dans les idées, ça se voyait juste à la façon qu'elle avait de se frotter la croupe sur mon giron. Mais moi, je m'en foutais. J'étais aux anges et mes genoux claquaient d'énervement sous les cuisses d'Anna Purna. J'ai craqué :

— Anna, je voudrais qu'on parte tous les deux. Tout seuls. Sans rien ni personne. Le Kazakhstan, tiens, ça te dirait?

Elle n'a rien dit. Elle a simplement posé ses lèvres sur les miennes comme dans tous les bons films américains. Elle fait très américaine, Anna. Je croyais rêver parce que tout ça, c'était d'un genre plutôt inattendu, inespéré, même.

Finalement, après un long baiser, elle m'a répondu qu'elle n'avait pas le temps pour le Kazakhstan, mais que sa voiture était en bas, dans le stationnement, à nous attendre pour nous amener nulle part et partout pendant quelques heures ou quelques jours, on verrait, ça dépendrait.

— Bon. Ce n'est pas grave. Le Kazakhstan ou nulle part, c'est pareil.

Elle m'a pris par la main et nous somme partis sous les regards envieux des ovins de La Marquise. La voiture a roulé des heures et des heures, vers le sud, puis au nord, puis on n'a plus su. On a fini par avoir des fourmis dans les jambes et on a voulu s'en débarrasser. C'était une route en pleine campagne, avec du plat tout autour. La voiture s'est arrêtée. On est descendus parce qu'il faut ce qu'il faut avec les fourmis.

Anna s'étire, se contorsionne. Il y a des champs partout, à perte de vue, des champs blancs, à cause de la neige, évidemment. La route s'allonge au bout du chemin. Après, du vide, du vague, de l'indécis, de l'incertain dans l'air, à s'en remplir les poumons.

Oscar m'a dit un jour qu'il aimait bien les champs de blé, ou d'avoine, ou d'orge peut-être, je ne sais plus. M'a dit un jour qu'il avait trouvé un crâne de vache dans un champ sur la terre de son oncle. Aux environs de Rawdon, sans doute; c'est de là qu'il vient, Oscar. Rawdon. Tout petit village. Drôle d'endroit. Tranquille et tout. On y vit et on y meurt bien plus calmement qu'ailleurs, les montagnes et les forêts tout autour. L'automne et ses feuilles arc-en-ciel qui tombent, tombent, tombent. Le printemps et son soleil en zestes. L'hiver blanc, bleu, gris. L'été coulant de chlorophylle. Regarder le printemps et ses bourgeons qui poussent, se coller à l'humus humide, sentir ses vêtements absorber la boue, des épines de sapin plein les cheveux, de la gomme d'épinette plein la bouche.

Anna Purna fait quelques pas sur la route, quelques pas de danse. L'envie de courir. Je m'élance, je me lance, je me projette en avant, à bride abattue. Je cours comme un fou, ma course est folle. On ne sait pas s'arrêter. Je saisis Anna par la main. On court ensemble, elle péniblement, moi comme si j'avais couru toute ma vie.

Quelques cristaux de neige sur nos visages, on court encore avant le blizzard. On ne s'en laisse pas imposer. La neige et la glace ne nous impressionnent pas. On se met à poil et on se roule dans les champs. L'hiver ne nous empêchera pas de vivre. On court toujours, parce qu'il faut ce qu'il faut tout nu dans la neige. Et alors, il commence à faire vraiment froid, et on revient vers la bagnole, qu'on distingue à peine sur le côté de la route, à cause de la poudrerie.

On se lance dans les bras l'un de l'autre, pour se réchauffer. Il fait froid un peu, beaucoup, passionnément. Nos corps, pleins du froid de l'hiver, sont durs comme de l'ébène gelée. La tempête s'est calmée, nous aussi. Les nuages se sont vidés, il fallait bien qu'on en fasse autant. Le soir tombe, nous aussi. L'auto nous réchauffe. On s'y sèche, on s'y rhabille. On démarre, le moteur tourne, les roues aussi. Tout baigne dans l'huile, les pistons, les valves et nous aussi.

On a tourné encore une heure ou deux dans des chemins de bois en pleine bourrasque avant d'admettre qu'on était perdus et qu'on n'allait nulle part. C'était bien là où on voulait aller, non ? On a fini par aboutir devant une petite cabane à sucre. On l'a ouverte et on s'est fait du feu. Anna avait une couverture dans la voiture, on s'est enroulés dedans devant le poêle. Nos corps ont dégelé, même qu'ils sont devenus très chauds. Anna m'a enseigné jusqu'à ce que je sois plus gelé du tout, puis on a parlé jusqu'à l'aube en buvant du Grand Marnier au goulot. Je n'avais jamais tant discuté, ni tant bu de Grand Marnier.

Anna parlait beaucoup plus que moi, de Rémi Ami entre autres choses. Elle s'étonnait de toute l'affaire, se demandait comment il avait pu si bien cacher son jeu. Plusieurs fois, cette nuit-là, elle s'est étonnée entre deux gorgées de liqueur orange, et chaque fois j'ai remarqué que ses yeux m'observaient à travers le verre épais et brun de la bouteille. C'est sûr qu'elle m'épiait. C'était inévitable qu'elle tente d'en savoir plus, après les fines allusions que je lui avais servies lors de notre dernière rencontre, après avoir ouvert ma grande gueule pour mieux boire l'étonnement de l'affriolante créature.

Mais ça ne me dérangeait pas, à présent, et je m'amusais à haute voix de ces petits yeux rusés et coquins qui cherchaient à savoir avec si peu de subtilité.

— J'ai beau retourner ça dans tous les sens, qu'elle disait, je ne réussis pas à y croire. Et puis, pourquoi tu m'as dit, l'autre jour, qu'il n'avait eu que ce qu'il méritait ? Tu m'as laissée entendre que t'avais eu sa peau…

J'ai répondu sans répondre toute la nuit durant. Que je m'étais vanté, que je n'étais qu'une grenouille gonflable et idiote qui ne cherche qu'à s'éclater d'orgueil.

— J'ai parlé comme un con à travers le chapeau que je refuse toujours de porter. Arrête de me cuisiner. Il y a rien à tirer de moi, je suis nul et non avenu. Je suis vide comme le vide intersidéral et c'est très dur à porter en ce moment, parce que je suis plein comme un œuf à cause de toute cette liqueur d'orange amère que tu m'as fait boire et qui me sidère autant que tes questions à répétition…

Elle riait, le coude levé, les yeux derrière la bouteille de moins en moins pleine. On a fini par rouler sur le plancher, mais cette fois, on ne s'est pas relevés avant que le froid nous réveille vers midi, parce que ça faisait un bail que le feu s'était éteint dans la truie, et que le Grand Marnier avait fait pareil dans nos vessies.

J'ai ouvert les yeux le premier. Anna était calée en chien de fusil contre mon ventre. J'étais accroché à elle comme un parachutiste à sa bulle de tissu.

Il n'y avait plus de bois. Je me suis arraché à sa faible chaleur. J'ai pris la hache et je suis sorti. Il y avait tout plein de soleil. Le vent soufflait de la neige sur les pieds des arbres et caressait les dunes comme un châle de soie le dos d'une déesse nue. J'ai pu fendre une bonne dizaine de bûches avant de casser le manche. Je suis rentré pour rallumer le feu. Les flammes ont fait ronronner la truie de plaisir. Je suis retourné m'allonger près d'Anna, qui n'avait pas bronché, sauf pour se recroqueviller un peu plus sous la couverture.

J'ai enlevé mes vêtements et je me suis glissé derrière elle, puis à force de vouloir me réchauffer à la chaleur de sa peau, toute la froidure de mon corps s'est réfugiée entre mes deux jambes et je suis devenu si dur que je n'ai pu faire autrement que de m'insinuer entre ses cuisses et d'aller fondre dans son ventre. Elle a grogné un peu avant de pousser ses fesses vers moi pour me faciliter le travail, et on est restés comme ça, en bougeant juste assez pour que le plaisir soit là et que ce qui doit être dur dans ces circonstances le demeure, jusqu'à ce que ce ne soit plus nécessaire parce que le plaisir a eu raison du désir, et que lorsque le plaisir finit par s'écouler dans le néant, on n'a plus envie de rien, sauf de ronger son frein et la tristesse qui vient comme ça, sans s'annoncer, d'en dedans de nous-mêmes, comme si ce magma blanc qu'on vient d'excréter nous vide de toute notre substance, de toute la joie qu'on peut trouver parfois à vivre, quand le plaisir s'en mêle.

Anna, elle, ne se doutait de rien, ce qui fait qu'elle insistait pour que je reste en elle. Je suis resté dur pour elle, parce que quand on aime à la folie il faut savoir passer par-dessus ses spleens et faire comme si la vie continuait. Il faut ce qu'il faut, quoi, avec les déesses. Et puis, mieux valait être là qu'ailleurs, même si j'avais plutôt envie du néant. Il faut faire des sacrifices pour garder ceux qu'on aime, surtout quand on est au bord du suicide, comme au bord d'une fenêtre.

Je ne m'étais jamais senti aussi seul qu'avec cette bonne femme. Le poêle crépitait, j'aurais voulu soudain que ma vie prenne un temps mort, qu'elle se tourne un peu du côté des estrades, qu'elle me tienne en dehors de ça pour un bout. C'était simple à comprendre, même moi je comprenais ça.

Anna – ça aussi je le comprenais – était dans ma vie, mais pas moi dans la sienne. Tout au plus dans ses loisirs. Anna aimait bien s'amuser, elle était pour ça, elle, la société des loisirs.

C'est traître comme ça ne se peut pas l'esprit humain, c'est tordu de nature. C'est pour ça, je suppose, que je me suis surpris à penser à Julie Corne. Je n'avais même pas de remords. Il n'y avait pas de passion dans le cul, ni dans le corps d'Anna, aussi beaux soient-ils, rien que de la luxure et de l'expérience.

C'est bien pour ceux qui aiment ça, parce que c'est du plaisir pas compromettant, pas encombrant. Mais moi, j'avais dans l'idée que je voulais de plus en plus fort me compromettre et m'encombrer. Pas du tout le genre d'Anna, la fille de l'air. Alors, je lui ai dit :

– Arrête de te briser les méninges à essayer de me tirer les vers du nez. De toute façon, je ne risque rien à te faire des aveux. Il n'y a pas de témoin. C'est moi qui ai tout manigancé. Je m'étais arrangé pour que les flics le cueillent au moment où il serait allé mettre son nez dans le casier de la gare où j'avais mis la bombe exprès pour lui et les flics. Mais ce gros rat puant, il s'est tué avant avec sa foutue bagnole. Trop pressé de me coincer. Voilà. Un petit pas pour Larry, un grand bond pour l'humanité.

Alors, elle s'est levée et je suis redevenu mou de soulagement, là, sous la couverture, sur le plancher. Et à force de fermer les yeux, j'ai dû finir par m'assoupir, et à force de m'assoupir, je me suis mis à marcher dans ma tête, et plus je marchais, plus je m'éloignais de ma cabane. J'ai marché longtemps, devant moi, en silence et sans jamais regarder derrière. Mais je savais que derrière, ma cabane se faisait de plus en plus petite, se perdait dans le noir, disparaissait au milieu de la plaine. J'étais attiré par ce paysage vide devant moi, où des sentiers s'ouvraient pour se refermer aussitôt. Je me perdais sous les arbres. J'ai marché beaucoup, beaucoup trop, pour rien. Mes pieds traînent sur des gravats inutiles, des agates, des lapis-lazulis qui brillent loin de ma cabane. Il faut que je rebrousse chemin, que je revienne en arrière. Je marche maintenant à rebrousse chemin pour retrouver ma voie. Je suis un marcheur silencieux qui essaie de retrouver sa cabane.

Pourtant, qu'est-ce qui me pousse ? Le monde n'est pas si affreux quand on est seul, la nuit, au pied des montagnes, ou au milieu de la plaine. Mais je marche. Pour retrouver mon home, parce que je ne peux pas vivre en dehors de lui, ailleurs qu'entre ses quatre murs, et je ne peux me faire à l'idée de le partager, je ne peux m'habituer à la cheminée qu'on y a faite, à cette fumée chaude qui en sort, à ces deux fenêtres ridicules qu'on a percées à travers ses murs. Je n'ai pas l'habitude de la chaleur et de la clarté. Ma peau n'est pas faite pour avoir chaud, mes yeux sont incapables d'endurer la lumière. Avant, dans ma cabane, on gelait, et les murs sans fenêtres ne m'empêchaient pas de voir. Moi, j'ai toujours mieux vu dans l'obscurité qu'en pleine lumière. Il y a des gens, comme ça, qui ne voient bien que dans le noir. Heureusement, parce que moi, j'ai toujours été dans le noir. Depuis qu'il y a cet oiseau dans ma cabane, je vois moins bien, j'ai un peu trop chaud, et ça me rend molasse et tout gluant. C'est pour ça que je suis sorti me perdre dans le froid de la nuit. Je la revois devant moi, se dessiner sous le clair d'une lune soudaine qui trotte au-dessus de la plaine.

Quand j'entrerai, je boucherai les fenêtres et la cheminée. Advienne que pourra ! Y vive qui peut ! Le ciel est plein d'étoiles noires que la lune révèle à mes yeux. Ma cabane se rapproche. Je peux maintenant en distinguer l'intérieur tout chaud à travers ces deux fenêtres stupides à qui je n'ai rien demandé. Je suis fatigué, mes jambes me font mal. Je tends la main vers la porte. La poignée, je la tire. La porte est déjà ouverte. J'entre. Le feu est éteint, ne restent que quelques braises. Le vent a soufflé les chandelles. Il n'y a plus personne, l'oiseau, envolé. Pas patientes, les perdrix. Je m'étonne. Pauvre oiseau, il aura froid dehors, lui qui aime tant la chaleur. Il se perdra dans la nuit, lui qui ne vole jamais qu'en pleine lumière. Et puis les renards, et les braconniers. Je pars à sa recherche, je ne la trouve pas, je ne la retrouverai pas. Je m'épuise. À quoi ça sert de s'épuiser. Je reviens vers ma cabane, encore une fois. On revient toujours chez soi. Cette fois, je ferme la porte. Je cloue des panneaux aux fenêtres et je remplie la cheminée de briques. Je me couche au pied de l'âtre, froid désormais, et je m'endors en grelottant.

Lorsque j'ai ouvert les yeux pour vrai, pas dans ce foutu rêve, Anna avait fini par s'éclipser, parce que j'étais seul comme ça ne se peut pas dans la vieille cabane, et que la voiture avait disparu.

Je ne sais pas qui l'a dit, mais il ou elle avait sûrement raison. Ça s'est vérifié des milliards de fois depuis qu'on est là, nous, les hommes, sur la planète. Et quand je dis les hommes, je parle bien de nous, les mâles de l'espèce. Que tout commence et finit par le ventre des femmes, qu'on n'y échappe jamais, au ventre des femmes, sauf une fois, pour se réfugier dans celui de la terre. C'est comme un torrent qui vous crache pour mieux vous aspirer le moment d'après. Même les homos, qui font comme s'ils s'en foutaient, au fond c'est pire pour eux, parce qu'ils n'ont jamais réussi à en sortir, de leur premier ventre. Il paraît même qu'il y en a qui tentent de se faire transformer en femme, pour moins souffrir d'être un homme. Une tragédie. Parce que c'est facile de couper des trucs et d'en coller d'autres ou de les faire pousser, mais la science, elle ne sera jamais capable de changer un ventre d'homme en ventre de femme.

Ou peut-être que je déraille, allez donc savoir. Mais tous ces ventres autour de moi, c'est comme des feux de naufrageurs, et je ne sais pas lequel est le vrai phare.

J'ai cru qu'elle était partie pour de bon, que je n'allais jamais la revoir. Dehors, il faisait beau comme après les tempêtes de neige. Le soleil était chaud sur le froid blanc répandu partout. J'ai marché pendant des heures avant de tomber sur une route où un type m'a pris en stop. Il n'a pas arrêté de parler de tout le trajet, un petit moineau bavard dans la trentaine, qui babillait pour se prouver qu'il existait, un type seul, et verbo-moteur comme on est serbo-croate. Il m'a laissé au centre-ville, et j'ai filé jusqu'au collège où je suis allé enfouir ma peine dans le ventre de Julie Corne, derrière la statue de la Vierge à l'enfant, dans la grotte artificielle à côté des anciennes écuries.

Ventre pour ventre, celui d'Anna Purna me mettait le feu aux tripes, l'autre me calmait l'incendie. Une fournaise, le ventre d'Anna Purna. On sentait la chaleur de la braise dès qu'on se présentait à l'entrée. Qui s'y frotte s'y brûle, s'y consume, même, s'il n'y prend garde. Le ventre de Julie, lui, était un lac tout noir où j'allais m'éteindre.

Le problème, c'est que le ventre de Julie, il s'était mis à flamber à son tour à force que j'aille m'y tremper le flambeau. Et voilà qu'à vouloir jouer avec mon feu, elle s'est mise à son tour à brûler pour moi comme je brûle pour Anna Purna. Le feu…

Elle s'est consumée tout entière sans que sa flamme entame les murs de ma maison. Du béton. On est des ordures, nous les hommes. Je parle encore des mâles de mon espèce, bien sûr. J'ai laissé entrer une perdrix une fois, une fois de trop. Maintenant, je les mange à la broche, bien rôties dans leur jus.

Pauvre Julie. Tu n'es pourtant pas une poule, encore moins une dinde et tu n'as rien d'une grue ou d'une bécasse. Ça ne te va pas bien, les noms d'oiseaux. En fait, tu vois, si tu devais être un volatile, tu serais plutôt du genre serpent à plumes. C'est moi qui suis une ordure, un salaud, une merde, quoi. Faut bien dire les choses comme elles sont. Sinon, ça ne vaut pas la peine d'être ce qu'on est, et on n'a plus qu'à se tirer une balle dans la tête pour de bon. Pour en finir de cent fois sur le métier, remettre sa chienne de vie. Pauvre Julie. Tu aurais pu tomber sur mieux. Mais il paraît qu'on ne choisit pas son destin, pas plus qu'on ne contrôle ses hormones.

On est restés dans la grotte un long moment, à ne rien faire que se réchauffer, la peau de nos poitrines soudées par la moiteur qui régnait dans cette tente que nous avions faite en attachant ensemble, par les fermetures éclair, nos canadiennes. Derrière le socle où trônait Marie, personne de nous voyait. J'étais, encore une fois, envahi par le vague, je comprenais mon inutilité sur cette planète, je savais que si je disparaissais, ça ne l'empêcherait pas de tourner ou de s'éclater, la planète, et que ça n'empêcherait pas toutes les Anna et toutes les Julie du monde d'aller prendre leur pied ailleurs avec d'autres névrosés de mon genre, voire des pires. Le désespoir, c'est la force qui me manque pour me rayer du registre des vivants. Et je déteste ça, cette impuissance. J'ai résisté le plus longtemps que j'ai pu, comme j'ai résisté à tout le reste. J'ai résisté si longtemps à tout. Mais ma carapace laisse tout passer, maintenant. Les perdrix, et même les petites cailles.

Puis, le désir s'est éveillé à force de sentir les tétons de Julie me darder le poitrail, et il l'a chassé un peu, le désespoir. Nous en étions à jouer des mains et de la bouche, lorsque des pas sur la neige nous ont fait retenir notre souffle, les dents dans les dents. Quelqu'un s'approchait de la statue. Blottis dans notre coin, il n'y avait pas de raison qu'on nous découvre. On ne voyait pas qui c'était, évidemment, mais c'est avec crainte et stupeur que nous avons reconnu la voix.

— Marie, mère de Dieu, toi qui as souffert d'avoir enfanté sans avoir profité du plaisir de la chair, viens en aide à ton fils! Fais que ces pensés sacrilèges qui habitent mes nuits et mes jours disparaissent à jamais, brûle ma peau pour qu'elle ne ressente plus rien, ampute-moi de ces sens qui m'incitent à trahir mes vœux, fais que s'éteigne cette flamme mauvaise qui brûle dans mon ventre…

Une voix nerveuse et fluette, une voix brisée qui n'était plus que l'écho lointain d'elle-même, la voix de Pelvisius. Ainsi donc, ça n'était pas par timidité qu'il ne nous regardait jamais dans les yeux !

Pelvisius n'avait pas arrêté de se lamenter. Pour peu, j'en suis certain, il se serait flagellé devant cette Vierge de mauvais plâtre.

– Tout en ce bas monde n'est que concupiscence de la chair, que concupiscence de l'âme, ou qu'orgueil : *Libido sentiendi, libido sciendi, libido dominandi*[1]. Malheureuse, la terre de malédiction que ces trois fleuves de feu embrasent plutôt qu'ils n'arrosent[2].

Ça devait lui faire très mal pour qu'il vienne, comme ça, dans le froid cru du soir tombant de décembre, brailler au pied d'une idole en citant Pascal dans le texte. Julie m'a chuchoté dans l'oreille : *Qui gloriatur, in Domino glorietur*[3]. Ça m'a glacé d'horreur, parce que je jugeais que ça n'était pas une bonne idée de pratiquer son latin dans la position respective que nous occupions tous les trois dans cette grotte à la con : lui, implorant le ciel par l'intermédiaire d'une tierce personne qu'il n'avait jamais rencontrée, nous, retenant notre souffle pour éviter qu'il ne nous découvre et que ses lamentations édifiantes ne se transforment en imprécations.

---

1. Désir de jouir, désir de savoir, désir de commander. (I Jn, 1, 2, 16)
2. Blaise Pascal, *Pensées et opuscules*, pensées n° 458.
3. Celui qui se glorifie, qu'il se glorifie en Dieu. (I Cor 1, 31)

Puis, il a laissé tombé Pascal, et son propos est devenu très incohérent, sa voix étouffée de sanglots. Pelvisius pleurait. Nous étions choqués tout autant qu'effrayés par la situation. Pourquoi fallait-il donc que ces supliciens s'enferment dans cette torture de l'âme, dans ces vœux ridicules qui les menaient tout droit à la schizophrénie ? Et qu'ils cherchent en plus à nous imposer leur camisole de force merdique ? C'étaient ces êtres déchirés, marchant sans cesse au bord de l'abîme, qu'on nous imposait en modèle ? Les bergers ne valaient pas mieux que leurs brebis ; pire, c'étaient des loups déguisés en pasteurs.

Les pas sont repartis vers le sentier. Je me suis enfoui dans Julie sans crier gare, et c'est elle qui a crié, à cause de la surprise et de la force de mon coup de reins. Il faut ce qu'il faut pour faire taire les monstres. L'extase est revenue, un spasme qui vous transporte, l'espace d'un souffle, à l'autre bout de l'univers, qui vous transforme en l'étincelle à l'origine du big-bang. Puis l'instant d'après, aussi sournoise qu'inévitable, comme un trou noir et traître, bouffeur de galaxies, la mort revient vous chercher l'âme.

Chapitre quinze

Je me serais tiré plus facilement de mes mauvais pas si je ne m'étais pas réfugié – éparpillé, répandu, devrais-je dire – dans les jardins secrets d'Anna et de Julie. Mais il n'y a rien à faire. C'est comme ça quand on n'a peur de rien et qu'on a peur de tout, et que pour ne pas y penser, on fonce tête baissée les yeux fermés. C'est pour se faire mal, parce qu'on s'imagine toujours qu'une douleur en chasse une autre. Mais au bout du compte, elles finissent par s'additionner, et on ne s'endure plus. C'est comme la diarrhée avec les hémorroïdes.

Je savais depuis longtemps qu'Anna allait finir par me déchirer le cœur. En fait, je l'ai su dès que je l'ai vue, la toute première fois. Je l'ai même su bien long-temps avant, quand on m'avait expliqué d'où venait

ce petit son rythmé qui me battait la poitrine, lorsque
je voyais passer des filles à mon goût devant chez
moi, à Rosemont. Je n'avais pas plus de cinq ans, et
déjà l'autre sexe me chavirait régulièrement l'organe.
Je ne savais tout simplement pas que c'était le moteur qui s'emballait.

C'est pareil aujourd'hui. C'est comme ça quand, con
génitalement, on a les nerfs en paquets de troubles.
Mes élans ne trompent pas, ils me mènent toujours
au bord de l'abîme. Comme avec Anna Purna. Elle
m'a tout de suite donné le vertige, ce genre d'ivresse
qui vous fait tourner la tête pour mieux vous attirer
vers le gouffre. Je l'ai vue, je l'ai voulue, rien n'aurait
pu m'empêcher de l'avoir, morte ou vive. Quand on
veut, on peut. *Dixit* le Taureau. Une autre de ses maximes de téteux, qu'il m'a chantée à répétition depuis
que j'ai su entendre. Je voulais Anna, je l'ai eue, et
tout ce qui venait avec. Maintenant, il ne me reste
plus qu'à pleurer sur ma tombe, parce qu'un cœur
déchiré, c'est un cœur qui ne marche plus, et quand
on ne marche plus, à force de rester debout, on finit
par tomber d'épuisement.

Mais cette fois, ça m'a donné un grand coup. L'âge
sans doute. Ou Anna, c'est plus probable. Cette fille-là
a quelque chose d'une sirène. Un miroir qui ne renvoie aucune image. Je ne sais pas combien de temps
je pourrai tenir. Peut-être qu'au fond, c'est elle qui m'a
eu. Il n'y a que moi qui ne m'en rende pas compte.
Heureusement qu'il y a Julie pour me soutenir. Mais
je ne suis pas certain qu'elle puisse me servir de
béquille bien longtemps, ou qu'elle soit capable de
me réparer le cœur en deux temps trois battements.
Ni qu'elle en ait envie. Moi non plus, d'ailleurs. Il y a

des fois où il vaut mieux apprendre à ne plus se relever.

Le soir, lui aussi, a fini par tomber. Julie avait rejoint le troupeau, qui s'en allait manifester encore un coup pour que le Québec reste français. Ils avaient vraiment l'air d'y tenir. On aurait dit que La Marquise avait pris goût au militantisme. Ce soir-là, le front s'était déplacé du côté de l'Université McGill, le haut lieu du savoir anglophone, un symbole que les nationalistes s'étaient mis dans la tête de faire tomber, comme le soir, surtout celui de la veille du grand jour bleu, qu'ils voyaient, ces naïfs, pour très bientôt. Ça promettait de barder. Les manifs étaient toujours interdites, because le climat social qu'il ne fallait pas dégrader davantage, et la police, qui avait le mandat d'éviter une révolution, avait prévenu que cette fois elle ne ferait pas de quartiers, ou qu'elle en ferait, c'est selon. C'est sûr, il y aurait de la casse.

Mes pas m'entraînaient de ce côté. Machinalement, parce que je me sentais comme une machine. Quand on marche sans but, on aboutit la plupart du temps là où il risque de se passer quelque chose, parce qu'il se passe toujours quelque chose quelque part. Mettre un pied devant l'autre, c'est encore ce qu'il y a de plus facile à faire, plus facile, en tous cas, que de s'arrêter, que de se fixer.

Ça glisse sur le trottoir, comme dans la rue, où les voitures font des cabrioles. C'est à cause de la neige et du froid. Je finis par trouver un malin plaisir à éviter, comme dans une corrida, les passants qui dérapent. Olé! Je marche, je fonctionne, j'avance et ça marche. Il y a plein de gens dans la rue, des gens animés d'on ne sait trop quoi, mais certainement d'un virus qui fait bouger, et vite. Un tas de pélicans tout noirs, emmitouflés dans leurs plumes gonflées par le souffle qu'ils y cachent, des idiots de pélicans que rien n'arrête. Je me laisse porter par le flot, tout en faisant attention aux pélicans qui se foutent de ce qu'il y a devant eux, qui poussent, qui bousculent, qui piaillent, qui piquent, agressifs, de leurs longs becs.

Je me gruge par en dedans depuis qu'Anna m'a plaqué sans dire un mot, au milieu des bois. Je suis un rat qui ratisse, le rongeur qui me ronge les tripes. Un jour elle est là, dans toute sa splendeur, à me malaxer la cervelle, à m'exciter les hormones, à cheval sur mes neurones et ma prostate, puis elle disparaît de ma vie, pendant des jours, des semaines, sans donner de nouvelles. Quand elle n'est plus là, je n'ai plus rien dans les veines, je suis en manque de tout. Anna, c'est une apparition, un ange maudit qui m'aura à l'usure à force de me faire bander, puis débander le cœur. J'aimerais tellement pouvoir m'évader d'elle avec autant d'aisance qu'elle se sauve de moi. Je tourne en rond. Ce n'est pas nouveau, mais au moins, je tourne encore.

Un pas après l'autre. C'est comme ça qu'on ne recule pas, qu'on avance vers l'inconnu. Mais ils sont dangereux, les pélicans. Plus qu'on ne pourrait le croire. Une horde rageuse et noire, affamée, toujours prête à manger du prochain, le regard hargneux et chargé de l'idée fixe. Çà et là, qui meublent l'espace du trottoir entre les poteaux de téléphone et les arrêts d'autobus, des bancs pour pélicans affaiblis, pour vieux pélicans rabougris ou pour pélicans indécis, des bancs verts ou bruns, ça dépend des bancs, des

bancs comme des radeaux de naufragés, pour pélicans aux ailes coupées.

Un pied devant l'autre. J'avance en faisant attention à ce que j'avance. Je ne suis pas sûr de vouloir y
croire, à la trahison d'Anna. Personne n'aime être
trahi. Il doit y avoir une explication. Il y en a toujours
une. Et avec Anna, elle est toujours bonne. Faut pas
en faire une montagne. On lui donnerait le paradis
sans indulgences et le bon Dieu pour pas grand-
chose. Quand il la verrait, il défroquerait raide. Anna
qui rachète tous les péchés du monde, juste en
posant le regard dessus.

À gauche, à droite, des pélicans inconnus tombent
au champ d'honneur des pélicans, de la douleur
plein les yeux, dans les rues qui sont blanches
comme mes veines sont bleues sur mes mains et mes
bras, des rues gonflées, tortueuses, où circule, chaud
et froid à la fois, le sang gercé de cent mille pélicans.

Du bruit, une foreuse, là-bas des pleurs, un jeune
pélican perdu qui se picore les tripes dans l'indifférence totale, des voix, des rires grinçants, des sirènes,
des pneus qui crissent et des nerfs qui tabarnaquent,
l'atmosphère est à l'angoisse, on ne sait pas bien à qui
est la ville. Je marche avec application en remontant
le frasil humain, un pied devant l'autre. Il y a du
blues dans l'air qui sort des cafés. Des têtes penchées
de pélicans tout en grimaces et en coliques, des becs
de pélicans pleins d'injures surgissent aux fenêtres. Et
plus j'avance, plus les pélicans sont pressés d'aller à
contre-courant, plus j'approche de McGill, moins il y
a de pélicans sur les trottoirs.

Je la cherche partout en pensée, j'imagine le pire,
qu'elle s'est perdue corps et âmes dans cet autre bout

du monde qu'elle parcourait jadis, du temps qu'elle était hôtesse en l'air, l'air de rien, l'air d'être au-dessus de ses affaires. Mais j'ai beau le prendre par tous les bouts, le monde, je ne la trouve nulle part, dans aucun de ses racoins, ni dans ses abysses ni sur ses sommets. Elle s'est juste évaporée, atomisée comme un parfum que j'ai eu le bonheur de trop respirer, et qui a fini par me rester sur le cœur.

Que des bœufs, partout des bœufs, au coin des rues, en rang d'oignons sur les trottoirs, comme du bœuf à la mode, perchés sur les toits, caméra en main, matraque à la ceinture, embusqués dans les portes cochères, prêts à descendre tout le monde, même si on ne le leur demande pas, parce que l'uniforme ça se mérite et parce qu'il faut ce qu'il faut, Roméo. Ils ont hâte, leur mitraille bien polie, prête à être crachée à la gueule des joyeux troupards. Impatients d'en découdre avec les fauteurs de trouble, avec ces beaux parleurs qui défient l'autorité, qui veulent faire plier l'État, par les bombes, la marche, les rapts et les mots. Tous dans le même tas. C'est plus facile de se convaincre de son bon droit, Éloi. J'en sais quelque chose, Chose.

Des préparatifs parfaits. Pas de place pour le hasard. Ils piaffent, s'usent les sabots sur l'asphalte pour calmer leurs nerfs à fleur de matraque. Parce que le rassemblement n'est convoqué que pour dans une heure. Pas l'âme d'un chrétien à l'horizon, pas la moindre brebis à mener à l'abattoir. Cette fois, c'est du sérieux. Les bœufs sont prêts pour la boucherie, et ça ne sera pas eux qui passeront au hachoir.

Je m'approche d'eux, parce que je n'ai peur de rien, ni des bœufs. J'en ai repéré un qui joue de la garcette sur un lampadaire, au rythme d'une musique qu'il est le seul à entendre. Je me dirige lentement vers lui, l'air de me demander ce qui peut bien valoir tout ce déploiement. Ses collègues bovins m'observent du coin de l'œil, le doigt sur la gâchette. Ils aimeraient bien, mais je suis seul et ça serait prématuré, peut-être même prémédité. Je suis à deux pas du batteur solitaire, qui a cessé de marteler son poteau pour mieux m'observer, les sourcils froncés, l'air de ne pas trop savoir ce qu'il doit faire, s'il doit taper d'abord et y penser ensuite. Je ne lui laisse pas le temps d'y réfléchir.

— S'cusez, officier. Il se passe quelque chose de spécial ? Vous êtes là pour le président des États-Unis peut-être, ou le pape, ou la reine ?

Il hésite, mais ne résiste pas à mon sourire affable. Lui, pas plus que les autres.

— Qu'est-ce que vous voulez dire ? qu'il répond, l'œil quand même suspicieux, comme il se doit, pour un bœuf au-dessus de tout soupçon.

— Ben, que vous attendez quelqu'un de vachement important, sans vouloir vous offenser, pour qu'on affecte tout un cheptel, comme ça, à la protection d'un quartier…

Ça l'amuse. Le gros tas rigole.

— Non. Personne d'important. Juste quelques centaines de *bums* qui veulent renverser le gouvernement et chasser les Anglais de la province, en commençant par ceux de l'université qui est là, derrière. C'est une manif d'enfants de chiennes pour faire peur aux enfants d'Anglais, pour les convaincre par la terreur qu'ils n'ont plus d'avenir icitte. C'est comme une espèce de pogrom…

Je fais l'étonné, comme avec les adeptes du Saint-Suplice. Ça marche, en général, mon caporal. Mais en plus, je fais l'ignorant, celui que ses gros mots impressionnent, autant que ses gros canons.

— Un quoi?

— Ben, une sorte de vengeance exterminatrice qui ne laisse personne indifférent. Mais on a une p'tite surprise pour eux autres, les maudits séparatisss. Y vont en manger toute une! Ça sera un vrai pogrom double.

Il la trouve très drôle, sa grosse farce plate de gros bœuf. Sa garce de garcette se met à jouer des castagnettes avec ses menottes, tellement il n'arrête pas de la rire.

— Qu'est-ce qu'on peut faire, monsieur le lieutenant, quand on aime sa langue au point de vouloir la protéger? On ne peut quand même pas l'avaler, pis s'étouffer avec? On n'est pas des épis sceptiques. Je ne veux pas vous écœurer avec ça, pas vous distraire non plus de votre préparation mentale pour le match qui s'en vient, mais essayez donc de la traduire en anglais, votre farce, vous allez voir que ce n'est pas évident…

La langue d'un peuple, c'est sa survie, que je lui explique poliment. C'est un cliché, mais c'est vrai. Comme tous les clichés.

Le flic ne sait pas ce que c'est qu'un cliché. Je lui explique ça aussi. Tsé, comme une photo, mieux comme une carte postale, tsé, une image toute faite, qui dit et qui montre toujours la même chose, le plus simplement du monde, pour que des gros caves comme toi, qui ruminent au lieu de penser, puissent comprendre le portrait. Par exemple, qu'un bœuf ce n'est pas capable de mâcher pis de penser en même temps. Un cliché, c'est comme «la lune est blanche comme un lavabo», ou «l'amour, c'est beau mais déchirant», ou encore «Anna Purna, tu es belle comme un ciel étoilé».

— C'est qui Anna Purna? qu'il me demande.

— Une salope, une ex-amie à moi. La petite sœur d'Ève Reste, qui, malgré son nom, n'a jamais su rester en place, elle non plus. Une brise-cœur comme sa sœur, Votre Honneur. Comme toutes les femmes, qui sont, comme tout le monde le sait et comme le dit le cliché, toutes des putes, sauf ma maman. Et la vôtre, c'est sûr, monsieur l'adjudant…

Là-dessus, il était bien d'accord, mais il ne comprenait toujours pas mon histoire de langue.

— Pensez-y un peu, que je lui ai dit. Comment ça se reproduit un peuple? Pas avec sa queue, un peuple ça n'a pas de queue, c'est pas comme un bœuf, qui en a deux. C'est sa langue, c'est la langue qui est l'organe de reproduction d'un peuple. Pas de langue, pas de peuple.

Il était bouche bée et bouché, ça paraissait à ses yeux pourris qui tournaient dans leur saumure, et à sa grosse langue de bœuf qui pendait lamentablement entre ses babines de babouin. Rien à faire. Je lui ai dit «salut, merci beaucoup pour le renseignement, je vais aller jouer ailleurs, pas envie d'être figurant malgré moi dans votre pogrom double», avant qu'un malheureux éclair de génie lui fasse comprendre à quel point je me foutais de sa gueule, qu'il avale sa langue de bœuf et qu'il se mette à taper sans s'en rendre compte, en pleine crise d'épineptie galopante.

Je suis retourné là d'où j'étais venu. Un coin de rue plus loin, les chevaliers chevelus et les poilus velus de la nation commençaient à se rassembler, inconscients de ce qui les attendait, fébriles et contents d'aller se faire tailler le scalp. Ce n'est pas moi qui allais les prévenir. Pas question de rater un spectacle pareil. Et puis, les carnages, c'est toujours bon pour une cause.

J'ai fait le tour par la ruelle, et j'ai trouvé une échelle de secours pour grimper sur les toits. Une fois en haut, je me suis approché autant que j'ai pu, soit jusqu'au bord du toit de la maison qui faisait le coin de la rue suivante. D'où j'étais, accroupi dans l'ombre derrière un appareil de climatisation jouxtant le sommet de la cage de l'escalier intérieur, je voyais la chair à canon former des boulettes toutes en rangées, pour mieux se faire aplatir par les motos des bœufs. Je voyais aussi, sur les toits, plus loin, le long du parcours, des flics armés de lance-grenades lacrymogènes, prêt à faire pleurer à la ville toutes les larmes de son *corpus delicti*.

En bas, les petits copains en étaient à pratiquer leurs slogans, à distribuer leurs pancartes, à dérouler leurs banderoles, comme dans un grand et joyeux pique-nique. Il en était arrivé d'autres. Mais ils ne devaient pas être plus de deux mille. Pas fort pour une époque où la moindre agitation-propagande réussissait à rassembler des masses de masses, qui ne demandaient qu'à se laisser soulever et même à se faire masser l'occiput dans la bonne humeur, sinon dans l'allégresse. Ils ont attendu encore un peu qu'il en vienne d'autres, puis les plus barbus des chefs ont fait mettre les troupes en rang, et c'est parti.

Ils sont bien encadrés. Deux rangées de flics de chaque côté sur les trottoirs, plastronnés, casqués, batte à la main, qui continuent de s'en promettre. Dès le départ, les insultes fusent. Pas des rangs des marcheurs, mais de ceux des forces du désordre, qui cherchent par tous les moyens à mettre la merde pour mieux remettre les choses à leur place. Cons comme la lune, mais pas fous quand même, le service d'ordre des manifestants tente de convaincre ses troupes de ne pas céder à la provocation. Mais il y a des limites. Dès la première intersection, trois mètres devant l'avant-garde, les flics dressent les barricades métalliques. Les troupes de choc des nationalistes foncent dans le tas et renversent les barrières. Les flics les massacrent, avec application, comme il se doit. Le troupeau s'emballe, et comme il ne peut continuer tout droit, il tourne à droite. Coin de rue suivant, même manège. Cette fois, c'est la panique, le chacun pour soi. Tout le monde se met à courir, mais pas n'importe où, à cause des barricades qu'on leur lance dans les pattes et qui les forcent à aller dans des directions précises.

Les bœufs en ont assez des hors-d'œuvre, et veulent passer aux choses sérieuses. Les premières motos, avec hallebardier dans le *side-car*, attaquent par-derrière ; les hussards sur les toits garrochent leur boucane à larmes. C'est le bordel total. Je cherche les émules du Saint-Suplice mais ne les vois pas. Ou plutôt si, à force de chercher, j'aperçois La Marquise empêtrée dans sa banderole en train de se faire taper dessus par deux bœufs consciencieux qui ne font pas de différence entre les classes sociales. On va peut-être finir par faire du monde avec elle, peut-être qu'elle va finalement s'attendrir à force de se faire battre la campagne comme la vieille bavette de jument qu'elle est.

— Arrêtez, arrêtez, qu'elle crie, en se protégeant du mieux qu'elle peut. La violence, j'horreur de ça !

Autour d'elle, ça court dans tous les sens. Je reconnais quelques-uns de ses boucs émissaires, complètement affolés, et qui volent d'une matraque à l'autre entre les motos et les flics à pied, qui se les renvoient comme des ballons.

Dans le tas, Julie Corne, qui n'en mène pas large, elle non plus. Elle est plantée au milieu de la rue, bousculée par tout le monde, mais immobile, figée par la peur, ça se voit. Je commence à la connaître, je n'y peux rien. Quand elle ne comprend pas, elle gèle.

Je bondis sur mes pieds. La Marquise peut bien crever, ça lui apprendra. Mais Julie, elle, peut apprendre autrement. La porte du puits de l'escalier est fermée à clé. Je la défonce à grands coups de pied et dévale les marches jusqu'au rez-de-chaussée, trois étages plus bas. Je me retrouve sur le trottoir. Julie est toujours au même endroit, hébétée. En deux secondes, je suis sur elle. Elle a du sang plein le visage, elle n'a pas l'air d'y voir grand-chose. Je l'attrape par le bras et on se retrouve dans le vestibule de l'immeuble que je viens de quitter, juste à temps pour éviter une moto qui fonce sur nous. Je la fais monter sur le toit d'où je vois tout, obligé de la porter à moitié. Elle ne sait pas ce qui lui arrive. Je l'assois le long du climatisateur, et lui lèche le visage pour voir d'où vient tout ce sang. Elle a une vilaine coupure sur le côté droit du front, mais ça se tarit déjà.

— Julie, ma vieille, c'est moi Larry, ton vieil ennemi. Réveille-toi…

À force de la serrer contre mon cœur et de lui flatter les cheveux, elle revient un peu dans le triste état où elle ne savait plus qu'elle se trouvait. Elle lève la tête pour me regarder, ses yeux accrochent les miens, ses lèvres se serrent pour empêcher les larmes de couler. En vain. On est en plein mélo épique.

— Larry…

Un souffle de voix seulement. Comme il ne fait pas chaud, elle grelotte. Ça me donne une raison de me coller à elle. Quel sale profiteur je suis. Son malheur, son désarroi me font du bien. On trouve son bonheur où on peut. Moi, c'est dans la souffrance d'autrui, de ceux que j'aime en particulier. C'est parce que ça me rend indispensable. La plupart des gens ont besoin qu'on les soigne quand ils souffrent. Ils n'y sont pas habitués, à la souffrance. Tandis que moi, je suis un expert. Alors, je sais y faire pour consoler, pour panser les plaies, pour remonter les cœurs brisés, pour réparer les peaux cassées.

— Larry, oh Larry, c'est toi…

Et elle se serre encore plus contre mon corps qui ne demande pas mieux. Elle déboutonne ma canadienne et se glisse dedans.

— Ils vont bientôt partir. On pourra descendre. On prendra un taxi. Je connais une clinique ouverte la nuit. Ils te feront des points. Tu auras glissé sur ces maudits trottoirs de glace. Les services d'entretien de la ville font si mal leur travail. Ils vont t'arranger ça sans douleur. Dans trois semaines, ni vu ni connu. Juste une petite cicatrice, un mensonge à raconter à tes vieux, une belle histoire, plus tard, à tes enfants. Après, on ira chez moi. Je n'ai pas de cheminée, mais je brûlerai d'amour pour toi. Ça t'arrêtera de grelotter. Ce soir, je ferais n'importe quoi pour toi.

Je ne lui ai pas encore dit que c'est pour moi que je le fais, pour ne pas être seul sans Anna. Pas encore dit que je suis un salaud fini, elle ne voudra pas le croire, je la connais, elle a trop confiance en la nature humaine, surtout en la mienne. Mais moi, je sais que je profite de ce qu'elle passe sur mon territoire, comme le prédateur que je suis.

Julie a le cœur gros comme une tomate sur le point d'éclater. Ça se voit.

— Tu m'as sauvé la vie…

Il y a des limites à ce que je peux endurer. Pour vraiment profiter d'elle, il faut qu'elle sache.

— Mais non, Julie. C'est toi qui me la sauve. Mets-toi bien ça dans le crâne. Tu m'as prolongé de quelques jours. Je ne suis pas un héros, ni ton sauveur. Ton malheur endort le mien. C'est toi qui seras mon héroïne pendant quelque temps. Avec un peu de chance, à force de te faire couler dans mes veines, peut-être que je ne pourrai plus me passer de toi.

— Un peu de rose dans ma vie…

J'ai trop parlé. Il faut ce qu'il faut, j'interviens.

— Contente-toi de prendre ce qui passe. Ça n'arrivera pas, parce que rien n'arrive jamais comme on le voudrait. Ne rêve pas en couleur, Julie. La vie n'est pas rose. Et elle ne l'a jamais été. Il n'y a pas de couleur dans la vie. Sauf quelquefois du rouge, comme ce soir. Autrement, la vie c'est du noir et blanc, une aventure pour daltoniens, une affaire qui finit toujours mal parce qu'elle finit toujours par finir, point final.

— Tu recommences à broyer du noir. Arrête, je vais encore pleurer…

Je sais ce qu'elle voudrait. Elle voudrait qu'on se voie plus souvent, qu'on forme un couple, une belle petite paire d'amoureux. Mais je me connais, pour que ça dure, il faudra qu'elle souffre. Sinon, ça sera moi. Et moi, je n'en peux plus de souffrir. Il y a des limites à ce qui s'endure.

— Tu comprends? J'ai des ressorts qui ont ramolli. Je ne suis plus capable d'envoyer skier tout le monde comme avant. Ça n'arrange plus rien. C'est Anna qui m'a tué. Ça ne rebondit plus, mon affaire. J'ai fait trop de conneries, avec mon cœur comme avec ma tête. Maintenant, j'ai peur, c'est simple et c'est tout.

Tout dégringole autour de moi, et je passe le plus clair de mon temps à me faire accroire que je suis capable de tout tenir ensemble, à foncer dans des portes ouvertes. C'est tragique. Tout s'effrite, et je ne veux plus le savoir. Tout déboule à pleine vapeur, à pleins gaz, à fond de train. J'ai envie de mordre, mais ça sert à quoi? De dévorer, de déchirer de la chair d'humains, comme un cannibale.

— Moi aussi, je suis un bœuf sur deux pattes, un bœuf carnivore, comme les bœufs d'en bas qui t'ont massacré le portrait. Ça aurait pu être moi qui t'aies assommée. Mais j'ai perdu mes dents, elles se sont cassées pour de bon sur Anna.

— Tu parles trop, tu penses trop. Ça te fait dire n'importe quoi, et le contraire en même temps. Tu devrais t'arrêter de réfléchir et de tomber amoureux de femmes inaccessibles qui ne t'aiment pas, mais qui te baisent. Tu devrais plutôt t'occuper un peu de celles qui te veulent, comme moi qui traverserais une mer de bœufs pour toi.

Au-dessus de nous, les étoiles nous regardaient comme si elles n'avaient jamais rien vu. Le sang sur le front de Julie avait fini par sécher. Il paraît que tout fini par sécher.

J'avais le cœur au bord de la bouche, parce qu'elle avait bien raison, Julie. Mais c'était plus fort que moi. Les monstres s'étaient logés dans mon ventre pour de bon, avec la peur terrible de ne plus jamais revoir Anna. Et ils n'arrêtaient plus de crier qu'ils voulaient sortir. Mais il n'y a pas d'issue en enfer.

Chapitre seize

Qui Nhon, 69-70

If you don't know what hell is like,
fuck with me, and you'll find out.

Inscription sur briquet Zippo,
G.I. inconnu

Ils sont rentrés au bercail, tout contrits et tout confus, tout meurtris et tout fourbus, avec des gueules
à coucher dehors, des têtes de morts vivants,
mais ça, ça n'avait rien de nouveau. Ils n'osent pas me
regarder. Ils savent depuis toujours ce que je pense
d'eux, mais aujourd'hui ils comprennent que j'ai raison de le penser.

La Marquise en profite pour tenter un rapproche-
ment par émissaire interposé. Puisque le troupeau s'est
fait tabasser, et pour cause de bonne cause, elle s'est
mise dans son crâne contusionné que les matraques
avaient aplanis nos différends. Elle choisit Jeune Fièvre,
la brebis sacrificielle par excellence, avec ses airs de
biche étonnée et ce gros bleu sur le front, hérité d'une
bosse bien camouflée par son épaisse toison auburn.

La Marquise y va par l'entrisme, une technique qui a fait ses preuves aussi bien chez les bolcheviks qu'à la CIA ou chez les flics. Après avoir longtemps tergiversé avec elle-même, et fait le tour des tables à moitié vides sans trouver où s'asseoir, Jeune Fièvre, son petit plateau dans les mains, se dirige vers la nôtre, en jetant par-dessus l'épaule un regard discret, mais inquiet, à La Marquise qui trône piteusement au fond du réfectoire, au milieu de ses piteux moutons.

— Je peux ?

Elle rougit jusqu'aux dents et, d'emblée, se lance dans une envolée déplacée pour nous expliquer qu'elle n'en a pas contre nous.

Elle peut, qu'on lui répond. On l'a vue venir, on a eu le temps de se faire à l'idée. Elle s'installe entre Le Rachi et Oscar, qui se collent contre elle du mieux qu'ils peuvent. Elle déballe son sandwich, décapsule sa bouteille de Coke, ouvre son thermos de soupe et son petit bol de salade. Tout ça, bien préparé par maman Fièvre.

Toujours pas de nouvelles d'Anna. Pour peu, je m'inquiéterais d'elle. On s'inquiète toujours pour ceux qui nous importent, même quand il n'y a pas vraiment pas de raison, comme le condamné à mort qui a peur de donner des remords au gardien qui a reçu ses confidences des derniers jours. Je n'avais jamais eu Anna, mais je la perdais tout de même. C'est con, les sentiments, ça n'a pas de logique, pas d'allure, ça ne ressemble à rien. Ça nous met dans des états qui n'apparaissent par sur la mappemonde, ça nous perd, ça nous écarte, ça nous écartèle.

Le Rachi s'amuse avec la soupe de Jeune Fièvre, fait des comparaisons saugrenues entre les petits morceaux verts qui y flottent et sa dernière cuite. Pour la mettre à l'aise, il bouffe ses sandwichs au beurre d'arachide, en mastiquant la bouche ouverte.

— Regarde, qu'il lui fait, en lui montrant le contenu de sa bouche aussi grande ouverte que s'il était chez le dentiste. C'est de la même couleur que tes cheveux.

Oscar lui tâte la cuisse sous la table, ce qui la fait avaler de travers. Elle veut savoir à quels genres de jeux on joue entre nous, quels genres de guili-guili on se fait pour passer le temps, ce qu'on se dit, de quoi on parle, ce qu'on mange en hiver, ou en été, ça n'est pas très clair. Elle va être servie. Elle va en avoir pour son or. Le Rachi lui sourit, Oscar aussi. Moi, je les accompagne. Il faut ce qu'il faut. On ne doit jamais laisser tomber les copains, même quand le cœur n'y est pas.

En face de nous, à l'autre bout de la salle, La Marquise, au milieu de sa cour baturée, nous espionne du coin de son œil au beurre noir. Nos sourires sont encore plus radieux, tout pleins de dents et de fossettes et de plein d'autres choses encore.

Jeune trouve qu'on mange comme des porcs, dit que ça n'est pas nécessaire de faire exprès pour nous faire plus mauvais que nous ne sommes. Je ne savais pas qu'on pouvait rougir autant. Son audace se mesure à son empourprement. Oscar veut la détendre un peu.

— Pourquoi tu portes un soutien-gorge noir avec un chemisier blanc? C'est pour m'exciter? Je peux tâter?

Elle sourit de force et jaune et, avec la rougeur de ses joues, sa tête tourne à l'orange. Le Rachi sape comme un tricentenaire. Oscar renifle comme un tuberculeux. Moi, j'essaie d'en faire le moins possible, juste assez pour la solidarité. Je suis fidèle, mais Anna m'a ramolli, je n'arrête pas de me le dire, ça doit être vrai.

Oscar se gratte la tête au-dessus de sa salade. Le Rachi pète. Je rote pour la forme. Eux s'amusent comme des cochons dans la merde. Ça leur desserre les tripes, ça leur dérate la latte. On la fait skier, on la fait suer, on la fait scier, on fait tout pour la faire chier sans que ça paraisse, mais on n'est pas doués pour la comédie, et ça finit par se voir.

Alors, elle avale de travers une dernière fois avant de s'étouffer de rage, d'exploser dans le visage d'Oscar, qui goûte à sa cuisine malgré lui, et de vider sa bile sur le Rachi. Du coup, elle est debout avec tout son attirail dans les mains, les talons lui virent de bord et l'entraînent vers le bastion de La Marquise, qui a tout vu, tout entendu, la cause et le reste. Le Rachi et Oscar veulent la poursuivre de leurs attentions. Je les retiens du bras. Faut pas pousser. Si c'est trop gratuit, ça ne paye pas. Ils bougonnent un peu et se rassoient, les oreilles basses comme des chiots privés de leur os.

Puis, ils partent tous l'un après l'autre. C'est bientôt l'heure d'être sérieux, parce qu'après tout, on est à l'école pour ça. La Marquise passe la porte en nous jetant des regards noirs, son bras en écharpe sur l'épaule de Jeune Fièvre, qui ne se retourne pas, le cheptel à ses trousses. Le Rachi et Oscar en font autant en les provoquant, et je reste seul avec les machines distributrices, mes fidèles.

C'est le cours de Nihil, auquel je n'assiste plus depuis que je lui ai dit ses quatre vérités dans le corridor. Je ne sais pas laquelle des quatre l'a le plus vexé, Hervé. Ça m'amuserait de le savoir, Grégoire, mais lui, justement, ne veut rien savoir. Il n'est plus parlable, et ne veut plus me voir. Il dit que je suis mauvais, que je déborde de mauvaise volonté, que je respire tout le mal qu'il y a à respirer, que je fais tout pour l'emmerder, que je mets toute mon énergie du désespoir à ne pas comprendre ce qu'il n'est pas payé pour m'apprendre, c'est-à-dire le bon sens. Il m'a banni à vie de sa vie, qu'il dit. Entre nous, c'est fini, Rémi.

On ne m'y reprendra pas, à vouloir faire la morale à un philosophe thomiste. C'est ma faute. Ça fera partie des comptes que je devrai rendre au Taureau, entre les fausses notes et les mauvaises, lorsqu'il rentrera de Floride, dans un mois seulement tant qu'à y être, comme disait le répondeur avant-hier, après les vacances de Noël passées à sécher au soleil comme une morue mal salée, pour éviter d'avoir à recevoir toute la famille au réveillon, parce que La Vierge n'en a ni le goût ni l'énergie, à cause de sa fragilité, qu'elle soigne aux Valiums, qui ne font pas bon ménage avec la dinde et la belle-sœur.

Le soleil du début d'après-midi joue avec les carreaux des grandes fenêtres pour faire des ombres tout en angles qui dansent le quadrille sur les tuiles cirées du plancher. J'en profite pour me faire discrètement une ligne. Ça me donnera l'entrain qui me manque pour la séance de notre club de poésie, dans une heure. Et puis tant qu'à extirper tout le fourbi de l'enveloppe enfouie dans mon slip, j'en tire une deuxième qui ne sera pas perdue, ce n'est pas comme moi. Et, pourquoi pas ? une troisième. De l'entrain, on n'en a jamais trop. Ça m'enlève un poids. Je ne sais pas où ça va me mener, mais au moins j'irai le cœur léger. Je m'intéresse à ma leçon d'anglais pour donner le change au distributeur de monnaie. On ne sait jamais. Et jamais on ne saura non plus.

Qu'est-ce qui lui a pris de disparaître, comme ça, dans la fumée du petit feu que j'avais allumé pour nous réchauffer ? Elle a su ce qu'elle voulait savoir, et elle s'est tirée. Elle débarque, déballe la séduction, arrive à ses fins, et remballe tout, ni vu ni connu. À quoi ça rime ? Ou alors, c'est un flic déguisé en Vénus, la matraque rentrée dans son faux ventre de femme, et l'armée du salut final va bientôt s'amener, et me jeter tout délirant dans des oubliettes, où moi, je n'oublierai rien, ni l'odeur de sa fausse peau de sable, ni ce qu'elle m'a fait, ni ce qu'elle sait me faire.

Le monde est à l'envers, le mien encore plus que l'autre. Il n'y a plus rien qui tienne, même pas à un fil, si ténu soit-il. Il faudrait que j'aille voir de l'autre côté si on peut encore faire quelque chose avec moi. Peut-être que là-bas je me retrouverai du bon bord. Peut-être que très loin je rattraperai l'ombre de moi-même, mieux qu'avec cette poudre qui ne me fait plus voyager comme avant, qui me laisse de plus en plus souvent hagard, dans des terrains vagues où on ne construira jamais rien, sauf peut-être des parkings pour vieux bazous dont le moteur ne tourne plus rond.

Elle est faite d'acier, Anna. De cet acier dont on fabrique les révolutions industrielles, qui vous transforme une campagne toute verte et fleurie en monstre grinçant et crachant le feu, qui vous défait sans vous vouloir de mal, qui vous tue à force de vous vouloir du bien. De cet acier d'un bleu trompeur dont l'éclat vous aveugle, de cette douceur de soie qu'a le métal poli et dont le contact vous arrache un frisson glacé. Et quand elle vous tombe dessus, on ne se relève pas. Et je m'étais laissé tremper dans cet acier, mon corps s'était fondu dans son ventre haut fourneau.

— Larry...

Ça m'a pris quelques secondes pour me rendre compte que je ne devais pas aux bons offices de la mescaline de la rêver, et que ce clair obscur était bien fait de sa chair et de ses os à contre-jour. Un mot seulement, à peine une apparition, et son corps de métal liquéfié me parcourait tout brûlant les artères, par le même chemin que suivait cette saleté que je m'étais envoyée dans le nez, et qui m'avait dissous les nerfs au point que j'en grelottais comme un Papou cuvant sa crise de paludisme assis tout nu sur une banquise. L'Anna Purna qui se tenait devant moi parlait avec l'aplomb de ceux qui sont bien décidés à n'avoir pas froid aux yeux et qui ont répété leur petit discours pour être bien sûrs de ne pas chavirer de la pupille en le bafouillant.

— Larry, je suis venue te dire qu'on ne peut plus se voir. C'est fini. Tu sors de ma vie pour de bon. C'est mieux pour toi, c'est mieux pour moi. C'est mieux pour la terre entière. C'est stupide ce que tu as fait avec Rémi Ami. Tu as tout gâché entre nous. Je t'aime bien, et j'aurais voulu que ça continue, mais tes conneries me placent dans une drôle de situation. Et c'est dangereux pour nous deux. Pose pas de questions, c'est mieux comme ça. Oublie-moi. Ne me dis même plus bonjour. On ne se connaît plus et on ne veut plus se connaître. Je ne te dis pas salut. Bye.

Je l'avais bien rêvée. Elle est partie comme elle était venue, dans un jet de lumière qui m'a laissé béat et bêta sur ma chaise, à cuver son souvenir et les paroles que j'avais cru entendre de sa bouche si pulpeuse que c'en était péché de la regarder. Puis, j'ai senti son parfum, et j'ai compris qu'elle était bel et bien passée par là, comme elle était passée dans ma vie, un éclair. Aussi, qu'elle aurait pu y rester un certain temps, n'eût été de ma grande gueule. Mais tout ce mystère asséné à coups de couteau dans le gras du cœur, ces sous-entendus… Anna, une poularde, une flicaille à entourloupettes déguisée en *drop-out* repentie sur le tard? Pour une fois, mes élucubrations ne m'auraient pas trompé. Ça se pouvait. Je pourrais toujours me mettre ça sous la dent, pour commencer à en avoir une contre elle. C'était de la bonne matière.

Je ne me rappelle plus comment, mais je me suis retrouvé dans le bureau de Tess. J'avais dû marcher, faut croire. Mais j'étais tellement engourdi que j'avais des coussins sous les pieds. Je flottais, et c'était aussi bien, parce que c'est plus facile, alors, de se laisser aller à la dérive. Tess, qui a tout de suite vu que j'avais encore moins d'allure que d'habitude, a profité de ce que je n'étais pas emmanché pour rouspéter, et m'a enrôlé d'office, avec les autres zoulous de son club, dans l'organisation d'une soirée de poésie au Catalpa, chacun de nous devant y aller d'une prestation sur scène destinée à édifier l'auditoire, et surtout les messieurs du Saint-Suplice, qu'il fallait par la même occasion convaincre que le club avait une fonction certaine, et n'était pas qu'un prétexte à l'utilisation plus que douteuse du bureau de Tess par quelques pseudo-taquineurs de muses (ils auraient d'ailleurs bien voulu savoir lesquelles).

L'Exquis jubilait, on reconnaîtrait enfin son génie. Grosse Torche s'en promettait elle aussi, ça promettait : deux tonnes de vers bien gras libérés de leurs inhibitions, qui se répandent sur l'assemblée. Seul Beau Dallaire, qui n'allait pas pouvoir se contenter de faire le beau, émettait, sans les dire, quelques réserves. Quant au Rachitique, comme c'était trop pour lui, il en a profité pour annoncer *subito* qu'il démissionnait du club, ce qui n'a étonné personne, puisqu'on n'avait encore jamais entendu sa prose.

Et moi, qui ne disais rien, parce que trop gelé. Tess en a encore abusé, parce qu'elle m'a chargé aussi, sans que j'aie le temps ni l'énergie de rouspéter, de recruter deux ou trois éthyliques des lundis de la Casa pour compléter la carte de la soirée. Drôle d'idée. Mais je ne lui ai pas dit. Pas la force d'argumenter et, surtout, je commençais à comprendre que ce n'est pas payant de trop parler.

Cette fois, pas vraiment le choix, il faudrait que je me mette à l'écriture. Une semaine pour pondre une œuvre de génie, ce n'était pas trop. J'avais déjà recyclé tout le vieux stock accumulé pendant les moments de spleen des deux dernières années, avant que je me mette à m'escaliner au lieu d'écrire. Écoulé dans les cours de poésie. Maintenant, j'étais à sec, comme un vieux torrent de montagne sur son lit de moraine, mort de soif parce que le glacier qui le nourrissait avait cessé de fondre.

Je n'ai pas fini de m'en faire avec la vie. Ça n'est qu'un début, mais je n'ai pas envie de continuer le combat. Au fond, il faudrait que je me convainque

que la vie, c'est simple. Qu'il suffit de la laisser filer pour qu'elle ne nous emmerde pas. Elle ne nous demande rien, après tout. Alors, on lui fout la paix et tout se passe bien. Il n'y a que lorsqu'on meurt qu'on ne voudrait plus s'en passer, qu'on y tient comme à une branche au bord du précipice. J'en sais quelque chose, il y a des jours où je meurs sans arrêt. Quand ça m'arrive, je m'accroche à la vie, je la harcèle et lui fais plein de reproches, comme le mauvais fils que je suis. Et alors, je me dis que je voudrais encore être un enfant, parce que c'est plus facile de mourir quand on est tout petit, quand on n'est encore rien, quand on ne se rend pas bien compte qu'on la vit, la vie.

Parce qu'un enfant, ça n'a rien dans le ventre, pas encore ce nœud de viscères à la place du cœur, rien dans la tête non plus, que des mots inintelligibles, qu'un magma confus où la vie n'a aucun sens, ne mène à rien. Un enfant, c'est presque un légume, ça ne souffre pas, ou si ça souffre, ça ne le sait pas. Tandis que quand ils ont grandi, les enfants, ils en ont plein leur tête, de trucs. Et plus ils sont vieux, plus ils s'en sont mis, de machins, dans la cervelle, des histoires remplies de démons et de terreurs, des échafaudages terribles pour trouver dans quelle direction va leur vie, tout plein de questions sans réponses, des images, des saloperies et des idées sublimes. Alors, lorsqu'ils crèvent, c'est tout un monde qui s'évanouit, tout un univers encore en expansion. Et ça fait mal par où ça passe, quand ça finit par passer, au moment du *big crunch*.

Alors, moi, je vous le dis, il vaut mieux crever le plus jeune possible ou, encore mieux, ne pas naître du tout, si vous voyez ce que je veux dire. Et tant pis

si vous ne voyez pas, si vous ne voyez rien. Ou plutôt, tant mieux. Ça vous fera moins d'images et moins
d'élucubrations philosophiques, métaphysiques et
autres siques à emporter dans la tombe, moins de
sangsues à vous arracher du cerveau quand la branche cédera. Comme ça, vous aurez moins peur d'y
passer, et les autres vous regretteront moins, car ils
diront que ça n'est pas si grave, que la perte est moins
grande, parce que vous n'aviez pas grand-chose entre
les deux oreilles. On devrait tous crever au berceau,
l'humanité serait moins malheureuse.

Oscar m'a ramassé dans l'antichambre de la mort
après la réunion du cercle. Le Catalpa vibrait sous les
assauts de Gémis Hendrix, qui faisait revivre la
guerre du Viêtnam à travers son *Star Strangle Banner.*
Anna Purna faisait son numéro, comme si de rien
n'était, avec un ou deux tarés du troupeau qu'elle
avait choisis au hasard, et elle faisait exprès de les
allumer pour mieux m'éteindre. Je ne voyais qu'elle,
elle faisait tout pour ça.

On s'est fait deux autres lignes sur les urinoirs
avec ce qu'il me restait, avant de dévaler la côte qui
n'attendait que ça pour nous mener dans la Sodome
qui se trouve au pied du paradis de ces Messieurs.
Oscar me dit que le temps fait le beau malgré décembre, qu'il doit avoir quelque chose à se faire pardon-
ner. On parlera de ça une autre fois, il y a d'autres
façons de passer le temps. Comme la Mère Missel,
tiens, qui passe ses journées à lire son missel, à se
tâter le scapulaire, à égrener son chapelet. J'aurais
pourtant bien besoin de le passer, le temps, d'accélé-
rer les rides et les hernies, l'Alzheimer et les cataractes, l'incontinence et la gangrène, de lui laisser faire le

sale travail à ma place. Mais on ne joue pas avec le temps, il est régulier comme une horloge, il n'y va pas par quatre chemins, mais il prend le temps qu'il faut pour nous la creuser, la fosse.

On s'est promenés comme le Canadien errant dans les affres mythiques de sa fuite héréditaire, comme deux homoncules perdus dans les méandres des Ganges et des Achérons maudits, entre les *fast-foods* et les faux bordels de la Catherine. Moi, préoccupé par mes croisades dans les viscères, dans les vicissitudes carnassières du monde fêlé, moi, ténia désarmé perdu dans sa révolte et sa désespérance de merde. Oscar, rêvant à des voyages homériens dans des ghettos exotiques puant la crasse et la misère, allant de par le vaste monde d'un Calcutta à l'autre, pour échouer dans Dieu sait quel cloaque. Nous errions tous les deux comme des morpions kafkaïens sur le trou du cul du monde immondice, main dans la main, comme des frères enfantés par le ventre du même délire, humant les mêmes puanteurs, avalant la même pourriture et vomissant la même bile.

La vie nous fait mal à tous les deux, moi plus qu'à lui, il veut bien l'admettre. Alors, on en profite pour souffrir un bon coup ensemble, ça nous rapproche encore un peu. On lui règle son compte, à la vie, on s'enflamme et on la flambe, on en a assez de ses tours de cochon. On le lui dit, on lui gueule qu'elle n'a pas d'allure, Arthur, qu'on finira par l'avoir tôt ou tard, Bernard. Les pélicans sur le trottoir nous regardent de travers, on les dérange et on ne se gêne pas. Qu'ils aillent au diable! On les bouscule, on les frappe aux jambes pour qu'ils ne puissent pas nous rattraper, juste nous en vouloir, et on déguerpit.

On les a aspergés de vomi tout notre saoul, on a descendu deux ou trois vitrines, à coups de bouteilles trouvées dans les poubelles, avant de reprendre notre souffle à deux mains dans le fond d'une ruelle. On était contents de nous. On s'était prouvé que tant qu'il y a de la vie il y a de l'espoir, *carpe diem* et tout le tralala, que ce n'était pas ce soir-là qu'elle nous ferait crever, la vie.

Et puis, il y a eu ce chien, écrasé par une bagnole, et qui gisait immobile au milieu de la rue, le dos cassé, mais toujours vivant, la vapeur de l'hiver expulsée par ses naseaux sanglants.

— Qu'est-ce que tu fais ? Attention !

Il en venait de partout, des voitures, mais je m'en foutais. J'ai provoqué un bouchon, au risque de laisser ma peau à côté de celle de la pauvre bête. J'ai ramassé le chien et je l'ai traîné jusqu'au trottoir. Puis, je l'ai étranglé, de toutes mes forces, pour chasser ce reste de vie inutile, pendant qu'il me regardait dans les yeux, sans me voir.

On s'est remis en marche. Oscar ne disait rien, fixait ses pieds. On a marché encore un peu, sans regarder rien ni personne. C'était terminé pour tout de suite, la révolte. On rendait les armes et on se rendait à l'ennemi, par le premier autobus qui ne nous passait pas sous le nez. Oscar Naval regardait les gens s'accrocher aux sièges. Je regardais la rue défiler par la fenêtre. Ça s'est arrêté. On est descendus, on a décroché, chacun de son côté, dans le silence des fêtes qui tournent mal, sans trop qu'on sache pourquoi ni comment. Le métro nous emportait sur des planètes différentes.

C'est comme ça que je me suis retrouvé à la Casa Mexicana, pas vraiment dans l'espoir d'y trouver mes poètes du lundi, et qu'en plus de tomber sur trois d'entre eux, j'ai eu droit, comme en prime, à Julie, qui soignait ses dix points de suture et je ne sais trop quoi d'autre à la tequila et au gros sel. Ça m'a fait du bien de la voir si mal en point, ça me rappelait que je l'avais sauvée de bien pire encore, et qu'en jouant un peu avec ses sentiments, je pourrais l'entraîner à nouveau dans mon lit, que je ne parvenais plus à réchauffer tout seul. Les poètes n'étaient pas trop saouls, et ils ont accepté mon invitation comme une reconnaissance de leur génie mal compris, avec une bière comme gage et beaucoup d'enthousiasme à l'idée d'édifier la progéniture de la classe dominante. Julie avait trop bu. Elle avait passé l'après-midi là, au lieu d'aller aux cours, à cause de sa gueule qu'elle voulait garder pour elle. Je l'avais laissée seule dans mon lit le matin, pour qu'elle se remette un peu, mais elle avait trouvé plus rigolo de venir se défoncer ici que de m'attendre au pieu comme je l'avais secrètement souhaité. Pour me venger de ce manque de fidélité flagrante, et comme elle était assez engourdie pour encaisser encore un peu, je lui ai parlé d'Anna et de notre rupture.

– Rupture ? Rupture de quoi ? C'est comme pour moi. Si tu me disais que tu me quittes, tu ne me quitterais pas, puisqu'on n'a jamais été ensemble. Juste des passades, des parties de baise. Des conneries, tes histoires de cul. Ne viens pas me parler de ton cœur qui saigne, j'en ai rien à branler…

Pas si engourdie que ça, à tout considérer. Et pas très reconnaissante non plus. Elle serait dure à convaincre. En plus, l'alcool la rendait agressive et vulgaire, ce qui ne me déplaisait pas trop. Je ne sais pas ce qui m'a pris de lui faire du plat, il faut dire que si elle était dans les vapes, moi j'étais pas mal poudré et que j'avais le cœur à l'envers du bon sens. Alors, je me suis avancé un peu avec mes gros sabots. Je n'y peux rien, c'est comme ça quand je trouve les gens sympathiques. Ça m'arrive si peu souvent. Et en plus, Julie me faisait bander. Alors, je l'ai presque demandée en mariage, en précisant bien que je ne croyais pas l'aimer, parce que d'habitude, quand j'aime quelqu'un, ça déchire et ça m'empêche de respirer, et qu'avec elle j'avais tout mon souffle et tous mes morceaux.

— Tu me fais bander, je suis bien avec toi, on est sur la même longueur d'onde, mais tu ne me fais pas mal, donc je ne t'aime sans doute pas. Mais si tu veux, on peut se mettre ensemble. On verra bien.

— Va te faire enculer, pauvre con.

L'alcool lui donnait du ressort. Ou c'était autre chose. Les trois émules de La Béotie et compagnie écoutaient attentivement, et ne se gênaient pas pour y aller de leurs commentaires.

— Pas de douleur, pas d'amour, ça, c'est certain.

— Des lubies de maso, répliquait le deuxième. Pas besoin de souffrir pour être mal…

— Il a besoin de quelqu'un, ce mec, pour sûr. Et elle lui plaît, ça n'est pas une passade…

Julie cherchait la dernière goutte de tequila dans le fond de son verre. Je me suis empressé d'appeler le garçon et de renouveler la table pour garder Julie dans ses bonnes dispositions, au grand plaisir des trois parnassiens attardés qui se sont ainsi crus obligés d'en rajouter.

— Faut le plaquer, mademoiselle, on verra bien s'il tient à vous.

— Elle ne peut pas le plaquer, imbécile, ils ne sont même pas ensemble !

— Si elle s'en va, là, maintenant, il verra bien si elle lui manque…

Je les ai remerciés de leurs observations, en les invitant gentiment à les garder pour eux, parce que je n'en demandais pas tant en échange de la bière. Julie mordait dans le beau citron tout neuf qu'on venait de lui apporter, et sa grimace faisait horreur à voir au milieu de ses contusions.

— Et moi, là-dedans, je compte pour du beurre, bande de tarés ? qu'elle lance aux trois rigolos, qui reculent sous le choc. Moi, ce gars-là, il me fait souffrir et il s'en contrecrisse. Ce n'est pas compliqué, tas de connards, on souffre quand l'objet de notre désir ne veut pas de nous, ou qu'il se pousse avec la caisse. Lui, il avait l'autre pour la souffrance, et moi pour soigner les bobos. Maintenant que l'autre est partie, le bobo il est encore plus gros, et il faudrait que je veille à son chevet sans dire un mot. Va te faire foutre, Larry Volt ! Berce-toi tout seul, et baise avec tes cinq frères !

Les trois morons appréciaient la joute en connaisseurs. Moi, je la trouvais moins drôle. Bien sûr que Julie avait raison. Et puis après ? On a toujours besoin d'un plus petit que soi lorsque les grands nous mangent la laine sur le dos. Mais l'amour, les sentiments, ce n'est pas immuable comme la mort, ce n'est pas coulé dans le béton, ou dans le bronze. Alors, je lui ai pris la main, et je lui ai dit :

— C'est vrai, Julie, j'ai besoin de toi. Avant, et encore plus maintenant. Je n'y peux rien. C'est peut-être de l'amour, ça aussi. Je ne sais pas, je crois que je n'y connais rien, dans le fond. Je ne suis pas doué avec les sentiments. Ils me perdent en chemin.

Elle me l'a laissée, sa main. Ce qui était bon signe. Pour ce soir-là, en tout cas. Après, on verrait bien. Et c'est comme ça que les trois clous de la soirée de poésie de Tess se sont retrouvés en plan, déçus de devoir payer leur bière suivante. Julie et moi, on s'est soutenus mutuellement jusque chez moi, où on n'a trouvé que la force de se déshabiller et de s'écrouler tout nus dans mon lit qui, mine de rien, commençait à la connaître. On s'est serrés très fort pour s'empêcher de mourir pendant quelques heures, coulés ensemble dans l'inconscience et le néant. Je n'en demandais pas plus. Elle, je savais bien que oui.

Chapitre dix-sept

Saigon, 70-71
Fuck you, Red Baron !
Inscription sur briquet Zippo,
G.I. inconnu

Le Rachitique a fini par tomber au champ d'honneur. Je l'ai trouvé au Catalpa avec Jeune Fièvre, qui lui fabriquait, comme elle seule sait le faire, des jonques en papier. Ça l'intéressait tellement qu'il était presque assis sur ses genoux. C'est très compliqué à faire, ces machins, mais elle est très habile à ce genre de choses. On a tous un don, une spécialité, un petit rien d'exclusif pour participer à l'avancement de l'humanité. Elle, c'était les jonques en papier. Pas étonnant qu'elle recule, l'humanité.

Elle lui montrait comment il faut plier la feuille.

— Non, pas comme ça ! Ce que tu es gauche ! Tu vas la déchirer, il faut y aller en douceur, voilà, c'est mieux…

Du miel et de la compote, et, à travers, quelques graines pour, qui sait, cultiver un petit jardin. Et ils se

donnent des frissons en se tâtant les mains par jonques interposées. Rachi est en train de se faire monter
en bateau. Et il a l'air d'aimer ça, la marine. Ces jolies
petites mains finiront par l'envoyer par-dessus bord,
elles manipulent trop bien le papier, c'est suspect. Et
puis, elle est d'une espèce dont on ne se méfie pas et
qui finit par vous bouffer la cervelle, comme les Chinois, qu'elle semble si bien connaître, qui avalent des
méninges de singe, en gelée, au petit déjeuner.

Elle tire deux des coins du papier plié et il en sort
une jonque. Le Rachitique s'émerveille, joue l'étonnement.

— Comment c'est possible, t'es une magicienne !

Mais il n'a pas bien compris, alors elle remet ça. Il y
a déjà une armada qui mouille à leurs pieds, sur le
plancher. Elle fait plier la nouvelle feuille par Le Rachitique, dont les doigts osseux se laissent guider par les
mains blanches et pleines d'innocence de Jeune Fièvre.
Quel cérémonial ! Elle a sorti les gros canons. Il n'a
aucune chance. Il va se faire envoyer par le fond dans
le temps de le dire, les requins vont le bouffer tout cru.

Il me prend l'envie d'éternuer. C'est comme une
allergie. Ça me vient par salves, quand il y a trop de
bêtise dans l'air, dans les cours ou ailleurs, ou alors
quand le bonheur est à couper au couteau. Je m'approche d'eux, et m'assieds tout près, avec mon coryza
qui me chatouille le nez, et qui commence déjà à leur
jouer sur les nerfs.

— T'as pris froid ? demande Le Rachitique, en
sachant très bien que je viens les emmerder.

— Ça doit être ça, je suis glacé d'effroi.

Il fait semblant de ne pas comprendre. Jeune
Fièvre, qui cherche à faire la conversation pour me

mettre de son bâbord, m'explique qu'on skie déjà dans les Laurentides, qu'elle le sait parce qu'elle y est allée avec son chien préféré et sa meilleure amie la fin de semaine précédente, l'avant-veille du jour où elle s'est fait taper le crâne par les bœufs, une bonne façon de me rappeler, en passant, qu'elle aussi pouvait être victime du système, pour peu qu'elle s'y mette.

— Ce n'est pas croyable. Ici, on est encore sur l'asphalte, alors qu'il y a déjà un pied de neige dans les montagnes…

— Non, sans blague !

Je m'étonne de cette incongruité climatique, mais l'évocation des montagnes et de la neige me rappelle à ma bronchite, à ma pneumonie. J'éternue à m'en déchirer le sternum, à m'en péter les bronchioles. Je fais un vacarme épouvantable quand je mets un peu de cœur dans mes poumons. Ma dernière volée de postillons envoie promener les jonques.

Rachi ne rigole pas. Ça se voit à sa sale gueule. J'insiste un peu, pour la mauvaise forme, puis mon asthme se calme et ma quinte aussi. Je vois bien qu'il est déjà trop tard pour le sauver des filets de Jeune Fièvre.

— Bon, bien, à plus tard…

— C'est ça, à un de ces jours.

Et puis de quoi je me mêle, de vouloir l'empêcher de se jeter à l'eau. D'autant qu'il est puceau autant qu'elle est pucelle. Tout compte fait, ils pourront descendre un petit bout de rivière sur le pont de leurs stupides jonques et ça les aura peut-être rendus moins cons quand ils en débarqueront. J'avais la conscience en paix, j'avais fait ce qu'il fallait.

Je suis sorti dans le corridor, qui baignait dans un soleil si fort, après la pénombre du Catalpa, qu'il nivelait tout. Un de ces soleils de décembre, si bas qu'il vous aveugle même quand vous regardez le sol. J'y avais lancé ma barque et je ne savais pas trop où le courant m'entraînait. Plus j'avançais dans le corridor bordé de ces grandes fenêtres côté cour, plus je coulais dans le soleil, et c'était comme s'il me cuisait dans ma hargne et ma colère, on aurait dit qu'il faisait bouillir ce qu'il y avait de plus mauvais en moi. Et je restais là, à m'emplir de sa rage cosmique, indifférent au reste. Quand il fait ce genre de soleil, il n'y a que lui qu'on puisse voir. C'est comme Anna. On ne voit qu'elle, partout où elle va, et je ne vois qu'elle partout où je vais. Son éclat se répand sur vous, vous brûle à petit feu, vous irradie pour l'éternité. Elle vous prend tout entier, et ne vous rend l'âme qu'une fois qu'elle est bien noircie, comme une brique de charbon. Anna Purna, c'est ma grande débarque, ma débandade, mon Waterloo, ma déroute de Russie.

J'avais perdu Julie de vue depuis deux jours. Elle n'était pas venue au collège, elle se cachait la gueule, se poussait de moi, elle aussi. Une de plus. Je ne sais pas ce que je leur faisais, ou ce que je ne leur faisais pas, mais je m'en voulais de m'en vouloir.

Je me serais bien vu comme un de ces héros des bandes dessinées que je lisais étant petit, en Superman ou en Spiderman, ou même en Mandrake, capable de mystifier tout le monde et que rien n'atteint du haut de sa superbe. Ce qu'il y a de bien avec eux, c'est que tout les touche mais que rien ne les atteint. C'est parce qu'ils savent bien qu'ils ne mourront jamais. C'est comme ça, quand on existe à des millions d'exemplaires, et qu'on s'imprime pendant des décennies dans l'imaginaire collectif. Mais je ne serai jamais de cette race, je serais plutôt du genre héros tragique, comme ceux que j'ai connus dans la littérature, l'Hippolyte inventé par les anciens Grecs, Phèdre et tous les Roland et les Macbeth qui les ont suivis. Ceux-là, ils sont comme moi, avec leur sens du tragique, ils savent qu'ils vont crever, l'âme torturée et triturée, et plutôt jeunes que vieux. Mais moi, ça m'arrivera vite, parce que je ne suis pas le plus grand et que je ne serai jamais le plus fort. Il faudrait que je me fasse tout petit pour échapper à mon destin, comme un moucheron, comme un microbe pour me faufiler entre les griffes des géants. Je me ferai tout petit, on ne me verra plus et on me foutra la paix.

Je ne me comprenais plus. De plus en plus, mon cœur s'écartait de ma tête. La soif de vivre et l'envie de mourir, rien à comprendre. Les larmes aux yeux devant une annonce de Pepsi. Avec le temps, mon cœur avait dérivé et j'avais eu du mal à le suivre.

Oscar s'était mis dans la tête de me sauver. C'est à ça qu'on reconnaît les amis, les vrais. Ils font plus que s'inquiéter, ils passent aux actes, sans vous demander votre avis.

— Tu déprimes pour rien, disait-il, ça ne te redonnera pas Anna, que tu n'as jamais eue, soit dit en passant. Elle n'est pas pour toi, elle n'est pour personne, tu perds ton temps et ta tête avec elle.

Je lui ai répondu n'importe quoi, parce qu'il faut bien trouver quelque chose à dire à quelqu'un qui vous veut tant de bien. Je lui ai raconté un rêve que j'étais censé avoir fait la veille, mais que je lui inventais à mesure, un cauchemar de mort pour lui prouver qu'il avait bien raison de vouloir s'occuper de moi, c'était ma façon de le remercier.

Il m'écoutait gravement, comme si ma vie dépendait de sa bonne compréhension, lui expliquer que tout avait commencé par un atroce mal de dents, qui me faisait sauter sur place, tellement c'était souffrant. Il y avait aussi ma montre qui n'avait plus d'aiguilles, c'est classique. Puis un homme qui a surgi de l'ombre, une ombre qui a surgi du néant. Il disait s'appeler Loki, une espèce de démon que j'ai vite envoyé paître parce que c'était vraiment trop con, ce rêve à la con. J'ai dit à Oscar que j'avais oublié le reste, mais que ce qui m'en restait comme impression, c'était de la peur. Il a ruminé ça en me quittant pour aller philosopher chez Nihil, parce que c'était l'heure d'y aller.

Ça, au moins, ça n'était pas des blagues, je n'avais pas besoin de rêver des horreurs pour faire dans mon froc. Parce qu'en plus de perdre Anna, je m'étais mis dans la tête qu'elle allait me perdre en prime. Enfin, je veux dire que je fabulais sur ce mystère qu'elle laissait planer, sur ce danger qu'elle avait évoqué pour elle, pour nous deux, à cause de ce que j'avais fait à Rémi Ami, de ce ver qu'elle ne m'aurait jamais tiré du nez si je ne l'y avais mis exprès pour qu'elle le trouve.

Le vent solaire m'a soufflé jusqu'à la classe de Nihil, que j'ai regardé par la fenêtre de sa porte s'épivarder sans qu'il me voie. Il a toujours les yeux aussi tournés vers le plafond que Pelvisius les a vers le plancher. Il doit avoir ses obsessions, lui aussi. Qui n'en a pas ? Peut-être qu'il regarde sous la jupe de Dieu…

J'ai filé jusqu'au grenier, loin du monde et de la lumière, retrouver la pénombre où il n'y a rien, et les vieux livres oubliés ou maudits par les supliciens. Un endroit où je pourrais me cacher toute ma vie sans que personne ne pense à venir m'y chercher, parce que c'est un endroit oublié où l'oubli règne en maître. C'est ce que je ferais si Anna lançait les flics à mes trousses. Et on finirait par m'oublier, moi aussi. Et peut-être qu'avec un peu de chance et de courage je finirais par m'oublier moi-même, que je finirais tout court et tout sec entre Baudelaire et Rimbaud, assoiffé par le *Décaméron* et *Les mille et une nuits*, et la poussière m'envelopperait le cœur, et on n'en parlerait plus, de Rémi Ami, ni d'Anna Purna. Je ne serai plus Larry Volt, mais Al Zheimer, et ils ne pourraient plus rien contre moi, parce que je ne me rappellerais pas la seconde d'après ce qu'ils m'auraient fait la seconde d'avant.

Je me suis perché dans une alcôve de fortune sur le deuxième étage d'un ancien lit de dortoir où on a, là aussi, empilé des livres. Ils me faisaient rempart contre des intrusions fortuites qui ne se produiraient jamais, parce que ce foutu grenier, c'était le Léthé des anciens Grecs, le néant total dont on avait perdu la clé. Et tant qu'à y être, je me suis mis à écrire pour la soirée de poésie de Tess ; voilà bien la preuve que l'instinct de survie est plus fort que la mort. Je ne dis pas « la vie », ça serait exagéré étant donné qu'on sait bien laquelle des deux finit toujours par gagner. Mais je dis « survie », comme on dit « surmoi ». Je pigeais un mot ou une phrase au hasard des livres à l'Index et je partais là-dessus, sans savoir où ça mènerait, j'aimais autant ne pas le savoir. Il y avait juste assez de lumière qui entrait d'une prise d'aération, au-dessus de moi, pour que je voie où je posais la plume. J'ai noirci des pages et des pages.

Absorbé par les mots, et, surtout, par ce qu'ils me sortaient du ventre, je n'ai rien entendu. J'ai sursauté si fort quand j'ai vu le faisceau de la lampe de poche trouer le noir que j'ai failli faire tomber la pile de livres mal assurée sur laquelle j'étais adossé. Je me suis caché dans le fouillis juste à temps pour voir passer, tout près de moi, Nihil, précédé par son jet de lumière. Diogène et sa lanterne. Mais ça m'aurait étonné qu'il cherche un homme dans pareil fouillis. Et moi qui croyais couler ici des jours tranquilles en cas de coups durs...

Il s'est arrêté à dix pieds devant. Puis, la lumière a faibli derrière un grand bureau recouvert de livres, bien sûr, il y en avait partout. Il était tout près. J'ai tout vu derrière son dos que je surplombais. Il était couché par terre sur le côté. Il avait étalé devant lui des photos édifiantes en couleurs, sûrement pigées dans *Penthouse* ou *Playboy*, à en juger par la tenue inexistante des modèles, sur le visage desquels – oh surprise ! – il avait greffé les petites photos passeport en noir et blanc de cinq ou six de ses élèves, de ces photos qu'il nous avait demandées à la rentrée, avec notre nom derrière, pour les mémoriser, qu'il disait, un vieux truc à lui.

J'ai trouvé qu'il avait de drôles de trucs mnémo-techniques étant donné qu'il avait le pantalon descendu jusqu'aux genoux, et qu'il se remuait le poing avec son zizi au milieu en balayant du regard les corps en couleurs surmontés des visages manichéens disposés en éventail devant lui. Je me suis demandé ce que saint Thomas devait penser de tout ça. D'Aquin évidemment, pas l'autre, l'apôtre, qui aurait demandé à voir pour le croire, et encore, qui n'en serait pas revenu et aurait voulu mettre ses mains aux bons endroits, comme dans le temps avec son vieux pote revenu d'entre les trépassés, pour être bien sûr qu'il n'avait pas la berlue. Je me mordais pour ne pas éclater de rire. Parmi les nymphettes de sa galerie privée, Grosse Torche et La Marquise figuraient aux premières loges, avec des carrosseries améliorées qui les mettaient à leur avantage. Anna et Julie aussi, qui, elles, ma foi, étaient plutôt perdantes au change avec les grosses boules que leur fournissaient les fantasmes des Américains, et dont Nihil semblait se délecter.

Mais côté pose, il était très éclectique, il y en avait pour tous les goûts et tous les orgasmes. Tout ça n'a pas duré très longtemps. Il a fini par exploser, si on peut dire, une irruption plutôt qu'une éruption, un rot spasmique à peine senti, qui avait l'air plus douloureux qu'autre chose.

Il y a des moments, comme ça, dans la vie, où on ne peut pas se retenir de faire le con parce qu'on se dit que dans les circonstances on ne peut pas vraiment pâtir de ses gestes. J'ai vu tout à coup qu'avec un peu d'audace je pourrais tirer profit de la situation. Et sans trop penser à ce qui se produirait ensuite, je me suis bien enfoui dans ma fosse de livres et j'ai scandé très fort, en me donnant une voix grave et terrible, cet extrait de l'Évangile selon saint Mathieu que les cisterciens de la stricte observance servaient jadis à leurs moines pour les aider à chasser de leur esprit les pensées mauvaises qui risquaient de les détourner de leur vœu de chasteté : « *Charitas sed non carnalitas*[1]. »

---

1.   Amour, mais non sensualité. (Saint Bernard)

Dès les premiers mots, j'ai entendu un grand cri d'effroi au milieu d'un énorme vacarme de livres renversés, et j'ai continué lentement à répéter la formule, comme pour un exorcisme. Puis des pas précipités qui se frappaient partout, ponctués de petites plaintes et de grands souffles.

J'ai répété encore plus fort pour que l'exhortation le suive dans sa fuite. Lorsque j'ai été bien certain qu'il avait déguerpi, je me suis dépêché de ramasser mes affaires et de foutre le camp à mon tour, avant que la raison ne lui revienne et qu'il ne se ramène avec tous ses esprits et armé jusqu'aux dents avec l'intention bien arrêtée d'envoyer chez Belzébuth l'insolent qui venait de le surprendre en aussi fâcheuse position.

Et pour récupérer aussi ses objets d'études anatomiques que, tout à sa panique, il avait oubliés et que j'ai ramassés en passant, pour lui rendre service, et sachant bien que ces morceaux de papier feraient de moi un maître chanteur très bien armé pour arriver à ses fins.

Je me sentais comme une véritable ordure, mais ce qui était fait ne pouvait plus être défait. Et puis, il n'avait qu'à ne pas toujours jouer les vertueux défenseurs de la morale universelle du haut de la grandeur qu'il n'avait pas. Il faut ce qu'il faut, surtout quand on est un apôtre du salut dans la fuite en avant sans regarder derrière pour voir les monstres qui vous poursuivent, parce que c'est trop dangereux de s'enfarger quand on ne regarde pas où on va, et inutile en plus parce qu'on sait toujours d'où on vient.

J'ai joué cartes sur table avec Nihil, façon de parler. Après une mauvaise nuit de sommeil agité par la fébrilité des veilles de grands coups, je me suis pointé très tôt à son bureau le lendemain matin. Il y était toujours dès l'aube, il nous l'avait assez chanté sur tous les tons avec un air de défi pour nous dire qu'il n'était tout à fait disponible qu'aux âmes matinales.

Je l'ai trouvé un rien nerveux, assis derrière sa table de travail en vieil acajou ; la philosophie vous donnait droit à certains privilèges chez les supliciens. D'abord, il n'a pas voulu me voir.

— C'est réglé, monsieur Tremblay. Je vous l'ai déjà dit et je ne reviendrai pas là-dessus, bien que je doive constater avec un certain intérêt que vous avez sacrifié quelques heures de sommeil pour vous rendre plus aimable de votre personne. Mais ce bel effort arrive beaucoup trop tard.

Il avait déjà reposé les yeux dans sa lecture lorsqu'il m'a invité sans ménagement à quitter les lieux. Moi, j'avais la main dans mon porte-documents, serré sur un des cinq exemplaires de ses travaux pratiques avec la gueule de Grosse. En un tournemain, je le lui ai expédié sur le bréviaire. Il a reculé si fort que sa chaise a basculé et qu'il a atterri dans le mur, les quatre fers en l'air. Il était si pâle et si immobile, comme ça par terre, que j'ai cru bon l'aider à se relever. Mais il s'est écarté vivement et a gardé son bras en position de retrait, comme s'il craignait que je le frappe.

— Ne me touchez surtout pas !

Il avait l'indignation perchée si haut qu'elle lui donnait des accents de castrat. Je suis retourné me planter devant son bureau, et j'ai attendu qu'il se relève, ce qu'il a bien fini par faire. Il a rajusté son habit de corbeau pour se redonner un peu de prestance.

— Qu'est-ce que vous me voulez? qu'il a fini par dire, avec toute sa voix retrouvée, résigné à m'entendre.

— Rien que je n'aurais si vous n'étaliez autant de mépris sur ma personne et ma façon de voir les choses, rien que je ne saurais gagner si vous n'étiez pas aussi borné. Je veux réintégrer votre classe et que vous cessiez de m'opposer vos saletés de dogmes chaque fois que j'essaie de débattre mes idées avec vous, qu'elles vous plaisent ou pas. Et la note de passage à laquelle je considère avoir droit, 15 % de plus pour le mérite que vous ne me reconnaissez pas, et 10 % en prime, ça n'est pas exagéré, pour que vos autres idoles de papier ne se retrouvent pas chez Pelvisius, dans les journaux, à l'évêché et sur le bureau de Sa Sainteté. Ça vaut pour les cours des deux semestres, il va de soi. Et je suis prêt à négocier les points, si vous acceptez de discuter avec moi de la valeur de ce que j'ai qui vous appartient, et de l'utilisation que nous pouvons en faire, tous les deux, chacun à sa manière. C'est tout. À la fin de l'année scolaire, je vous promets que je vous rends vos joujoux. Et que je saurai me montrer discret. Voyez, je ne suis pas si méchant.

Mon discours semblait l'avoir calmé, et mes exigences, bassement mercantiles, l'avoir rassuré. Il n'a pas pris le temps de réfléchir, mais s'est empressé de mettre dans son tiroir le document compromettant qui gisait encore, très suggestivement, sur son livre sacré.

— Vous ne me provoquerez pas durant les cours…

Il tentait de se donner de la contenance, pour la forme qu'il ne tenait vraiment plus, pour se faire croire qu'il avait encore les moyens de poser des conditions. J'ai fait le bon garçon, qui ne frappe pas sur quelqu'un qui est déjà par terre, surtout s'il n'a plus de pantalon, Gaston.

— Je ne suis pas méchant, vous savez. Je provoque pour le plaisir, j'aime les étincelles, le choc des idées. J'aime déranger. Mais je ferai l'effort de participer pleinement à vos enseignements et d'en tirer le meilleur parti possible.

Amen, mes culottes sont pleines, Carmen. Le violon et la contrition. Il ne m'en demandait pas tant, mais il n'en était pas reconnaissant pour autant. Il ne m'a pas retenu.

Je suis parti le cœur pas plus allégé qu'il faut par cette belle victoire. Je me disais que bientôt je serais aussi déculotté que lui, quand Anna Purna m'aurait vendu, que dis-je, donné, pour rien de rien, aux flics qui l'embauchaient comme Mata Hari de service. Sauf que moi, je n'aurais pas droit au petit marché que j'avais passé avec Nihil. Je serais bon pour le bagne à vie. Encore heureux que je n'aie parlé à personne de mon pédégé, avec la grande gueule que j'ai le défaut d'avoir quand une femme de ma vie vient tout chambouler dedans, justement. Avant qu'on m'y reprenne, les poules auront des dents, que je me suis dit. Mais c'était dit sans y réfléchir, étant donné que j'étais maintenant bien placé pour savoir que certaines poules en avaient beaucoup, de très acérées à part ça, et qu'elles savaient s'en servir pour vous mordre là où ça faisait le plus mal, pour vous arracher le plus gros morceau possible.

Il n'y avait encore personne au collège. À peine sept heures du mat. Je me suis installé à la cafétéria, encore là, toujours là, près des fenêtres qui donnent sur les grands jardins, avec un café de machine, et j'ai poursuivi le travail d'écriture dont l'entrée au grenier de Nihil, et surtout sa sortie intempestive, m'avaient tiré. Mes doigts erraient sur la feuille et, lorsqu'ils s'arrêtaient, mes yeux partaient du côté des arbres qui s'allongeaient sur la neige comme de longs crucifix noirs étirés par le soleil qui crevait l'horizon. On entendait les bruits de la ville qui s'ébrouait, comme un clochard saoulé par la nuit, réveillé par le jour. Dans les allées bordées de peupliers et de lampadaires que le jour nouveau n'avait pas encore réussi à éteindre, trois ou quatre supliciens marchaient, en lisant d'un œil quelque bréviaire qu'ils tenaient d'une main, tandis que l'autre fouettait, à grand coups de silice, l'ombre qui fuyait devant eux. Les ombres se cabraient, faiblissaient, disparaissaient, puis revenaient, chaque fois plus pâles, au détour du réverbère suivant. Et tout recommençait, les supliciens, les ombres et les cris stridents des fouets, jusqu'à ce qu'il n'y ait plus d'ombre, parce que le soleil, qui avait grimpé, avait fini par noyer la lumière des lampes à arc. À sept heures du mat, en hiver, la nuit vend son âme au diable. Ça, c'est sûr, Arthur…

Chapitre dix-huit

Hué, 69-70
Live by chance,
Love by choice,
Kill by profession.

Inscription sur briquet Zippo,
G.I. inconnu

O n aurait pu s'en passer. Mais c'était écrit : depuis
que L'Exquis avait lu quelque chose là-dessus, il
les foutait partout, ses étoiles de Nha Trang. C'est une
station balnéaire du Viêtnam où il n'avait, bien sûr,
jamais mis les pieds qu'en imagination, heureusement pour lui, pas le moment d'aller faire du tou-
risme dans le coin. Au milieu du pays, ou à peu près,
mais au Viêtnam-du-Sud, pour faire compliqué. De la
prose « poélitique », je crois, qu'il appelait ça, son truc.
Où il était question de napalm, qui ne rime pas vraiment avec Viêtnam, pas plus qu'avec larmes et armes,
mais pour la cause, on est moins regardant. Et d'enfants grillés au lance-flammes par de gros G. I. noirs
qui ne savent pas ce qu'ils font, parce qu'il faut ce

qu'il faut quand on est noir et américain, et qu'on se fait tirer dessus par des Viêt-congs qui veulent votre peau de nègre, et qu'on ne veut pas leur donner même si on n'a rien contre eux.

Nha Trang, faut le savoir, ce n'est pas très loin de My Lai, du moins dans les élucubrations de L'Exquis, parce qu'en vrai, c'est à trois cent cinquante kilomètres au nord. My Lai, célèbre pour son massacre, depuis le massacre qui y a eu lieu. Et c'est très beau, à ce qu'il paraît, toute cette région côtière, avec ses airs d'Hawaii, comme le massacre de My Lai d'ailleurs, qui était un des plus beaux et des mieux réussis qu'on n'ait jamais vu dans le genre. Et dans sa prose poélitique, L'Exquis disait qu'il n'y avait que la mer et les étoiles que les Américains n'avaient pas réussi à brûler à Nha Trang. Ce qui est faux, vu que les Américains, tarés mais pas cons, n'y ont brûlé que leur cul sur les plages, parce qu'ils aimaient trop s'y prélasser et s'y faire servir par les locaux, ils n'allaient pas s'amuser à faire disparaître leur petit paradis en enfer. Mais la poésie, elle arrange le monde à son goût ou au goût du jour, elle n'en a rien à foutre de la réalité, qu'elle embellit ou enlaidit souvent, c'est selon ce qu'il nous faut. C'est comme les émotions, qui vous font marcher, et dans des endroits où vous n'avez jamais mis les pieds. Et quand on n'en a pas, on en est tout malheureux, alors on s'en invente, parce qu'il faut bien souffrir vu qu'on est une race qui naît, qui vit et qui crève dedans, la souffrance ; c'est écrit partout, dans le ciel et dans la Bible, faut s'y fier.

C'est le sort qui a voulu que ce soit L'Exquis qui ouvre la petite soirée de Tess. On pourrait dire le sortilège quand il s'acharne de la sorte à vous partir du

pied gauche. Elle avait mis les noms de toute la
bande, y compris des trois rigolos de la Casa, dans
son grand parapluie ouvert à l'envers, et c'est Pelvisius qui avait tiré le sort par la queue, et donné,
sérieux comme un pape, l'ordre de départ. L'Exquis,
Buffle Enchanté, le premier des trois zouaves, Grosse,
Beau Dallaire, qui brillait par son absence, moi-même
et le reste du trio de la Casa, pour river son clou à la
soirée.

Le Catalpa était rempli à craquer, on n'y avait
jamais vu autant de monde. Le troupeau au grand
complet, sur son trente-six, entourait La Marquise
tout en frou-frous, et au travers, les supliciens, toujours en deuil comme il se doit, les non-alignés, les
sérieux qu'on ne voit jamais nulle part, Rachi au bras
de Jeune Fièvre, elle, fière de son coup, lui, peu soucieux de ne pas afficher sa trahison au vu et au su de
tous les trahis. Oscar, à l'écart, rongeait son frein et ses
ongles, pas très heureux de se trouver là, Julie, tout
au fond, près des fenêtres, jetait des regards en coin à
Anna, perdue au centre de la foule, seule comme un
seul homme, comme de raison quand on est si belle,
à faire de l'ombrage aux ténèbres elles-mêmes, dans
lesquelles la salle était plongée en même temps que
dans l'écoute attentive mais perplexe de L'Exquis, qui
n'en finissait plus de contempler les étoiles, étendu
raide comme un dormeur du val rimbaldien, sur la
grande plage de Nha Trang.

Tess – ce devait plutôt être l'idée de ces Messieurs – nous avait assis en rangée au fond de la
scène, face au public, comme dans les séances de
jadis à la petite école, où on affichait nos habits du
dimanche et nos bonnes manières. On avait tous l'air

très cons, et pas très à l'aise à fortiller sur nos chaises
comme des singes de montreurs, sauf les trois professionnels, qui malgré leurs allures de pouilleux barbus
étriqués, mais bien peignés pour l'occasion, trouvaient encore là la preuve de leur consécration.

Le regard de Julie, jaloux, voyageait entre moi et
Anna, qu'elle voyait de profil surveillant quelque
connivence qui ne se manifestait pas. Car Anna était
de glace, très appliquée à écouter, sans broncher d'un
cil en ma direction, sans donner signe de vie à mon
cœur qui trépignait dans sa cage, prêt à bondir vers
elle par-dessus les têtes et les dissonances verbales de
L'Exquis. Je ne demandais pas mieux que d'ajouter
encore à ma torture, et Julie le savait.

C'est pourquoi elle n'arrêtait pas de dire qu'elle ne
croyait pas en mes promesses, en ma fidélité, que
c'était de toute façon une chose qui n'existait pas,
parce qu'en pensée on était toujours prêts aux pires
trahisons, qu'on aurait vendu père et mère pour pas
cher, que c'était notre instinct de survie qui voulait ça.
Elle disait aussi que je cherchais Anna à travers elle.
Elle avait bien raison, sauf pour ce qui était de chercher Anna chez elle. Je cherchais quelqu'un d'autre
en elle, avec l'énergie du désespoir, quelqu'un qui
m'aurait arraché Anna des tripes, quelqu'un comme
moi, mais en plus fort, qui aurait pu dire : « Terminé
ma poule, tu as fini de me figer les sangs, par ici la
sortie, va te faire voir ailleurs et tant pis si je n'y suis
pas, moi je ne te suis plus. » Alors, pour la convaincre
qu'elle était la femme de la situation, je l'avais bara-
tinée encore une fois :

— Je veux que tu m'aides à me débarrasser d'elle.
Je n'ai pas la force qu'il faut. Si tu pouvais me haïr un

peu, je suis sûr que ça m'aiderait. Plus ceux que
j'aime me font du mal, plus j'ai besoin d'eux. C'est ta
chance. Peut-être que si tu faisais un petit effort, côté
tortures et tourments, que si tu m'en faisais baver un
peu plus, je finirais par t'aimer assez pour oublier
Anna. Si tu me disais, par exemple, que tu me laisses
tomber toi aussi, parce que je te fais perdre ton temps,
que je suis un sale égoïste, je ne sais pas moi, tu sais
mieux que moi ce que je suis et ce qu'il faut dire à un
écœurant dans mon genre…

Elle n'avait pas saisi la perche de cent pieds de
long que je lui tendais avec tant d'altruisme.

— Mais non, Larry. Je ne veux pas.

Un peu de dépit dans le ton, c'est tout ce que je
méritais.

Elle m'avait vu venir, elle s'était déplacée, j'étais
passé à travers le mur à cent milles à l'heure. Elle sait
tout, Julie. Pas besoin d'essayer de lui en faire accroire,
elle flaire, elle devine, on ne lui fait pas prendre des
messies pour des lanternes. Et puis, chacun choisit la
croix qu'il veut porter, choisit la douleur, la couleur
de sa souffrance, l'arme et le bourreau. Pour elle,
j'étais tout ça, comme Anna l'était pour moi, et je
n'allais pas me débarrasser d'elle si facilement. Elle
avait du chien, du tigre dans le moteur, elle m'avait
mis la main dessus, elle se serait fait couper le bras
plutôt que de la reprendre.

— Et du ciel
   sur Nha Trang sont tombées
   les étoiles.

Fin du premier volet. Succès d'estime, sans plus,
des applaudissements obligés, on n'allait quand
même pas bouder, en pleine guerre du Viêtnam, un

hymne anti-impérialiste, fût-il plein de dentelles et cousu de fil de soie. Mais L'Exquis s'attendait à plus, et il a fallu que Tess aille le chercher par la main, sinon il serait encore planté là à attendre la reconnaissance de son mérite. Il n'en finissait plus de se courber jusqu'au sol, malgré Tess qui le tirait. Il n'était pas encore assis, que Buffle Enchanté était déjà au micro, réclamant l'attention de la foule.

Ça allait bientôt être mon tour, après Grosse qui se promettait une heure de gloire en haletant comme un phoque avant son numéro de ballon sur le nez. J'allais encore devoir performer, prouver ma valeur, en jeter plein les yeux au peuple, épater la galerie. J'étais doué pour m'embarquer dans des démonstrations de savoir-faire. C'est le côté singe savant que je dois à la Vierge : depuis que je suis tout petit, j'ai toujours tout fait pour lui plaire, pour obtenir sa bénédiction au moindre de mes gestes. Je la déteste de m'avoir ainsi fait, d'avoir poussé sur ce bout d'enfant mal foutu, d'avoir agité son amour, que je voulais tant, comme une carotte au bout de mon nez, de m'avoir, comme un toutou, dressé à toujours obéir à ses moindres attentes inexprimées, à peine esquissées, devinées par ma sensibilité maladive, pour éviter les gros yeux, la voix basse, l'indifférence et les reproches, pour obtenir le baiser sur la joue, la caresse sèche et brève pour laquelle j'aurais pu traverser l'océan de mes larmes à la nage.

Et je la déteste encore plus depuis qu'elle s'est comprimée dans ses pilules pour échapper à un monde sur lequel — elle venait soudain de s'en rendre compte — elle n'avait jamais eu aucune prise, aucun contrôle, depuis qu'elle était devenue cette femme faible et sans ambition pour elle, son mari ou son fils, depuis qu'elle avait constaté que nous n'avions donné aucun sens à sa vie. Elle m'avait fait pour rien, en définitive. J'avais juré qu'elle me le paierait, mais elle se foutait de ça comme du reste, maintenant. Même la méchanceté et la haine d'un fils ne l'atteignaient plus.

Buffle Enchanté naviguait en plein délire, l'auditoire en avait le souffle coupé. C'était vraiment un as des mots, celui-là. Il savait les manier. Par contre, pour le sens, il fallait chercher. Une diarrhée de mots dans un désert d'idées. Moi, je louvoyais entre les yeux d'Anna, que je cherchais, et ceux de Julie, que je tentais d'éviter. Anna, que j'avais tenue dans mes bras, mais qui m'avait toujours échappé, Anna qui n'appartenait à personne. Sauf aux flics, peut-être.

— Il faut voir le monde pour le croire, Larry. Des fois, tu n'en reviens pas.

C'était une de ses formules, elle me la répétait souvent. Pour que je comprenne, sans doute, la grande faveur qu'elle me faisait de s'intéresser à un jeune niais comme moi, qui n'avait encore trimballé son cul qu'entre Montréal et ses banlieues sur les sièges du métro et des autobus, et qui ne croyait à rien, justement, parce qu'il n'avait rien vu, rien entendu. À croire que Rosemont n'est pas sur la mappe, que les gens qui y vivent ne sont pas du monde, que tant qu'on n'en est pas sortis, ça ne sert à rien d'essayer de comprendre, il nous manque des morceaux du puzzle, on ne peut pas savoir, on n'en sort pas.

C'est vrai, je n'avais pas vu le monde, mais je n'en revenais pas qu'on puisse aller s'y perdre pour mieux se retrouver. Parce qu'une fois qu'on en a fait le tour, on se retrouve au même point, mais un peu plus vieux, un peu plus usé. Moi, j'aime mieux mes livres à l'Index. Avec eux, on ne tourne pas en rond, on avance, d'une page à l'autre, et on peut lire entre les lignes ce qui n'est pas écrit noir sur blanc. Tandis que le monde, si on ne le comprend pas, c'est foutu, il faut se mêler de le refaire et c'est un sacré contrat, l'œuvre de quelques vies, celles des autres, de préférence. On ne fait pas d'hommelette sans casser des os.

Buffle s'est arrêté, dans son élan épormyable, le temps de boire, en grimaçant, un peu d'eau pour se ramollir les cordes vocales, ménager ses effets, et faire languir le public, qui en redemandait. Anna ne bronchait pas. Julie applaudissait pour la forme. Oscar se demandait toujours ce qu'il foutait là. Rachi et Jeune Fièvre se bécotaient. La Marquise faisait semblant d'apprécier en connaisseur. Moi, je préparais mentalement ma prestation, j'avais des papillons dans le cœur et le cœur dans l'estomac. Pour tout dire, je faisais dans mon froc à l'idée de me soumettre au jugement d'un parterre largement composé d'imbéciles.

Le délire de Buffle devenait tout à coup nettement plus dérangeant. Les brebis riaient gênées, les supliciens ne riaient pas du tout.

J'ai mis ma queue dans une Croate
dans un bordel de Bornéo,
elle m'a pété la prostate
et moi la gueule de son maquereau.

J'ai flatté, bouffé des chattes
qui goûtaient la laine d'acier,
sentaient la vieille graisse de patates.
J'ai roté, pété, baisé.

J'ai mis la main sur des Turkmènes,
glissé mes doigts sous leur tchador,
forcé la porte de leur hymen…

J'ai mis un siècle à comprendre que ça n'était pas à
l'indignation de ces Messieurs qu'on devait cet accès
de luminosité soudaine, mais à des types dont j'ai
vite reconnu l'uniforme, une fois l'éblouissement dis-
sipé. Silence total, piétinements inquiets, les sabots
s'impatientent, le poète a l'air d'un bison dystrophié.
Anna est figée, ose à peine tourner la tête, seuls ses
yeux bougent.

Puis c'est l'avalanche, la débâcle. Tout à coup, il y a
plein de flics dans la salle. Un costaud avec une grande
gueule et des gallons s'installe dans la porte et nous
gueule dans la gueule d'aller tous nous mettre dans le
fond du salon. Je flotte dans mon froc, heureusement
que je suis assis, mes jambes me supporteraient encore
moins que je ne me supporte. Tout le monde est cho-
qué, mais tout le monde s'exécute. Sauf Anna, qui ne
bouge pas, alors que l'espace se crée autour d'elle.

Elle se décide à avancer, fait quelques pas vers les
autres. Puis, elle bondit tout à coup comme une
tigresse, et la voilà un revolver à la main sur le dos
de La Marquise, qui pousse un hurlement sous le
choc. Anna la tient par la gorge de son bras gauche
tandis que sa main libre tourne dans tous les sens
pointant son arme dans le tas du troupeau, avant de
se ramener sur la nuque de sa connasse d'otage. C'est
l'émoi total. On ne compte plus les hauts cris, on
n'entend qu'eux, on ne comprend plus rien.

Moi, je suis cloué sur ma chaise, comme Tess et les
autres poètes sidérés, L'Exquis a retrouvé ses étoiles, et

Buffle est tombé sur le cul au pied du micro. Anna est une vraie toupie, elle garde La Marquise dans son orbite, mais elle ne sait plus où se tourner pour échapper aux vingt-deux flingues qui suivent tous ses gestes. Elle éclate, comme un volcan malade, comme une montagne qui va se déplacer vers l'hystérie. Elle hurle.

— Enlevez-vous de mon chemin, laissez-moi passer, où je la tue! Je vous jure que je la tue, cette pouffiasse!

Elle fait un pas vers la porte en jetant des yeux fous partout.

— Je passe! Ou je la descends!

Le bœuf en chef crie à tout le monde de se jeter par terre et tout le monde s'exécute. Il se rapproche d'Anna, qui avance un peu plus vers la porte obscurcie par trois noirauds armés jusqu'aux dents.

Puis tout se passe très vite. La Marquise enfonce ses dents dans le biceps d'Anna, qui hurle de douleur autant que de surprise : les moutons, ce n'est pas censé être carnivore ; faut croire que ceux de la haute ont commencé à muter. Le gros 45 s'écarte de son objectif une fraction de seconde. Anna n'a même pas le temps d'entendre les détonations, vu que les balles vont plus vite que le son. Son front éclate comme un melon et toute ma détresse se répand sur le plancher pour couler vers sa cervelle éparpillée. Anna s'effondre, entraînant son otage avec elle.

Mais La Marquise, elle, se relève, toute couverte du sang d'Anna dont elle ne mérite pas d'être aspergée, surtout elle qui aurait tellement mérité d'y passer, parce que lorsqu'on est une brebis, même en chef, on est de nature destiné aux immolations. Trois flics, aussitôt, se ruent dessus et l'étendent raide sur le plancher. C'est pour mieux la protéger. Ils suivent le manuel, on ne sait jamais avec les terroristes, ça ne s'avoue jamais battu, ils frappent quand on ne s'y attend pas. Et ça n'est pas trois balles de magnum dans le crâne qui peuvent y changer quelque chose, même si elles n'y font que passer. Mais c'est la vie qui fout le camp à toute vitesse par tous ses pores qui font tressauter Anna, pas le désir de vengeance ou d'en remettre, car de désirs elle n'en a plus, et plus personne ne la désirera non plus.

Hystérique, le troupeau, s'est relevé d'un bond, comme un seul mouton, et grimpe dans les murs. La démesure est à son comble, l'univers bascule dans l'excès. Anna est chose du passé, elle fait partie des souvenirs, de l'imaginaire des héros, elle appartient déjà à la légende, elle a sombré dans son propre vertige et on y dégringole tous avec elle, dans des gorges auxquelles personne ne nous avait habitués. Au fond du gouffre, la rivière est rouge et l'univers entier est mouillé par son eau. Il y en a qui hurlent, quatre ou cinq dans le tas qui dégueulent sur les autres, sur ceux qui essaient juste de ne pas être là, ou d'oublier qu'ils y sont parce qu'il n'y a rien d'autre à faire, c'est trop con, trop sale, trop trop.

Anna n'a plus de tête, elle l'a perdue pour de bon, elle si froide qu'elle ne la perdait jamais. C'est si facile à détruire un monument, même de bronze. On n'est que des fantômes, du brouillard qu'un coup de vent peut dissiper. Je l'ai rêvée, elle m'a habitée, le rêve est fini, elle a plié bagage pour de bon. Il va falloir que je me refasse une vie. Comme si je n'avais que ça à faire. Le monde n'est pas juste. Parce que s'il l'était, c'est moi qui serais là, à sa place. Mais le monde, il n'en a rien à faire de la justice des charognes qui lui poussent sur le dos, ces parasites qui vivent à ses crochets. Pas de pitié pour les morpions, on les passe au peloton dès qu'on peut, et tant pis pour eux, le monde n'a que faire des états d'âme de la colonie des rats.

J'ai oublié de respirer, la tête me tourne. Au moins, moi, j'ai encore la mienne. Ouvrir les narines. Les flics ont fait un cercle autour du cadavre. Je ne peux même plus voir ce qui reste d'Anna. Elle n'a même pas eu le temps de descendre un bœuf ou deux, la pauvre. Ils ont le triomphe trop facile, ils ne l'emporteront pas au paradis, ou peut-être bien que si, parce que c'est comme ça qu'ils gagnent leur ciel, en crevant des abcès. Je devrais les remercier, ils ont réglé mon problème. Je serai veuf, pas cocu, ni amoureux transi. Pauvre Anna, tu m'impressionnes, plus que je n'aurais jamais pu t'impressionner. Moi qui t'ai soupçonnée d'être de leur côté, me voilà bien puni. Tu viendras me hanter pour le reste de mes jours, de mes nuits surtout. Plus jamais je ne pourrai évoquer la maîtresse sans voir le cadavre, le visage d'ange sans que s'y colle la face éclatée par la peur et l'acier. Je suis plus maudit que jamais.

Julie, où es-tu, Julie ? Le sang d'Anna n'a pas encore fini de couler que je gémis déjà sur mon sort. Ils me l'ont tuée. J'ai peur de penser, et je n'en pense pas moins. Je ne rime à rien. D'autant plus que je me demande où est passé mon sens du tragique. Je devrais être à côté d'elle, que dis-je, sur elle à m'imbiber de son sang, à m'arracher les cheveux au bord du trou qu'ils lui ont fait en lui enlevant la moitié de la

tête, à m'y abreuver comme un vampire qui a perdu
sa pinte de bon sang, à pleurer sang et eau pour que
quelque chose de moi se mêle à elle, une dernière
fois, avant qu'ils ne me la volent tout à fait. Je ramas-
serais son arme pendant ma crise de larmes et je leur
ferais voir de quel bois je me chauffe jusqu'à ce qu'ils
m'éteignent à coups de canon. Mais je ne suis pas
l'ange vengeur que je devrais être si je voulais être à
la hauteur de ma passion. Je n'aime pas bien, je
n'aime que moi, il est à peu près temps. Ça n'est pas
ma faute à moi si elle est morte, ou plutôt si, mais elle
n'avait qu'à ne pas me prendre au sérieux. Est-ce que
je ne me suis jamais pris au sérieux, moi? Et puis ça
servirait à qui et à quoi de la venger? Ça ne la ramè-
nerait pas, ça n'empêcherait pas la Terre de tourner et
tous ces salauds de ne pas crever. Je suis encore
jeune, je peux encore devenir con et heureux, moi
aussi. Je ferai des efforts, je prendrai des cours du soir,
des cours de rattrapage avec Nihil et ses disciples, je
joindrai les rangs du troupeau, comme Le Rachi. Tous
les prétextes sont bons pour ne pas courir à ma perte.
J'ai déjà couru à celle d'Anna, je ne vois plus pourquoi j'en rajouterais. Elle est morte et presque enter-
rée, je porterai le deuil en silence, ni vu ni connu, et
on n'en reparlera plus, sinon à quoi ça sert de vivre.
J'ai perdu le fil que ma pensée m'avait tressé pour me
pendre.

Ils ont relevé La Marquise, qui ne porte plus sur
ses jambes, et l'ont sortie pour l'amener Dieu sait où,
on s'en fout. Le troupeau commence à se calmer, déjà.
On est si peu de choses, j'en sais quelque chose. Pelvisius refait surface auprès du costaud à la grande
gueule. Il lui parle, furieux, les yeux dans les yeux,

pour une fois, ça lui prenait ça. Il s'amène vers l'estrade où tous les poètes sont encore figés d'horreur. Il prend le micro, qui fonctionne toujours, comme si rien ne s'était passé, la technologie n'a que faire des drames. Il nous demande à tous de suivre les flics au réfectoire. C'est pour prendre l'air en même temps que notre déposition, qu'il dit pour dire quelque chose qu'on lui a dit de dire. J'imagine que les forces de l'ordre n'ont rien trouvé de mieux pour calmer les témoins de leur belle opération pas très chirurgicale.

— Je vous en prie, dit-il, la voix mouillée et tremblotante. Faites tout ce que vous diront ces messieurs.

Sa voix secoue les torpeurs et les hoquets, et pendant que le troupeau, qui ne demande pas mieux, reprend son souffle à deux mains pour mieux s'ébranler, Buffle Enchanté revient soudain du purgatoire et remonte aux nues en arrachant le micro des mains du suplicien au supplice.

— Qu'est-ce que c'est que cette boucherie ! qu'il hurle. Fascistes ! Suppôts du désordre ! C'est une exécution ! Vous ne vous en tirerez pas comme ça ! On vous en fera des dépositions, c'est bientôt vous qu'on passera au peloton, sale vermine hitlérienne, émules de Pinochet…

Trois flics lui sont tombés dessus à coups de poing sans que ça l'arrête de gueuler qu'on était tous témoins d'un meurtre crapuleux, d'un règlement de compte bien orchestré, et, pendant qu'ils le sortaient du Catalpa, Tess s'est empressée d'aller fermer le micro au cas où ses poètes amateurs ou les deux copains de l'autre auraient envie de marcher dans ses gros sabots.

Mais personne n'avait envie de ça. Il aurait fallu qu'on ait des couilles, pour leur arracher les leurs, à ces salauds, pour leur faire la peau au risque de nous faire trouer la nôtre. Mais c'était trop tard, il aurait fallu rester debout lorsqu'ils nous ont tous envoyés par terre. Ils s'étaient bien débarrassés de nous, on leur a laissé le champ libre, Buffle Enchanté avait raison, c'était une exécution, et nous nous en sommes fait complices. Nous étions tous vaincus, le mal était fait, et si bien fait qu'il ne saurait jamais être défait. Ils avaient fait ce qu'il fallait, et nous pas. Nous avions perdu, moi plus que les autres, même si j'étais le seul à le savoir, maintenant qu'Anna avait emporté mon secret avec elle, maintenant que, dans l'état où ils lui avaient mis, il n'y avait rien qu'on puisse lui sortir du crâne.

Tess a fait le tour de sa troupe, pour s'assurer qu'on ne craquait pas trop, puis elle nous a fait sortir à la file indienne. Au milieu de la salle, une meute de photographes et de mecs en chemise blanche s'affairaient déjà autour d'Anna, qui tenait encore son flingue dans sa main droite, et je me suis plu à penser qu'elle faisait semblant d'être morte, qu'elle se relèverait tout à coup pour tirer dans le tas avant de rendre son âme à qui de droit. Anna Purna, dont je n'ai même pas reconnu ce qui restait de la bouche à travers les jambes des croque-morts, Anna la cervelle au vent avec tous ses voyages sur le carrelage et, à trois pieds d'elle, un morceau de son crâne accroché à ses beaux cheveux d'or qui vadrouillaient dans la mare de sang et de méninges, avec nos souvenirs enneigés et perdus dans lesquels les bœufs pataugeaient sans vergogne.

Je m'étais arrêté sans m'en rendre compte, c'est Tess qui m'a poussé vers la sortie. Je ne voyais plus qu'Anna au milieu de son miroir vermeil. J'ai été porté par le flot vers une table du réfectoire où elle m'a assis de force. Quelqu'un a parlé.

— Ils ont emmené le poète dans le panier à salade. Il gueulait encore. La Marquise, ils l'ont mise dans une ambulance. Choc nerveux. Elle n'est pas la seule. Ils en ont emmené une bonne dizaine qui ne se maîtrisaient plus...

C'était Oscar qui parlait pour avaler ses larmes, et qui me regardait par en dessous. Il y avait aussi les autres, Le Rachitique penché sur le sort de son inséparable Jeune Fièvre qui tremblait comme une malaria, Julie qui ne disait rien, mais qui me regardait la regarder. Puis, un flic est venu s'asseoir. Il a pris nos noms à tour de rôle, et il a tout voulu savoir sur Anna. Comment elle était, qui elle voyait, ses opinions politiques, ce qu'on pensait d'elle, des trucs innocents auxquels tout le monde a répondu en y mettant du sien pour qu'ils nous foutent la paix.

— C'était une jolie fille. Elle avait des amants? des petits amis?

C'est Julie qui a saisi celle-là au vol.

— Elle était plus vieille que nous tous. Elle ne venait pas toujours aux cours et ne voyait personne en dehors du collège à ce que je sache. Elle faisait perdre la tête à tous les gars juste à les regarder, mais ça lui suffisait. Maintenant, c'est elle qui l'a perdue. À moins qu'elle ne vous l'ait fait perdre, à vous aussi?

Le flic n'a rien dit, sauf «merci on vous rappellera peut-être». Il s'est levé et est parti à la recherche de plus de compréhension, refaire son cirque de flic à une autre table pour trouver de quoi se fabriquer une bonne conscience et un alibi. Personne ne savait pour moi et Anna, sauf Oscar et Julie. C'étaient mes amis, ils me protégeraient. Je ne le méritais pas, mais ils ne le savaient pas.

Personne ne parlait. Qu'est-ce qu'on aurait pu dire? La vie a parfois de ces façons de vous couper le sifflet, des façons de brute, des façons de pas d'allure pour vous rappeler très vite à l'ordre quand vous vous permettez d'oublier qu'on est des milliards de funambules amateurs à se promener sur le même fil de fer, que ça prend moins que rien pour se retrouver en enfer, qu'on n'a même pas besoin d'être mort pour ça, qu'il suffit de réfléchir à ce qui vous attend toujours inévitablement quand le fil se rompt, ou qu'on est rendu au bout.

J'ai pleuré toute l'eau du ciel en rentrant chez moi ce soir-là, des larmes de lâche, des larmes de crocodile, juste pour noyer mes remords, juste pour me prouver qu'ils étaient là où ils devaient être, parce qu'il faut ce qu'il faut, dans ces circonstances comme dans les autres, pour que, comme un raz-de-marée, elles balaient les monstres qui menaient le party à l'étage au-dessus, et qui récitaient, en se foutant de ma gueule, le bel « Ode à Anna » que je devais livrer à la soirée de Tess, et qui aurait changé ma vie parce qu'Anna n'en aurait plus pu de se savoir aimée aussi fort au vu et au su de tous, et qu'elle se serait jetée dans mes bras du haut de sa magnificence, qu'elle se serait tressée elle-même en couronne de laurier autour de mon front, et donnée à moi au beau milieu de l'estrade pour que nous commencions sur le champ à vivre heureux et à faire nos nombreux enfants. Mais mon Odanna n'a jamais vu le jour, il a plutôt vu la nuit, celle qui se cachait à l'intérieur de sa tête, une nuit des temps de guerre remplie d'éclats d'obus et de chair carbonisée par les méchants, comme dans le poème moche de L'Exquis, une nuit moche comme on n'en fait plus, parce que si on en faisait encore, on ne voudrait jamais plus s'endormir, ou jamais plus se réveiller, c'est selon, Gaston. Mais au bout du compte, c'est pareil, qu'on dorme ou qu'on veille, on couche toujours avec des morts, comme disait l'autre.

Chapitre dix-neuf

Da Nang, 66-67

*You only really live
until you nearly die.*

Inscription sur briquet Zippo,
G.I. inconnu

Je me suis arrêté chez la Mère Missel. Tous les journaux jouaient Anna à la une, comme il se doit pour une si belle fleur du mal. Il n'y avait pas de cours ce jour-là, c'était bien le moins le lendemain d'un cataclysme pareil. Mais Pelvisius avait quand même ouvert le collège, et invité tout le monde à venir se brasser le vécu avec le personnel enseignant. Une manière d'exorcisme, quoi, ou de dynamite de groupe. Les corbeaux allaient nous picorer le cerveau jusqu'à ce que les larmes s'ensuivent.

— C'était mon amie, vous savez, ma maîtresse. Une vraie tigresse, une vraie détresse comme on n'en fait plus.

La Mère Missel a tâté sa médaille de saint Jude, le patron de toutes les causes désespérées, en me

regardant de son mauvais œil de missionnaire, avant
de le lever au ciel, pour prendre le saint à témoin.

— Si j'étais toi, j'arrêterais de m'en vanter. Tu choisis mal tes amis, mon petit Larry. Tu finiras bien par
t'en rendre compte, va. T'as un don pour dégoter les
énergumènes.

— Vous vous trompez encore, vous et vos saintes
simagrées. C'est moi, l'énergumène. Ça ne se voit pas,
non ?

Elle a haussé les épaules en replongeant dans la
lecture de son foutu missel, et j'ai pris le *Journal de
Montréal*. Il n'y a pas mieux pour le sang et les photos
couleurs que les tabloïds.

Je n'avais pas dormi de la nuit, je ne dormirais plus
jamais. Je me suis tenu à la mescaline, cette chaux dont
j'enduisais maintenant toutes mes nuits, pour tenter de
me convaincre qu'Anna n'avait parlé de moi à personne,
que les autres fanatiques de son groupe d'illuminés ne
savaient rien de moi et de mes activités d'anarchiste
amateur. Ses petits copains voudraient la venger, elle
devait en avoir plein, c'est obligé avec ce genre d'Ama-
zone. Je ne donnais pas cher de ma peau de vache. Rien
ne pouvait plus m'empêcher d'exploser, de finir en dé-
sastre, moi aussi, entouré de deux tonnes de nitro au
sommet de la superstructure du pont Jacques-Cartier.

Dans le journal, on la voyait en gros plan, le pisto-
let toujours à la main, gisant dans sa mare de sang
froid. Sur quatre pages, on parlait de l'opération, des
soupçons et des preuves de la police, tout ça pêle-
mêle. Il y avait même mon pédégé qui disait qu'il se
rappelait avoir entendu une voix de femme une fois,
durant sa captivité. Il continuait de dire n'importe
quoi, celui-là.

Les flics avaient donné tout leur jus en conférence de presse. L'affaire Rémi Ami les avait menés tout droit au Séminaire, et en fouillant bien dans le pedigree de tout un chacun, ils étaient tombés sur les accointances d'Anna avec l'IRA, les Black Panthers et le Viêt-cong. Anna Purna, membre de l'Internationale terroriste, qu'ils disaient. Ils l'avaient suivie, ce soir-là, parce qu'ils croyaient qu'elle préparait quelque chose, et étaient intervenus en pleine séance de poésie parce qu'ils soupçonnaient que ça se passerait là. Dans leur imaginaire de bovins de régiment, elle était la chef d'une cellule responsable de la plupart des attentats à la bombe, le cerveau derrière le mal en général, le méchant dont se nourrissait le cancer qui ronge la société, une sorcière qui semait le feu et le désordre au nom de tout et de rien qui vaille, là où il n'aurait dû y avoir que calme et volupté. Ils avaient trouvé leur coupable, ils ne lui avaient pas laissé le temps de les contredire.

Les salauds, ils me l'avaient fauchée. Et moi qui croyais comme un imbécile qu'elle m'avait trahi, alors que c'est moi qui l'avais vendue avec mes conneries. Moi qui l'avais tant désirée, en fin de compte, j'avais fini par l'avoir. Aussi bien faire le grand saut tout de suite. Au moins, je ne laisserais pas quelqu'un d'autre choisir à ma place le moment et les moyens.

Et voilà. Je suis rendu là, sur mon bord de fenêtre, les pieds qui pendent au bout de la vie. Là où j'en suis, il ne me reste que les remords pour me gruger, et ils ne se gênent pas pour se faire les dents. Et je ne vais pas laisser tous ces apôtres de la vie à tout prix qui s'agitent dans mon dos m'attendrir avec leurs pleurnichages et leurs douces remontrances. Ils peuvent bien dire ce qu'ils veulent, je sais bien qu'ils le disent parce qu'il faut ce qu'il faut quand on cultive des principes qui reposent sur la primauté de la vie en tout, ou qu'on se ronge les sangs par amour, par amitié ou par compassion, ça ou le reste, il faut bien que quelque chose nous les ronge, aussi bien que ce soit ça. Pendant tout le temps que ça dure, on ne traîne pas dans son propre jardin à cultiver des herbes à poux et à puce qui nous gâchent la vie.

Pelvisius déclame, derrière la porte où le retient Julie, que le désespoir est mauvais conseiller, que la seule chose qui vaille qu'on meure, c'est la foi, la grandeur de Dieu qui est en chaque chose, qu'on n'a pas le droit de se priver du privilège de la conscience, cette science à la con, sauf pour lui rendre grâce, et encore, seulement si on n'a vraiment pas le choix.

— *Abneget senetipsum* [1] !

— Rien à foutre de vos élucubrations, ni de vos mantras ni de vos vibrateurs métaphysiques. Allez dire ça à Anna…

Je ne les entends plus penser, ils ont peur de croire que j'irai jusqu'au bout. Au bout de quoi ? On se le demande. Je me le demande aussi. À eux tous, ils en savent un bout sur la vie. Tant mieux pour eux. Moi, je ne sais rien. Je suis un ignorant qui aime mieux le demeurer, au cas où savoir me donnerait des idées. S'il y en avait moins, le monde se porterait mieux, j'ai appris ça avec la Mère Missel et à la petite école. C'était avant la révolution trop tranquille, quand les curés nous faisaient croire qu'on était trop caves pour nous fier à celles qui nous venaient, trop

---

1. Renoncez-vous vous-même. (Mt V : 43)

demeurés pour comprendre celles que les autres avaient eues avant nous, dans le temps où les dogmes nous tenaient lieu de valeurs et de principes. Ils le gardaient pour eux, le savoir, sous clé de préférence, comme dans le grenier du collège, qui servait de fosse commune aux penseurs déviants, parce que le savoir, c'est le pouvoir, comme chacun sait, et qu'en conséquence il vaut mieux pour tout le monde que ça ne se sache pas trop. Je pense, donc je suis. Mais moi, je ne veux plus suivre, donc je fuis. C'est bien ce que Pelvisius me prêchait, non? Fuis, si tu ne veux pas périr, qu'il disait. C'est mieux comme ça. On ne viendra pas me chercher où je m'en vais et je pourrai mieux ne penser à rien. Ils devraient être contents, les Messieurs. Ils m'ont bien formé, je ne veux rien savoir.

— Mais tu ne sais rien.

— J'en sais beaucoup trop.

Je ne veux même plus me rappeler, et pourtant je ne fais que ça. Anna avait les yeux comme des piscines où je plongeais sans regarder, des cénotes où je jetais mes morts, comme les anciens Mayas sacrifiaient leurs vivants. Son regard mitraillait tout sur son passage, elle zigouillait tous les démons, faisait le ménage et la paix en un claquement de doigts. Mais en partant, elle a oublié de fermer les yeux, et tous les monstres déchaînés se sont poussés par la porte, ouverte à coups de bazooka dans son occiput. Et maintenant qu'ils ont retrouvé le chemin de ma cabane, ils n'en sortiront plus, on ne s'en sort pas, à moins de forcer la sortie, de faire sauter la baraque.

Julie, derrière moi, s'est encore rapprochée en douce. Je la laisse faire. Si elle veut précipiter les événements, tant pis pour elle, elle verra ce que c'est que de vivre avec la mort de quelqu'un sur la conscience. C'est elle qui choisit, ce n'est plus moi. Le bureau de Tess est un cul-de-sac. Je m'y suis engagé sans hâte, lentement, sans le vouloir, trop gelé encore par ma mescaline, qui m'a trahi elle aussi, qui aurait pu m'emmener ailleurs en y mettant un peu du sien, au purgatoire ou dans les limbes, mais qui m'a projeté encore une fois en plein dans l'enfer du champ de bataille.

Ce sera un bon spectacle. En une seconde, je traverserai cent Sibéries, mille déserts de Gobie. La vie est un abîme où je chuterai sans vertige, comme si de rien n'était pour une fois, sans grosse caisse ni trombone, sans fanfare et sans m'en faire. Pas de regrets, surtout pas. Partout j'ai vu ce qu'il y avait à voir, et partout j'ai eu peur de ce que j'ai vu. Sauf d'Anna, qui me faisait vibrer sous ses doigts himalayens ; le simple souvenir de son corps d'ambre fait bouillir dans le mien des milliers de révoltes, des combats qui ne se comptent plus et dont je sors toujours vainqueur. Anna ma fuite, son front d'agrumes et sa peau de Perse, des fleuves sauvages coulaient sur sa gorge et leurs vagues palpitaient aux sursauts de son cœur. Je n'étais rien qu'un remous égaré dans l'étang, qu'une étincelle au milieu de la forêt en flammes, mais elle avait su m'atteindre sans m'éteindre. Qu'y a-t-il donc au delà des passions, mon tortueux sentier aux flancs des pics immortels, mon sentier lumineux, mon chemin vivant parmi les innombrables détours des labyrinthes, mon guide vers Dieu sait quelle lumière ? La Terre s'émiette au vent solaire de l'oubli, depuis que tu es morte. Je flotte un moment, je

descends vers l'exil. Il y aura comme un grand écla-
boussement, comme un immense fracas. Un moment
passera, paresseux, pas pressé de filer. Mon sang cou-
lera de ma tête éclatée, comme le tien de la tienne,
sur la neige aux pieds des érables, et tous pourront
s'en régaler. Je n'aurai plus de corps, mais pendant un
moment j'existerai encore. Je me verrai qui coule. Ils
me verront sous le soleil, mais bientôt je ne les verrai
plus.

— Larry…
— Je suis là, Julie.
— Reste…
— Pourquoi tiens-tu tellement à ce que je reste ? Je
n'ai rien pour toi, je ne t'ai jamais utilisée que comme
pansement, que comme mauvaise solution de rechange. Quand on baisait, je pensais à Anna. Quand
Anna me manquait, j'essayais de l'oublier en t'ame-
nant dans mon lit. Et ça ne marchait même pas. Tu as
toujours été inutile pour moi. Ça ne changera pas.
Vivant, je ne te ferai que du mal. Tu n'es qu'un objet
qui pense, et c'est chiant, je n'ai pas besoin d'une pou-
pée gonflable qui a des états d'âme. Va donc rejoindre
ton foutu troupeau, il pourra te bouchonner mieux
que je ne le ferai jamais. Je n'endure que les loups, et
encore, les loups solitaires. Une moutonne avec un
loup, c'est contre nature. Je finirais par te bouffer les
entrailles.

Elle ne dit rien. Elle est tenace et capable d'encaisser. Je donnerais ma vie pour qu'elle déguerpisse,
mais ça ne la fait même pas bouger. J'ai même
l'étrange impression qu'elle me nargue par son
silence. Je me retourne à demi pour la voir du coin
de l'œil, et je tomberais de surprise si je ne me

retenais pas au cadre. Elle a enlevé son chemisier et pointe sur moi toute l'arrogance dont elle est capable à travers ses seins braqués.

— Qu'est-ce que tu fabriques !

— On verra bien…

Elle s'attaque à la fermeture éclair de son jean qu'elle descend avec une langueur étudiée en regardant droit dans mon coin de l'œil. La vache ! Elle a de drôles de manières…

— Tu crois vraiment que c'est le moment et l'endroit pour ça ! Ma parole, t'es nécromane !

— T'occupe pas. On trouve son plaisir où on peut.

— Tu ne me feras pas reculer.

— On verra.

Je ne sais pas ce qui lui arrive, mais ça la prend fort. Les jeans et la petite culotte ont rejoint le chemisier et le soutien-gorge. J'ai cessé de regarder, mais ça ne la calme pas. Elle s'excite drôlement. Le pire, c'est l'effet que ça me fait. Même au bord de l'enfer, je bande encore. Elle s'approche. Je sens son souffle dans mon dos. C'est intenable, je dois bien l'avouer. Puis, je sens ses seins sur mes épaules, et sa bouche dans mes cheveux. Je ne cède pas aussi facilement. Il en faudra plus pour me ramener à la vie. Je résiste, bandé comme un porc en rut aux portes de l'abattoir.

Derrière la porte, ils se sont tus. On n'entend plus que le marmonnement des prières. L'arme de dernier recours avant l'extrême-onction. Une idée de Nihil, sans doute. Ils n'essaient plus de me ramener. Pas très opiniâtres, ces Messieurs. Ils ont fait leur deuil de moi, déjà. Toujours prêts à lancer la serviette avant le combat. Mais ils ne le porteront pas longtemps, le deuil. Ils vont vite vouloir oublier. C'est dans l'ordre des choses qu'ils ne seront pas fiers d'emporter au paradis.

Le soleil penche et fout le feu aux fenêtres. S'il n'y en avait pas, il foutrait le feu à autre chose. Moi, je commence à avoir drôlement le feu aux fesses à cause des cochonneries de Julie, qui continue de se frotter du mieux qu'elle peut. Il faudrait que je me décide. Encore une décision à prendre, ça n'arrête jamais jusqu'au dernier moment.

Il fait une journée comme on n'en trouve que dans les montagnes, parce que la chaleur du soleil fait fondre la neige juste assez pour que le froid du vent la transforme en glace. Les Messieurs ont fait reculer le public à plus de quinze mètres au pied de la fenêtre transformée en autel, pour que je n'emporte pas chez le diable un ou deux autres de leurs étudiants en leur tombant dessus. Les spectateurs commencent à trouver le temps long, ça se voit à la petite danse qu'ils font pour se dégeler les pieds. Oscar fait les cent pas aux premières lignes, en me jetant un coup d'œil de travers de temps à autre, parce qu'il ne sait pas sur quel pied danser. Le Rachitique a ouvert son manteau derrière sa Jeune Fièvre et l'a refermé sur elle. Je suis fatigué, et j'ai froid, moi aussi. Julie en a profité pour m'entourer la taille de ses bras et me glisser une main dans le pantalon. Moi, je la tiens par les bras et je ne me laisse pas faire. Je me penche un peu plus au-dessus du vide, si elle me lâche, je tombe, et elle vient avec moi, tant pis pour elle. Mais elle est forte. On se fait contrepoids. On tire chacun vers soi, le premier à céder suivra l'autre, de son côté de la fenêtre, de son bord de la fournaise. Je me rends compte que c'est sa première victoire sur moi. Elle a confiance en ses moyens, qu'elle fasse tout pour me garder auprès d'elle ou qu'elle ait décidé de faire le voyage avec moi.

Elle me tient par la ceinture et par la queue. Elle est si romantique! Je me penche encore un peu, je défie les lois de la gravité, j'aime défier les lois, beau temps, mauvais temps. Le troupeau, qui piétine en bas, s'en trouve tout agité. Je sens le souffle de Julie dans mon oreille. Elle se retient de parler, mais l'envie est trop forte.

— Qu'est-ce que t'as…

Je me sens obligé de lui répondre, puisqu'on est si près.

— Rien, justement. Rien derrière, et rien devant. Je n'aime pas la vie, et la vie ne m'aime pas, si tu veux mon avis. Alors, pourquoi m'obstiner? On ira chacun de notre côté, ça sera mieux après, pour tous les deux. Faut ce qu'il faut quand il faut choisir.

— Tu dramatises tout…

— Elle est bien bonne, celle-là. Les drames, ils me rattrapent. Je ne peux pas les éviter, je nage dedans. C'est comme un tourbillon, comme un grand maelström, je ne peux plus en sortir, je ne nage pas assez bien. L'amour me tue, le plaisir m'angoisse, les gens m'ennuient — quand ils ne m'exaspèrent pas. Ça ne devrait pas être comme ça, puisque je suis un homme et que l'être humain est fait pour vivre en troupeau, à ce qu'il paraît. Je devrais vivre seul, sans personne, mais je ne suis pas capable, parce que je n'ai pas été fabriqué pour ça. On se demande bien pourquoi j'ai été fait, d'ailleurs. Tout ce que je sais, c'est que je suis mal fait, et que je ne peux pas me refaire. Personne ne le peut. Ce n'est pas aussi simple que de se faire refaire le nez ou les seins. Pour moi, c'est la mort ou la lobotomie. C'est du pareil au même, mais mort, au moins, je pourrai encore servir à quelque chose, puisque j'ai légué mon corps aux autorités médicales. Il contient plein de morceaux qui peuvent encore servir. D'autres qui savent mieux vivre que moi pourront en profiter. Il n'y a que le cerveau qu'on ne pourra pas utiliser, parce que je vais m'arranger pour tomber sur la tête. Il est trop mité par toutes sortes de bêtes, je ne souhaite à personne l'horreur que je traîne sous mon lobe frontal. Voilà. Mort, on foutra la paix à l'enfant de géhenne que je suis.

Julie se colle comme une sangsue et me tire de toutes ses forces. On ne tiendra plus très longtemps. Il faut bien que ça s'arrête pour que ça finisse. Il faut que je choisisse, avant de n'avoir plus le choix. Son corps me brûle le dos. Je finis par faire ce qu'il faut, comme toujours.

— Tant pis. Tu l'auras voulu, têtue. La vie, la mort, ça ne vaut pas le cul…

DANGER

LE
PHOTOCOPILLAGE
TUE LE LIVRE

*Cet ouvrage
composé en Post Mediaeval corps 10,5
a été achevé d'imprimer
en avril mil neuf cent quatre-vingt-dix-huit
sur les presses de
AGMV/Marquis,
Cap-Saint-Ignace (Québec).*